KB104750

매듭 이야기

MUSUBI MONOGATARI

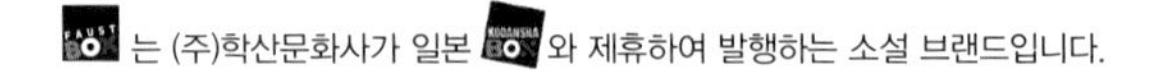

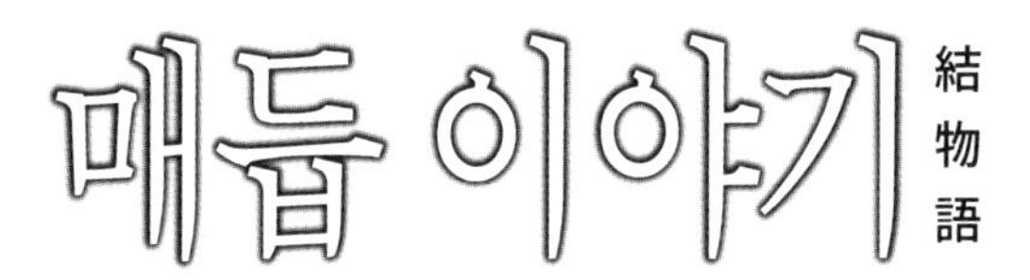

니시오 이신
西 尾 維 新

제1화 젠카 머메이드

KANBARU SURUGA

001

스오 젠카周防全歌가 인어가 된 것은 고등학교 1학년 무렵이었다고 한다. 본인 왈 '인어가 아니라 반어인半魚人'이라는 모양인데, 뭐, 여기서는 인어로 통일하기로 하자. 그럴싸하게 크툴루 신화를 인용하기보다는, 청초하며 늠름한 분위기의 그녀에게는 굳이 말할 것도 없이 그쪽이 명칭으로서 어울린다고 생각하니까.

보행자 전용 도로를 걷던 중, 신호를 무시하고 횡단보도를 건너는 초등학생을 피하려고 급히 핸들을 꺾은 대형 트럭에 치여 용수로에 낙하하는 불운을 겪은 그녀는, 온몸에 강한 충격을 받아 빈사 상태의 중상을 입었지만, 영험한 '인어 고기'를 먹어서 목숨을 부지했다고 한다.

먹는 것으로 불사가 된 그녀와 먹히는 것으로 불사가 된 나는 어떤 의미에서는 좋은 대조를 이루고 있지만, 그러나 그 뒤의 인생에 커다란 문제가 생겼다는 의미에서는 완전히 똑같았다.

그 어떤 것도 대가 없이 얻을 수는 없다.

얻는다는 것은 잃는다는 것이기도 하며, 얻었던 것을 잃는 경우는 있어도 잃은 것은 되돌아오지 않는다.

그것이 목숨이나 불사不死라면, 더 말할 것도 없다.

장래가 촉망되는 수영 선수였던 그녀는, 그 사고 이래 헤엄칠 수 없게 되었다—사고의 후유증 때문이 아니다. 그쪽은 '인어 고기' 덕분에 상처 하나 남기지 않고 아무런 후유증도 없이 회복했다.

용수로에 빠진 것에 의한 정신적 트라우마 때문도 아니다.

트라우마를 입은 것은 오히려 사고 후의 일이었다.

영험한 '인어 고기'를 먹은 것으로 인해 천벌을 받았다고 해야 할까, 아니면 이것도 일종의 식중독이라고 해야 할까, 회복한 뒤의 그녀는, 물에 들어가면 인어로 변신하는 몸이 되었던 것이다—'인어로 변신'이라는 말만 들으면 어쩐지 로맨틱한 느낌을 받을 수도 있겠지만, 여기서는 일단 끝까지 들어 주었으면 한다.

요컨대 그것은 생명의 진화를 **역행한다**는 뜻이다.

주스를 엎질러서 피부가 젖으면 비늘이 불쑥불쑥 돋아나고, 손을 씻으면 깨끗해지면서 지느러미가 되고, 욕조에 들어가면 양 다리가 스르륵 사라져 버린다는 의미다. 폐 호흡이 위태로워져서 길가에서 질식할지도 모르므로, 비가 오는 날에는 집 밖을 돌아다니지 못할 정도다.

죽는 편이 낫다.

수도 없이 그렇게 생각했다고 한다—내가 그렇게 생각했던 것처럼.

그런 현실과 타협할 때까지 상당한 시간이 걸렸다고 하는데, 그러나 그 뒤로 10년에 걸쳐 그런 체질로 살아가는 법도 어느 정도 보이기 시작한 그녀는, 지금은 어떻게든,

"죽는 것보다는 낫다."

라고 생각할 수 있게 되었다고 한다.

"간신히 '그때 신호를 무시했던 초등학생이 치였으면 좋았을 텐데'라고 생각하지 않을 수 있게 되었으니까 ―이러다가 머지않아 '살아 있는 것만으로도 행복하다'라고 생각할 수 있게 되었으면 좋겠어."

…어쨌든, 스물여섯 살의 여자에게서 그런 프라이빗하면서 델리케이트한 지난 이야기를 듣는 것에 분명 많은 시간이 걸렸을 것이라 생각할지도 모르지만, 이 이야기는 전부 처음 만났을 때에 들은 이야기다.

물론 그 보답인 것은 아니지만, 이쪽도 고등학교 2학년부터 고등학교 3학년에 걸친 봄방학에 내가 어떻게 흡혈귀에게 피를 빨리고, 내가 어떻게 흡혈귀의 피를 다시 빨고, 내가 어떻게 흡혈귀가 되었는가―되지 못했는가를, 대체로 자세하게 이야기했다.

스물세 살의 아라라기 코요미가 근무하게 된 곳은 그런 개방적인 직장이다.

그 이름은 나오에츠 경찰서 풍설과風說課라고 한다.

002

"아라라기 군은 왜 경찰관이 되겠다는 생각을 했어?"

고등학생 시절에는 자전거를 타고 돌아다니기도 해서 자신의 행동범위가 꽤 넓은 편이라 생각하고 있었고, 오랫동안 살아온 작은 마을에서 자신이 모르는 장소 따윈 뒷골목 한 군데도 없을 거라고 철석같이 믿고 있었는데, 이렇게 4년 만에 고향으로 돌아와 보니 그런 건 오만한 착각이었음을 통감하게 되었다.

이를테면 나는, 당시 다니던 나오에츠 고등학교에서 엎어지면 코 닿을 거리에 이런 커다란 강이 흐르고 있다는 것을 몰랐다.

커다란 강이라고 해야 할까, 너른 강이랄까.

래프팅도 할 수 있을 것 같은 강이다. 가령 변신 체질을 가진 스오 씨가 아니더라도, 가벼운 마음으로 이런 강물 속에 발을 들이려고 생각하지는 않을 것이다.

그 스오 씨가,

“어이쿠, 이거 실례했습니다. 아라라기 경부보警部補께서는 어째서 경찰관이 되겠다는 생각을 하셨습니까?”

라고 익살맞게 고쳐 말했다.

아라라기 경부보.

도무지 익숙해지지 않는 호칭에, 나는 뭐라 말할 수 없는 기분이 되었다. 그 거북한 질문도 마찬가지다.

앞으로 그 질문을 몇 번 더 받을지 알 수 없다고 생각하면, 이거 참, 이제 첫 번째인데도 진저리가 난다. 생각해 보면 이상한 이야기다. 내 그림자 속에 살고 있는 흡혈귀에 대한 것은 이미 세세한 곳까지 이야기했으면서, 이 직업을 선택한 이유를 아직 이야기하지 않았다는 것이니까.

"부모님이 경찰관이었으니까—일까요? 두 분 모두."

"흠흠. 그건 자신도 경찰관이 되지 않으면 부모님을 넘을 수 없다는 의미? 아니면 부모님의 연줄로 출세할 수 있다는 의미?"

놀리는 듯한 어조였고 실제로도 누나에게 놀림받고 있는 것뿐이겠지만, 당사자로서는 생각에 빠지게 되는 질문이었다.

전자처럼 기특한 마음이 있었다고는 생각되지 않고, 후자처럼 뻔뻔스런 마음이 없었다고도 생각되지 않는다.

높은 뜻이 있었던 건 아니지만, 계산이 없었던 것도 아니다… 나는 그런 녀석이다.

"아주 옛날에, 짜증 나는 사기꾼을 만났거든요. 아주 제대로 속고 말았죠. 그 녀석을 붙잡는 것이 꿈이에요. 염원이죠. 그래서 경찰관이 되었어요."

망설인 끝에, 나는 그렇게 대답했다.

이것도 뭐, 거짓말은 아니다.

거짓말이 아닐 뿐이라는 기분도 들지만.

"흐음. 사기꾼이라. 지능범죄 계열을 희망하는 건가—그거 참 미래의 고위직답네. 그러면 풍설과 같은 곳에 배속되어서 아라라기 군으로서는 완전히 기대에 어긋났다는 느낌인가? 뭐, 딱 4개월만 참으면 돼, 상심하지 말고 힘내라고."

"'같은 곳'이라고 생각하지는 않아요. 예상 밖이었다는 건 분명하지만요. 공공기관에 그런 부서가 있다니."

"응, 이건 이것대로 테스트 케이스니까 말이야. 가엔 씨의 수많은 방책 중에 하나일 뿐이야. 아라라기 경부보는 완전히 기대에 어긋났다고 생각하고 있을지도 모르지만."
"그런 생각은 안 한다니까요."
"이쪽은 몹시 기대하고 있어. 진지하게 말해서, 미래의 고위직에게 필수인 연수라고는 해도 간신히 들어와 준 남자 일손인걸."
어디까지가 진심으로 하는 말인지 알기 어려웠지만, 그러나 물을 꺼리는 스오 씨는 나의 두 배 정도는 강에서 거리를 두었다. 물 한 방울이라도 묻힐까 보냐, 하는 태도다. 평소 같은 새침한 언급은 하고 있기는 해도 하천 부지에 대해 상당한 경계태세다.
적어도 이번 안건에서, 젊은 신입인 나를 의지하고 있다는 건 틀림없어 보인다. 물을 꺼리는 그녀를 물가에 파견하다니, 풍설과 과장도 어지간히 성격이 고약한 사람이다.
과연 가엔 씨의 심복일 만하다.
"역시 오컬트라든가 스피리추얼이라든가, 그런 로맨틱한 것에는 여자 쪽이 빠지기 쉬운 건지, 여자들만 모였거든. 편중은 좋지 않아. 그렇게 되었으니 아라라기 군은 사양하지 말고 하렘 상태를 즐기시라고."
"그런 건 고등학교 시절에 끝냈어요."
"무슨 소리야, 그건. 어떤 고교 생활을 보낸 거야?"
스오 씨는 실소하며,
"나는 가엔 씨를 직접 알지는 못하지만, 나름대로 은의恩義는 있어. 그러니까 상응할 만한 성과를 거두고 싶어. 순풍에 돛 단

듯한 인생을 걸어온 아라라기 경부보에게는 뜻밖일지도 모르겠지만, 이 과에 있는 동안에는 협력해 줘. 일종의 지역사회 공헌 활동이라고 생각하고."

라고 말을 이었다.

지역사회 공헌이라. 그런 향토애가 있는 타입도 아닌데 말이야.

게다가 순풍에 돛 단 듯한 인생이라니, 천만의 말씀이다.

천부당만부당한 소리다.

낯간지러운 직함도, 국가종합직 시험을 통해 합격하기만 하면 어떤 바보라 해도 경부보부터 시작하는 것뿐이다. 그 부분에 한해서는 부모님의 연줄조차 필요 없다.

그리고 이 4년간, 내가 괴이 현상으로부터 벗어나 살고 있었던 것도 아니다. 마을을 벗어나도 내 그림자는 나에게 찰싹 붙어 다녔고, 그 그림자는 괴이를 끌어들이는 그림자이기도 했다.

당연하게 해 왔던 일이 직업이 되었을 뿐이다. 취미가 직업이 된 것이 아니라, 일상이 직업이 되었다.

나오에츠 경찰서 풍설과인가.

가엔 씨도 내가 살던 마을에, 참 엄청난 것을 만들어 주었다.

뭐든지 알고 있는 그 사람이니까, 내가 장래에 경찰관이 될 것도 예측하고서 내 고향의 나오에츠 경찰서를 모델 케이스로 선택한 건지도 모른다고 4년 만에 의심하고 싶어진다.

오케이.

괴이 현상의 지역생산 및 지역소비다.

23세의 성인으로서, 최선을 다해, 몸이 가루가 되도록 일하기로 하자.

다행히도 몸을 가루로 만드는 것은 특기였다. 리얼한 의미에서.

"그래서 스오 씨. 이번엔 어떤 풍설이었죠? 이 강에는 어떤 사연이 있었던가요? 저는 제대로 들은 것도 없이 스오 씨하고 페어를 짜라는 말을 들었는데… 자세한 건 스오 씨에게 물어보라고 과장님이 말씀하셨어요."

"그냥 반말로 해도 되는데? 나이 차이도 별로 안 나고, 계급은 그쪽이 위고. 그쪽은 경부보고 나는 그냥 순경이고."

"반말은 부담스러워요. 교육을 잘 받고 자랐거든요."

"웃기시네."

스오 씨는 어깨를 움츠리며,

"뭐, 보다시피 수영을 할 수 있을 정도의 강이거든—여름철에는 가족 단위로 와서 바비큐를 하거나 어린애들의 딱 좋은 놀이터가 되지, 여기는."

라고 말하는 스오 씨.

"아, 이 지역 주민인 아라라기 군에게는 이렇게 기초부터 설명할 건 없던가?"

"아뇨, 설명해 주시지 않으면 곤란해요."

어쨌든 여기에 강이 흐르고 있다는 것조차 몰랐다.

유감스럽게도 교육을 잘 받고 자란 나는, 바비큐에 데리고 가 줄 가족이나 함께 놀 친구와는 인연이 없는 어린 시절을 보냈다.

같은 반 아이들은 나를 놔두고 대체 어디에 간 걸까 하는 생각을 하곤 했는데, 그랬구나, 이런 장소에서 놀고 있었나.

성인이 된 뒤에 알아 봤자 어쩔 도리가 없는 사실이네.

"지금까지 특별히 문제다운 문제는 일어나지 않았었는데, 올여름에 안전사고가 잇따라 발생해서 말이야—어린애 다섯 명이 물에 빠졌어."

"……."

"확실히 밝혀진 것만 다섯 명. 실제로는 더 많을지도 몰라. 일단 사망자는 나오지 않았어. 지금까지는 말이지."

하지만 편중은 좋지 않아, 라고.

그 말을 듣고 나는 다시 한번 강 쪽으로 눈길을 줬다. 요란한 물의 흐름은 격류라든가 급류라고 부를 정도는 아니지만, 그러나 절대적인 안전은 전혀 보장할 수 없을 것이다.

방금 전에 스오 씨는 '딱 좋은' 놀이터라고 말했는데, 그렇게 보면 아이들의 놀이터치고는 위험하게 보인다.

과연 어떤 것일까.

이건은 단순한 '어른의 시점'일까?

내가 재미없는 어른이 되었기 때문에, 아이들의 놀이를 과보호로 규제하려 하고 있을 뿐인가?

"그게 과보호인지 어떤지는 둘째 치고, 실제로 그런 움직임이 있어—이 하천 부지는 이제 출입을 금지해야 하지 않느냐고. 가까이 가지 않도록 학교에서 아이들을 지도해야 하지 않느냐고."

"놀이터에서 놀이기구들이 점점 사라져 가는 것처럼 말인가요?"

"난 그것도 싸잡아서 부정하는 움직임은 아니라고 생각하지만 말이야. 위험성이 높은 노후화된 놀이기구를, 그래도 언제까지나 남겨 두고 싶다고 생각하는 건 늙은이의 향수鄕愁야."

26세라고는 생각되지 않는, 그야말로 어른스러운 의견이었다.

인어 고기를 먹었다고 할 만하다. 그녀에게 이 10년은, 800년에 필적하는 시간이었을 것이다.

"늙은이는 의견을 바꿀 수 없는 법이지만 말이야. 그 왜, 도로교통법이 허술했을 무렵에 만들어진 자동차에는 안전벨트가 달려 있지 않은 것 같은 상황이지. 그런데도 고속도로에서 달릴 수 있다는 얘기야."

그 비유는 잘 이해할 수 없었다.

아마도 연하의 후배에게 비유가 통하지 않는다는 제너레이션 갭을 즐기고 있는 것이겠지.

"일반론이야 어쨌든 이 강에 대해 말하자면, 만일 사망자가 나왔다면 앞뒤 가리지 않고 출입이 금지되었을 거야—그 전에 시즌이 끝나서 다행이었지."

"그러면 일단 문제는 방치한 건가요?"

"방치한 게 아니라 차치한 거지. 사망자가 나오지 않았다고는 해도, 다섯 명이라는 인원수는 좀 무겁거든. 마음에 묵직하게 느껴지지. 게다가 그중 한 명은 중태라서 아직 의식이 회복되지 않았어. 다른 네 명 중에도 뼈가 부러진 아이도 있어서 예측할 수 없는 상황이야."

내 고기를 먹이면 회복되겠지만 말이야—라고, 스오 씨는 태연하게 그런 말을 했다.

그렇게 말하자면, 내 피를 마시게 해도 의식불명이라는 그 아이는 완쾌될 것이다—다만 그렇게는 할 수 없다.

할 수 있을 리가 없다.

그런 경거망동이 어떤 비극을 낳게 되는지, 스오 씨도 나도 잘 알고 있다.

우리는 자신 이외의 누군가를, 죽음보다 더한 고통에 빠뜨리고 싶지 않다.

"뭐, 하천 부지에 펜스를 둘러칠지 말지는 관청에서 결정할 일이지, 우리 업무가 아니야—우리가 할 일은 풍설의 관리니까."

풍설의 관리.

제대로 와 닿지 않는 기묘한 어휘이지만, 바로 그것이 풍설과의 업무 내용이었다.

나의 일이었다.

도시전설. 도청도설. 가담항설.

그리고 풍설.

"물에 빠진 다섯 명의 아이들 중에 세 명이 증언하고 있어—물에 빠진 게 아니라 '보이지 않는 손'에 발목을 붙잡혀서 물속으로 끌려 들어갔다고."

"……."

다섯 명 중 세 명.

의식불명인 아이를 제외하면, 실제로는 네 명 중에 세 명.
그 내용을 제외하면 숫자상으로는 신빙성 높은 증언이라고 할 수 있다.
혹은 신빙성 높은 소문—이라고.
"…갓파라도 살고 있는 걸까요. 이 강에."
"글쎄, 어쩌면 인어일지도."
장난으로 한 내 말에 스오 씨는 그렇게 대답했다.
농담은 아니었는지 그 표정은 딱딱했다.
하드보일드한 분위기가 느껴지기까지 했다.
"적어도 아이들의 시리코다마*는 빼 가지 않은 모양이지만. 다만 올해 들어서 갑자기 안전사고가 다발했다는 건 틀림없어—이건, 괴담의 온상이 될지도 몰라."
그 전에 박살 내야 해.
그렇게 스오 씨는 담담하게 말했다. 폭력적인 선언과는 정반대의, 건조한 목소리였다.
건조한 상태가 아니면 살아갈 수 없었던, 인어의 말이다.
"…스오 씨, 스오 씨는 어째서 경찰관이 되겠다는 생각을 하셨나요?"
사교적인 말이나 받은 것을 갚아 주려는 게 아니라, 나는 문득 신경이 쓰여서 물었다.

※시리코다마(尻子玉) : 옛 일본에서 항문에 있다고 상상되었던 구슬. 갓파가 이것을 빼 가면 죽거나 기력을 잃게 된다고 한다.

나처럼 괴이담의 후유증으로 육체적인 제한이 가해지고 말았다고는 해도, 꼭 경찰관이 될 필요는 없었을 것이다. 경찰관이 되지 않았다면 스오 씨는 이렇게 물가에 다가가지 않아도 되었을 것이다.

"아라라기 군은 프로야구, 좋아하나? 난 엄청 좋아하는데."

"네?"

"2군 시합도 챙겨 볼 정도야."

"정말 엄청 좋아하시네요…."

그렇게 대답하며 의외의 취미에 놀라면서도, 누님이 능숙하게 화제를 딴 데로 돌리는구나 하고 생각했는데, 아니었다.

스오 씨는 이렇게 말을 이었다.

"하지만 드래프트 회의 같은 걸 보면 꽤나 안타까워. 이 정도로 야구를 잘 하고 이 정도로 괴물 같은 선수들이, 좋아하는 구단에 들어갈 수 없구나 하는 생각이 들어서—직업 선택의 자유란 과연 뭘까, 하고 항상 생각해."

흠.

엄밀히 말하면 거부권도 있으니까 그렇게 단순한 이야기도 아니겠지만, 뭐, 하고자 하는 말은 모르는 것도 아니다. 나도 경찰관이 되는 것에 있어서, 일단 이런저런 다른 길을 모색해 보긴 했지만 그때마다 다양한 현실에 직면했었다.

현실. 안타까운 현실.

괴이에 직면하는 것보다, 그것은 강고한 벽이었다.

"인간이란 결국 될 수 있는 것이 될 수밖에 없는 거야. 경찰관이라든가, 인어라든가."

흡혈귀라든가 말이야.

그렇게 말하며 스오 씨는 내 그림자를 보았다.

003

엄밀히 말하면, 나는 흡혈귀조차 될 수 없었던 녀석이다.

노멀 모드에서는 스오 씨 정도의 불사신은 아니다… 인간이라고도 괴이라고도 할 수 없는 어중간한 존재다.

이런 소리를 하면 스오 씨는 "나 역시 반쪽짜리 반어인이야."라며 자학적으로 큰소리칠 테니 말하지 않도록 하자.

그렇게, 어중간한 두 사람이 짝을 지어 마냥 강을 바라보고 있어 봤자 아무 소용없다.

시즌 오프라서 하천 부지에는 나와 스오 씨밖에 없지만, 보는 눈이 없는 동안에 수사 활동을 얼른 마쳐 버리자. 스오 씨가 물에 들어갈 수 없는 이상, 실지조사는 내가 할 수밖에 없다.

나는 나무 그늘에서 수영복으로 갈아입었다.

설마 경찰관으로서의 거의 첫 업무가 수영이 되리라고는 생각도 하지 못했다—애초에 흡혈귀에게도 흐르는 물은 꺼림칙한 대상이지만, 그러나 뭐, 그건 참을 수 있는 범위다.

일이란 인내심 승부다.

"우왓. 몸을 좀 만들었구나, 아라라기 군. 그야 솔선해서 벗고 싶어 할 만하네."

"만든 몸이 아니에요. 체질이에요."

솔선하지도 않았어요.

"흐음. 사진 찍어도 괜찮아?"

"괜찮을 리가 없잖아요."

그렇게 말하며 나는 흐르는 강물에 한 걸음 다가섰다. 주위에 보는 눈이 없다는 것은 시즌 오프의 장점이기는 했지만, 당연히 그것은 물이 차가워서 죽을 것 같다는 시즌 오프의 단점이기도 했다.

거의 찬물 수행이다.

흡혈귀라는 사전정보로 인해 연수를 오게 된 경부보가 심장 발작으로 죽다니, 기대에 어긋나는 것에도 이만한 게 없을 것이다. 가엔 씨의 얼굴에 먹칠을 하는 것은 통쾌하지만, 그러나 그것만을 위해 죽고 싶지는 않다.

그 옛날 수영 수업에서 배웠던 대로, 물가에서 찰팍찰팍 물을 떠서 자기 몸에 끼얹고, 나는 더욱 깊은 곳으로 걸어 들어갔다.

어이쿠, 진짜 깊다.

조심스럽게 말해서 거구가 아닌 나에게(키는 대학에서도 자라지 않았다), 이것은 상당히 가혹한 임무였다.

그래서 이른 단계에서 포기한 나는 부질없는 저항은 하지 않고 물안경을 장착한 뒤 몸을 숙였다. 어쩐지 어린 시절에 다른 아이들과 놀지 못했던 분량을 지금 되찾고 있다는 기분도 들었다.

혼자서.

"괜찮아, 아라라기 군? 도저히 못 하겠다면 내가 도우러 가겠는데?"

…게다가 유감스럽게도 스오 씨의 눈에 나는, 물에 빠지려 하고 있는 녀석처럼 보이는 모양인데.

나는 섬즈 업thumbs up을 해 보이며(어푸어푸 하고 있는 느낌이지만) 전혀 문제없음을 어필했다—실제로 수영에 서툰 맥주병이라 꼴사나운 것은 둘째 치더라도, 강 한복판까지 나아가서 있는 힘껏 바닥까지 잠수해 봐도 딱히 문제는 없었다.

물의 차가움도 익숙해지면 기분 좋게 느껴질 정도였고, 투명도 높은 물은 안에 있어도 불안하게 만들지 않았으며, 결코 온화하지는 않은 물의 흐름도, 과연 이곳이 숨겨진 스폿이 될 만하다는 걸 이해할 수 있는 엔터테인먼트성이 있었다.

자연현상이기에 생기는 랜덤한 자극이 재미있다.

유수 풀 같은 것일까. 아니, 반대인가? 유수 풀이 강 같은 것인가?

당연하지만, 방심했다가는 그 흐름에 밀려 떠내려갈 테고, 강바닥의 돌은 이끼로 미끌미끌해서 여차하면 발이 미끄러질지도 모르므로 위험도는 유수 풀과는 차원이 다르겠지만.

그렇다 해도 아마추어의 판단으로는, 이 강에서 한 해 여름에 다섯 건의 안전사고가 일어난 것은 너무 많다는 느낌이 든다. 다른 요인이 있을 것이란 말을 들으면 그 의견을 부정하기 힘들다—다만 고등학교 시절과는 달리, 여기서 아마추어의 판단은 허락되지 않는다.
아마추어가 아닌 것이다.
오시노 녀석이나 오노노키짱과는 입장이 다르지만, 프로 형사로서, 나는 판단을 내려야만 하니까—4개월의 연수기간 중이라고는 해도, 풍설과의 멤버로서.
…오노노키짱인가.
그리운 동녀를 떠올려 버렸네.
그리고 한 가지, 확인하고 싶은 것이 생겼다.
"스오 씨. 어린아이라고 하셨는데, 구체적으로 몇 살 정도의 아이인가요? 초등학생 정도라면 얕은 여울에서도 바닥에 발이 닿지 않을지도 모른다는 생각이 드는데요…."
"가장 나이가 많은 애가 열다섯 살, 가장 어린 애가 일곱 살. 그 부분에서는 편중 없이 꽤나 균형 있게 흩어져 있다는 느낌이야. 참고로 최연장자인 열다섯 살은 아라라기 군보다 키가 컸다고 기억해. 가장 깊은 곳에서도 발이 바닥에 닿았다고 했으니까."
"그런가요."
그렇다면 뭐라 할 말이 없다.
참고가 되지 않는다.
나는 내 발이 닿는 곳까지 이동해서,
"반대로 말하면, 열여섯 살 이상의 피해자는 없었다는 이야기가 되네요."
라고, 빤한 것을 굳이 소리 내어 말했다.

그것을 단순히, 분별 있는 어른이라면 강에서 물놀이를 하다가 빠지지는 않는다고 이해해야 할지, 아니면 나이가 어릴수록 괴이 현상과 조우하기 쉬운 경향이 있다고 상상해야 할지, 판단하기가 어려웠다.

나처럼 고등학교 3학년을 앞두고 흡혈귀와 만나는 쪽이 드물다—스오 씨도 '인어 고기'를 먹은 건 열다섯 살 무렵이었을 테고.

현장검증의 결과로서 말할 수 있는 것은, '그 어느 쪽이라고도 말할 수 없다'였지만, 그런 중립주의가 허락되는 것은 오시노 메메 정도다.

이 경우, 중립이라는 결론은 풍설을 뒷받침하는 것과 아무런 차이가 없다.

풍설이 괴이담이 되기 전에 '박살 내는' 것이 업무이므로, '그 어느 쪽이라고도 말할 수 없다'여서는 일을 하지 않은 것이나 마찬가지다.

월급 도둑이 되고 만다. 형사인데.

"어쩔 수 없네요. 시노부를 부르겠습니다."

"어? 벌써? 판단이 너무 빠르지 않아?"

[illegible] [illegible] 내가 말하자, 스오 씨는 놀란 듯했다.

미리 준비해 뒀던 타월을 나에게 건네주면서(그때, 자신이 젖지 않도록 있는 힘껏 팔을 뻗었다),

"조금은 더 자기 힘으로 매달릴 거라고 생각했는데."

라고 말했다.

실망하게 만들었나? 하지만 허세를 부릴 생각도 없다.

"이거고 저거고 전부 스스로 어떻게든 하려고 하다가 일을 크게 만들어 왔던 것이 저의 십 대 시절이었으니까요. 조금은 학습한다고요."

"과연, 하지만 흡혈귀를 불러내려면, 잠깐 기다려. 내가 있는 앞에서 그 애를 불러내서는 안 돼. 잡아먹히고 싶지 않아."

아아, 그런가.

그 점은 과장님에게 엄중히 주의를 받았다.

스오 씨는 인어이며, 즉 지금으로서는 그녀 자신이 '인어 고기'인 것이다. 의식불명의 중환자라도 회복시키는 영험함 운운하기 이전에, 그 고기는 너무나 **맛있다**.

시노부도 나와 마찬가지로 지금 와서는 흡혈귀가 아니게 되었지만, 그러나 인간의 피는 빨지 않아도 괴이포식자의 성질은 제대로 남아 있다. 그 특성을 살려서, 이 강에 괴이가 서식하고 있지 않은지, 말하자면 그녀에게 '감정'을 해 달라고 할 심산이었는데, 바로 옆에 더할 나위 없는 딜리셔스 미트가 있어서는 올바른 판단을 내릴 수 있을 것 같지 않다.

이미 5년 이상 함께해 온 내가 보기에는 시노부가 분별없이 '인어 고기', 즉 내 선배에게 달려들 것이라고는 생각하지 않지만, 과장님이나 스오 씨가 경계심을 품는 것은 당연한 일이었다.

그건 대강 넘어갈 수 없는 부분이다.

기본적으로는 무해한 이미지가 있는 인어와 달리, 나도 시노부도 이렇게 숨이 붙어 있는 것이 신기할 정도의 존재인 것이다.

"그러면 나는 얼른 먼저 경찰서로 돌아갈게. 뭔가 알아낸 게 있으면 문자 보내."

"문자메시지로 보내도 괜찮나요? 기밀 유지는?"

"기밀 같은 것을 없애는 것이 우리의 역할이라고. 뭣하면 실황중계를 해 달라고 하고 싶을 정도야. 아라라기 군도 모처럼의 근육이니, 한 번 자랑해야 하지 않겠어?"

근육은 아무래도 상관없지만, 어쨌든 스오 씨는 하천 부지에서 떠나갔다. 만일을 위해 5분 정도 시간을 둔 뒤, 나는 그 자리에 쪼그려 앉아서 내 그림자를 똑똑 노크했다.

역시나 6세기 가까이 흡혈귀로 살아온 그녀의 생활 사이클은 몇 년 정도로는 그리 간단히 바뀌지 않아서 기본적으로는 지금도 야행성인 시노부지만, 하지만 너무 기분이 나쁠 때가 아닌 한, 부름에는 응해 준다.

아무래도 오늘은 기분이 나쁘기는커녕 엄청 좋은지, 첫 번째 노크로 '쑤욱'하고 내 그림자에서 금발 유녀가 출현했다—숙주인 내가 비치팬츠인 상태이기 때문인지(강에서 수영하기 위해 갈아입은 것이니, 리버팬츠라고 해야 하나?), 시노부도 수영복이었다.

그야말로 강에 물놀이라도 하러 온 것 같은 원피스 수영복이다.

"카캇."

하고.

시노부는 송곳니를 드러내며 웃었다.

"'인어 고기'라—확실히 나도 아직 먹어 본 적이 없었다. 과연 어떤 맛이 날지."

"그만 좀 참아. 내 동료를 먹지 말라고."

"안 먹는다, 안 먹어. 내 주인님의 직장을 소란스럽게 만들 마음은 없어—나의 생활에 다이렉트하게 영향을 끼치게 되니 말이야. 열심히, 나를 양육하기 위해 일해 다오."

"나는 너를 양육하기 위해 일하고 있는 게 아닌데…."

그렇지도 않은가.

오히려 그 말대로인가.

내가 살아 있다는 것이 시노부를 살리는 것이며, 시노부가 살아 있어 주기에 나 또한 살아가는 것이니까—'네가 내일 죽는다면 내 목숨은 내일까지로 족해'.

고등학교 시절에 했던 그 대사는, 지금까지도 유효하다.

아라라기 코요미의 최우선 조항이다.

"그렇다고는 해도, 너도 조금은 일을 해 줘야 해. 어때? 시노부. 이 강에 괴이는 있어? 갓파든 인어든, 뭣하다면 그리운 오모시카니おもし蟹 같은 것도 상관없는데."

"그리운, 인가. 그 이야기를 하자면 이 마을 자체가 오래간만이 아니더냐—아무래도 신이 된 미아 아가씨가 잘 평정하고 있는 모양이로고. 나로서는 배 아프게도 영적으로는 아주 안정되어 있어. 배가 고플 정도로, 말이다."

"그래? 흐음… 그럼, 이 강에서 일어난 다섯 건의 안전사고는 어디까지나 단순한 사고였다는 거야?"
"아니. 그렇지도 않다."
라며 시노부는 고개를 저었다.
의미도 없이 멋스러운 동작이다.
아니면 뭔가 의미가 있는 걸까.
"내가 보기엔, 다섯 건 중 네 건은 사고가 아니라 사건이려나. 그리고 방치하면 피해자는 계속 늘어날 게다."

004

단 4개월 동안이므로 연수기간 중에는 본가에서 지내기로 했다.
오래간만의 본가 생활이다.
그렇다고는 해도, 현재 내가 십 대 시절을 보냈던 아라라기 가에 살고 있는 것은 장녀 아라라기 카렌 한 명뿐이다.
세 명의 자녀들이 고등학교를 졸업하는 것을 기다리고 있던 거 아니겠지만, 차녀 츠키히가 대학에 들어간 타이밍에 현縣 경찰서의 간부였던 아버지와 어머니가 동경으로 발령되었다
부부가 함께이니 단신부임이라고 말할 수는 없겠지만, 뭐, 내가 대학교 2학년 봄부터 집을 떠나 있었기 때문에 그 후로는 자매 둘이 지내고 있었는데, 그로부터 한 달 뒤, 츠키히가 대학을 간단히 때려치우고 해외에 있는 대학에 다시 입학했다.

진짜냐.

뭐랄까, 뭐 원래부터 일본에 머물러 있을 스케일의 여동생이 아니었으므로 어떤 의미에서는 당연한 진로라고도 말할 수 있지만, 그러나 그 결과로 이후 카렌이 혼자 이 집에 살게 된 것에 대해서는 조금 가슴 아프게 생각하고 있었다.

그렇게 생각했다면 좀 더 빈번하게 본가에 와 봤어야 했다는 이야기이기도 하지만.

그러므로 적어도 이 4개월 동안만은 카렌에게 다정하게 대해 주자고 결심하고 있었다.

다만, 그 따스한 결의는 그리운 우리 집 현관문을 열자마자 사라졌다. 혼자서 살기에는 너무 넓은 단독주택을, 카렌은 완전히 난장판으로 만들어 놓았기 때문이다.

집 안을 정리하는 데에 사흘이 걸렸다.

"어쩔 수 없잖아~ 난 오빠하고 달리, 작년부터 일하고 있었으니까~"

변명이랍시고 하는 그 말을, 오빠로서 일단 들어 주었다.

애당초 가장 먼저 집에서 나왔던 나에게 불평할 권리는 없고, 또 노동에 관해서는 카렌이 나보다 선배였다—고등학교 졸업과 동시에, 그녀는 일하기 시작했던 것이다.

그것도 나오에츠 경찰서에서.

중학교 시절부터 익혀 왔던 강렬한 격투기를 대체 어떻게 활용할까 하는 생각을 하고 있었는데, 설마 체포술로 활용할 줄이야… 예전에 츠가노키니 중학교의 파이어 시스터즈에서 실전을 담당하던 아라라기 카렌은, 현재 생활안전과의 순경이다.

적재적소라면 적재적소지만, 하지만 설마 여동생에게 추월당하다니.

개구리의 새끼는 개구리가 아니지만, 경찰관 부부의 장남 장녀가 나란히 경찰이 될 줄이야. 이렇게 되면 츠키히의 자유로움이 두드러진다. 아니, 여러 가지로 오빠와 언니의 영향을 받기 쉬웠던 막내 여동생에게 부족했던 독립심이, 스무 살을 목전에 두고서야 간신히 갖춰진 것인지도 모른다.

"어서 드세요!"

"잘 먹겠습니다."

정리정돈 쪽은 영 아니었지만, 그러나 적어도 요즘의 자취생활은 카렌에게 요리 스킬을 습득하게 만드는 데 성공한 모양이었다.

이렇게 되면 더더욱 잔소리를 할 수 없고, 잘난 체도 할 수 없다.

4년이나 떨어져 있었으니 당연하지만, 왠지 자신의 집이 아니라 손님으로 온 기분이다.

"그래서? 어땠어? 오빠. 오빠 경부보."

"오빠 경부보라고 하지 마. 신입으로 바보 취급하지 마. 중앙 공무원이라고."

"중앙공무원은 신기할 정도로 좋은 이미지가 없지. TV 드라마 때문일까."

그건 내가 보기에도 그렇다.

그렇게나 필사적으로 공부해서, 대학 입시 때의 두 배 정도로 공부해서야 간신히 국가종합직 시험을 통과했는데, 그 결과 이미지가 나빠지다니….

대학 동급생에게도 권력욕과 출세욕의 화신 같다는 소리를 들었다. 여기저기서 들었다.

스스럼없는 여동생을 상대하는 게 아닌 한, 스스로 중앙공무원이라고 소개하지 않는다.

사실, 연수받으러 가서도 현장의 경찰관에게 괴롭힘당하는 것이 아닐까 하고 가슴이 조마조마했었다… 어째서 사회인이 되어서까지 이런 일을 겪어야 하지…. 다행히도 풍설과에서는 그런 일이 없었지만, 그러나 다른 의미에서 엘리트 취급을 받고 있다.

풍설과 사람은 거의 전원이 어떠한 형태로 괴이에 관련되어 있고 그 몸과 인생에 괴이가 깃들어 있지만, 괴이 그 자체와 대화, 의사소통이 가능한 것은 기본적으로 나뿐인 듯하다.

엘리트 취급이라.

고등학교 시절 밑바닥까지 낙오했던 나에게는, 역시 그다지 기쁘다고는 할 수 없는 말이다.

"핫핫핫. 그거 웃기네. 그건가? 반권력을 외치는 동안에 어느샌가 권력을 갖게 되어 버린 녀석 같은 건가."

나의 두 배 정도의 칼로리를 게걸스럽게 섭취하면서, 여동생이 깜찍한 예를 들었다. 호들갑이 아니라 키가 나의 두 배는 되는 여동생이라(아니, 호들갑이었다. 실제로는 나보다 고작 20센티미터 정도 클 뿐이다) 안 그래도 기초대사량이 높은데, 생활안전과의 명물 경찰관으로서 대활약 중인 그녀는, 필요로 하는 칼로리가 나하고는 차원이 다를 것이다(이건 정말로 호들갑이 아니다).

현장의 경찰관인가.

으~음.

내가 하고 싶었던 일은, 굳이 말하자면 그런 활동이었을 텐데… 스오 씨가 '될 수 있는 것이 될 수밖에 없다'라고 했던 말을, 여동생의 지휘실을 보고서 실감한다.

나는 여동생이 될 수 없고, 여동생은 내가 될 수 없다.

"뭐, 오빠처럼 충동과 감정으로 움직이는 사람은 현장에 안 어울리지 않나? 마호가니 책상 앞에서 거드름 피우며 몸을 젖히고 있는 게 어울린다고."

"여동생에게 들었을 때 그렇게 화딱지가 나는 대사도 없겠네. 충동과 감정에 휩쓸려서 딱 하고 때려 주고 싶어진다고."

"오호. 간만에 한 번 붙어 보시겠습니까? 칫솔이라면 준비되어 있어."

"그만둬. 젊은 날의 소치였어."

게다가 오늘은 현장에 나섰다고, 너는 보잘 것 없는 주장을 했다.

엘리트의 주장이다.

"다행스럽게도 풍설과는 나를 그냥 놀리지 않고 편리하게 사용해 줄 모양이야. 현장에도 데리고 가 줬고, 골칫거리 취급도

하지 않았어."

"흐음. 뭐, 그 과는 존재 자체가 골칫거리 같은 것이니까 말이야. 언터처블이라고 해야 할까. 윗선에서 주선한 부서니까, 경찰서 내에서도 알쏭달쏭한 소문만 돌고 있다고."

그야말로 풍설이다.

가엔 씨가 바라는 바인가.

"생활안전과에 오면 선배로서 오빠를 귀여워해 줄 수 있었을 텐데 말이지~"

"그런 가혹한 상황에 처할 바에야 다른 직장을 찾겠어."

나는 어깨를 축 늘어뜨렸다.

젊은 날의 소치에 대한 복수를 이런 형태로 당하고 싶지는 않다… 하지만 한편으로는 솔직히, 그렇게 되었으면 좋겠다고 생각했던 것은 비밀이다…. 유력한 부모의 연줄이 아니라 유능한 여동생의 연줄을 통해, 그리 편안하지는 않을 연수기간을 별 탈 없이 끝낼 수 있으면 좋겠다고, 교활한 생각을 했다.

그렇게 되지 않아서 다행이다. 정말로 에누리 없이 교활한 희망이었다.

"참고로 카렌. 알쏭달쏭한 소문이라고 했는데, 너는 풍설과를 구체적으로 어떻게 인식하고 있어?"

키는 180센티미터를 넘고 나이는 스무 살을 넘겼는데도, 나는 대체 이 여동생을 언제까지 어린애처럼 생각하게 될까, 라는 생각을 하면서 그렇게 물어보았다.

몇 번이나 고치려고 했고, 끝내 고치지 못하고 있다.

“으음~ 지역에 도는 불온한 소문 같은 것을 검증하는 게 주된 업무라고 들었지. 사건이 일어나기 전에 해결한다고 할지… 비참한 결과로 끝난 뒤에 ‘사전에 상담은 했었는데’라는 후회가 남는 일이 간간이 있잖아. 그런 일을 막으려고 설립된 부서가 풍설과라고… 사건을 해결하는 것이 아니라 사전에 해결한다. 하지만 반대로 이해하고 있는 녀석들도 많이 있었어. 사건성 없음을 입증하는 것이 풍설과의 업무라고.”

“흠.”

역시나 괴이가 어쩌고 요괴가 어쩌고 하는 소문까지는 돌고 있지 않은 모양이지만, 그렇군, 완전히 비밀부서인 것도 아닌 모양이고, 전자라고 해도 후자라고 해도 상당히 진실에 가까운 소문이 흐르고 있는 듯했다.

서서히 점근漸近하고 있는 모양새다.

관련 정보도 조만간 오픈하려는 시도일까.

연수에 들어가기 전, 4년 만에 만난 가엔 씨는 그런 말을 했었다—어디까지가 진심일까 하는 생각이 들었는데, 아무래도 내가 생각했던 것 이상으로, 이 일에 대해 그 사람은 진심이었던 모양이다.

“세상의 눈을 피하던 전문가업도, 슬슬 공공조직으로 이행할 시기가 온 거야, 코요밍—과거의 음양사가 그랬던 것처럼, 어떤 의미에서는 원점회귀라고 말할 수도 있겠지만.”

아니, 스오 씨도 말했던 것처럼 이것은 어제오늘 시작된 이야기가 아니라 한참 전부터—나와 만나기 전부터—그 사람은 그런 일을 계획하고 있었던 모양이다.

이를테면 경찰청 같은 공공조직에 대한 어프로치도 그 사람답다고 말할 수 있다—조직의 상층부를 설득하는 것이 아니라, 괴이에 관련된 인간과 '친구'가 되어, 아래쪽부터 조직에 집어넣는다는 형태를 취하고 있다고 한다.

집어넣은 인재들이 그럭저럭 입지가 강해진 지금, 계획이 본격적으로 움직이기 시작했다는 흐름이다—그러니까 내가 이 타이밍에 중앙공무원이 된 것도 역시 단순한 우연은 아닐 것이다.

본부부터가 아니라 지방 관할부터 제압해 가는 방식도, 오셀로에서 코너를 차지하는 듯한 교묘함이 느껴진다.

어떻게 해도 손바닥 위에 있다는 건가.

뭐, 그런 투자의 의미가 있었기에 가엔 씨가 고등학교 3학년이었던 나에게 그렇게까지 잘 대해 준 거라고 하면, 스오 씨를 따라 하는 건 아니지만 나에게도 보답해야만 하는 은의가 산더미만큼 있다.

적어도 이 4개월 동안은, 훌륭하게 근무하도록 하자.

최대한 할 수 있는 것을 하자.

고등학교 시절에 그렇게나 한심한 모습을 보였던 만큼, 멋진 모습을 보여서 만회하고 싶다는 마음도 물론 있다.

"근데? 오빠, 현장이란 건 어디야? 애초에, 실제로 풍설과라는 곳은 무슨 일을 하고 있어?"

"그건 수사상의 비밀—도 아니려나."

사건성이 있다면 설령 상대가 경찰관이든 여동생이든 지켜야 할 비밀은 지켜야만 하겠지만, 지금 내가 담당하고 있는 안건은 사건성이 **없음**을 증명하는 것이다.

개방적인 부서의 일원으로서는, 나불나불 말해도 문제가 없을 것이다.

그렇다기보다, 이것도 필요한 사정청취라고 할 수 있다—가정에 업무를 가지고 귀가하는 것은 좋지 않지만, 십 대 시절 나와 달리 기운 넘치는 아웃도어파였던 카렌이라면 그 강에서 놀았을 것이다.

그 시절에 어땠는지 물어보자.

“카렌. 내가 다니던 나오에츠 고등학교 근처에, 커다란 강이 흐르고 있는 거 알고 있었어?”

“뭐든지 아는 것은 아니야. 알고 있는 것만.”

“그거 정말 그립네!”

그 옛날, 자주 들었던 대사다.

그러고 보니 하네카와하고 꽤 사이가 좋았었지, 카렌.

“최근에는 연락이 끊겼지만 말이야~ 무리도 아니지만. 오빠한테는 지금도 연락이 와?”

“응… 뭐, 가끔씩. 최근에는… 응, 무리 없는 정도로….”

하네카와의 이야기를 하기 시작하면 끝이 없으므로, 자기도 모르게 그 그리움에 젖고 싶어지기도 했지만, “그래서, 아는 거야? 모르는 거야?”라며 나는 하던 이야기로 돌아갔다.

“알고 있었어. 그렇다기보다, 요전에도 부서 사람들하고 1박 2일로 낚시하러 갔어.”

"……."

십 대 시절은 고사하고, 지금도 아웃도어파였다.

아주 기운이 넘쳐난다.

역시나 그대로 나돌아 다니지는 않게 되었지만, 아직도 집 안에서는 운동복 차림이고 말이야.

그리고 학생 시절과 조금도 변하지 않은 사교성이다—부러울 따름이었다.

그건 그렇고, 낚시도 할 수 있구나, 그 강.

확실히 낮에 강물 속에 들어갔을 때, 꽤 큰 물고기가 헤엄치고 있었다.

"그 강에서 안전사고가 연속해서 일어나고 있는 모양이야. 어린아이가 잇따라 물에 빠졌고, 이상한 소문이 돌고 있어. 그 검증이 나의 첫 업무야."

"흐음. 안전사고인가. 그 일은 '모르는 것'이었네. 그것도 모르고 캠핑을 하고 말았어. 나쁜 짓을 한 걸까?"

"아니, 나쁜 짓은 안 했잖아."

어린아이가 몇 명이나 물에 빠진 장소에서 즐겁게 낚시 같은 걸 하다니 불성실하다—라는 생각을 하다가는 꼼짝도 할 수 없게 된다. 물에 빠진 아이 중에 아직 중태인 사람도 있으니 배려는 필요할 수도 있겠지만, 살아 있는 이상 어딘가에서 선을 그어야만 한다.

"그러면 카렌, 그때 뭔가 이상한 점을 느끼지 못했어?"

"이상한 점이라니?"

"으음~… 물에 빠지기 쉬운 포인트라든가, 발이 미끄러지기 쉬운 장소라든가… 캠핑 도중에 누군가가 갑자기 컨디션이 안 좋아졌다든가…."

어쨌든 안건 자체가 애매하기에 그 점에 관련된 질문도 자연스레 모호해진다—대쪽 같은 성격을 그대로 유지한 채 성인이 된 카렌에게는 좀처럼 전해지지 않았는지, 언짢은 얼굴을 하고 팔짱을 끼었다.

"딱히 아무 일도 없었는데 말이야. 완전 재미있게 놀았다고."

"그렇구나. … 참고삼아서, 하나 더 말해 줄래? 그 캠핑에 참가했던 멤버는 동료뿐? 가족을 데리고 온 사람은 없었어? 요컨대—아이를 데리고 온 선배라든가."

"음? 없었어. 다들 어른이었어."

그런가.

그렇다면, 알고 있는 한, 역시 물에 빠진 건 어린아이뿐인가.

시노부의 말을 떠올린다.

'다섯 건 중에 네 건은 사고가 아니라 사건'—아주 구체적인 표현이었지만, 그러나 시노부는 그 이상은 아무리 물어봐도 가르쳐 주지 않았다. 좋아하는 도넛으로 유혹해도 소용없었다.

아무래도 시노부에게는 시노부의 기준이 있는 모양이다.

사람을 돕는 것이 아니라, 나를 돕는 기준.

풍설과 여러분은 괴이와 의사소통이 가능하다는 점에서 나를 중용해 주고 있는 모양인데, 이래서는 그 기대에 부응할 수 있을 것 같지 않다.

그러고 보니 다섯 명 중에 세 명이 '보이지 않는 손'에 의해 물속으로 끌려 들어갔다고 증언했던가? 의식불명으로 입원 중인 한 사람을 빼면, 네 명 중 세 명—그것은 뒤집어 보면, 네 명 중 한 명은 그런 증언을 하지 않았다는 뜻이다.

다섯 건 중에 네 건이 사고가 아니라 사건이라는 시노부의 판단을 그대로 받아들인다면, 다섯 건 중에 한 건은 사건이 아니라 사고—그것이 네 명 중에서 '보이지 않는 손'을 보지 못했던 아이라는 이야기가 되나?

그렇게 되면, 오히려 그 아이의 증언이 신경이 쓰인다.

'보이지 않는 손'을 보았든 보지 않았든, 그 시점에서 상당히 이상한 소리를 하고 있는 것인데, 뭐, 괴이담이란 그런 법이다.

그것을 '어린애가 하는 소리'로 치부하지 않고, 꼼꼼히 검증한다.

이미 보고 문자는 보냈지만, 식사를 마치고 나면 다시 한번 스오 씨에게 그 방침을 이야기해 두도록 하자.

낡은 부대에 새 술을 담는 예는 아니지만, 그 부분에서는 고풍스러운 전문가를 본받아서 직접 발로 뛰자—소문 이야기라고 해도 전해 듣기만 해서는 좀처럼 감을 잡기 어렵다는 점도 있다. '친구의 친구'가 누구인지 시시콜콜한 부분을 밝혀내는 행동 같은 고약한 구석도 있지만….

"뭐야, 오빠. 일하지 마~ 현장을 동경한다는 것은 알고 있지만, 연수 중에는 그냥 느긋하게 보내면 되는 거라고."

"모처럼 살던 동네에 왔잖아. 이런 상황이니 지역에 대한 감을 발휘하고 싶어서 그래."

"그런 강이 있는 것도 몰랐으면서? 그런 것보다, 옛날 친구라도 만나고 오는 게 어때? 하네카와 씨는 츠키히랑 마찬가지로 해외에 있다지만, 만나고 싶은 다른 사람은 없는 거야?"

하네카와의 '해외'와 츠키히의 '해외'는 상당히 의미가 다르지만… 그러고 보니, 내 주위에는 해외로 나가 버린 녀석들이 상당히 많네. 내 고등학교 시절은 일본 내에서는 평가할 수 없는 재능들로 가득 차 있었던 것일까.

그거야 어쨌든 이걸 기회로 만나 두고 싶은 지인이라면… 뭐, 역시 전혀 없다고는 할 수 없겠지만…. 지금도 그렇지만, 옛날에는 생각도 할 수 없을 정도로 사람 사귀는 일에 서툰 편이었으니 말이야.

친구를 만들면 인간의 강도가 내려가니까.

라고 했던가.

단순히 의리가 없다는 점의 발로이겠지만, 그러나 만나고 싶어도 만나는 것이 거북한 인간도 있다. 잔뜩 있다.

그렇게 생각하면, 나는 정말이지 변변치 못한 십 대 시절을 보낸 모양이다.

자격은 있었지만, 재회인이다.

만나면 만나는 대로 이 중앙공무원 자식, 이라고 멸시당하지 않을까 하는 피해망상도 있다—좀처럼, 금의환향했다는 기분을 느낄 수 없다.

어째서 이렇게 숨어 있는 범인 같은 기분으로 있어야 하는 거지.

"그러네. 그렇다고는 해도 칸바루라도 만나 둘까. 그 녀석, 요즘 어떻게 지내고 있더라? 체육대학에 합격했다는 얘기까지는 들었는데… 순조롭게 다녔으면 지금쯤 4학년일까? 츠키히처럼 때려치우지는 않았겠지?"

"그 사람이라면, 지금은 닥터를 노리고 있어."

카렌에게 답을 얻었다.

그런가, 그러고 보니 이 녀석, 하네카와보다 칸바루 쪽하고 사이가 더 좋았었지.

체육 계열의 인연으로… 아, 그렇지, 애초에 내가 소개했었다.

그런 일도 있었지.

절절이 느껴진다.

"허어. 닥터란 말이지. 그렇다면 박사 학위를 따기 위해 대학원에 들어가려고 다시 입시 공부를 하고 있겠네. 뭐, 내가 기억하기로는 그 녀석, 머리는 좋았으니까…."

"아. 그건 아녀, 아녀, 오빠."

어째서인지 카렌이 간사이 사투리의 인토네이션으로 내 착각을 정정했다.

"닥터라는 말은, 그 닥터가 아니라 다른 닥터야."

"무슨 닥터?"

"의사 선생님이라는 뜻이야."

"의사 선생님?"

005

옛 지인과 오랜만에 만나서 회포를 푼다고 해도, 고향 동네에서 넉 달이나 머무를 예정이기에 딱히 서두를 필요는 없을 것이라 생각했지만(이런 생각이, 나의 용서받을 수 없는 의리 없는 행동을 조장한다), 하지만 사람의 인연이란 신기한 것이라 나는 그다음 날 생각지도 못한 형태로 고등학교 시절의 후배인 칸바루 스루가와 재회하게 되었다.

다음 날 오전부터 스오 씨와 함께 물에 빠진 아이들의 집을 차례대로 들르며 이야기를 듣자는 흐름이 되었는데—아쉽게도 성과는 올리지 못했다.

이미 알고 있던 사실을 재확인했을 뿐이었다. '보이지 않는 손'을 보았다는 아이는 끝까지 자기는 보았다고 주장하고, 보지 못했다는 아이는 전혀 보지 못했다고 주장할 뿐이었다.

생생한 목소리를 들을 수 있었다는 것이 성과라고 하자면 성과겠지만(어린아이의 이야기를 듣는 것은 간단하지 않았지만, 과연 스오 씨는 대단했다)—다만, 물에 빠졌던 다섯 명 중 넷까지 만났으니까, 나머지 한 명도 만나 두자는 흐름이 되었다.

의식불명이라 이야기가 가능한 상황이 아니지만,

"당사자의 얼굴을 알고 있는 것만으로도 모티베이션이 달라지는 법이야."

라고 말하는 스오 씨의 제안에는, 그렇구나, 어떤 불만도 없었다.

그런 이유로 마지막 한 명(이라고는 해도, 물에 빠진 건 그 아이가 '첫 번째'라고 한다)이 입원하고 있는 병원에 병문안을 위한 꽃을 사 들고 가 봤더니,

"오오! 이럴 수가, 이 발소리는 아라라기 선배잖아!"

라고 외치는 힘찬 목소리가 접수처 쪽에서 들렸다.

아무리 그래도 병원이라 고등학교 시절처럼 마하의 속도로 달려오지는 않았지만, 돌아보았더니 그곳에 있는 것은 틀림없는 칸바루 스루가였다.

머리카락은 더 길어졌는지, 허리까지 오는 롱 스트레이트.

그리고 패션은 간호사 룩이었다.

어라? 내 정보망에 의하면 칸바루는 의사를 노리고 있었을 텐데?

코스프레?

"알바야, 알바. 아르바이트라고. 사무 업무를 거들고 있는 것뿐이야—간호사도 아니지. 다만 그럴싸한 옷차림을 하지 않으면 직원처럼 보이지 않아서 헷갈린다는 병원의 방침이야."

분명 너스 캡을 쓰고 있는 것도 아니고, 자세히 보니 블라우스에 카디건을 걸치고 있을 뿐이었다. 그건 그것대로 오히려 헷갈릴지도 모른다고 생각했지만, 뭐, 그것도 어떤 종류의 복장규정일까.

나도 연수기간에는 정장에 넥타이 차림을 하라고 들었고.

"그래서… 알바라고?"

"응. 학비를 벌어야만 해. 나도 스무 살이 지나서, 할아버지와 할머니가 자금 지원을 전혀 해 주지 않게 되었거든."

집세도 내고 있다며, 칸바루는 가슴을 폈다.

선배를 선배라고 생각하지 않는 잘난 체하는 태도는 예전부터 그랬지만, 확실히 그 부분은 크게 가슴을 펴도 될 부분일 것이다—나는 대학을 졸업할 때까지 전부 부모님을 의지했으니까.

어쨌든 발랄한 분위기나 기운 넘치는 태도는(그리고 잘난 듯한 태도도) 고등학교 시절과 마찬가지였지만, 당연하게도 스물두 살의 칸바루 스루가는 어른스러웠다—번듯하게 일하고 있는 장면과 맞닥뜨린 것이 그 인상을 강하게 하고 있겠지만.

아직 학생일 거라고 생각했는데…

추월당했다는 느낌이 장난 아니다.

"뭐야. 아라라기 군. 아는 사람? 그럼, 난 먼저 가 있을 테니까 천천히 와."

"아, 아뇨, 스오 씨… 저기, 하지만, 일하는 중이니까요."

"괜찮아, 괜찮아. 우리는 사람들과의 교류도 일이야. 지연地緣은 소중히 하라고."

반론을 허락지 않고, 스오 씨는 나를 그 자리에 머무르게 하고는 혼자 재빨리, 만나야 할 아이가 입원한 병실로 가 버렸다—고마우면서도 고집스런 선배다.

"미안해, 칸바루. 너도 일하는 중일 텐데."

"아니, 상관없어. 마침 아침 러시도 끝나서 한숨 돌릴까 하던 참이야."

정말로 그런 것인지, 아니면 배려해 준 것인지는 잘 모르겠지만, 그렇게 말해 주면 조금은 마음이 편해진다.

내가 알던 고등학교 시절의 칸바루라면 틀림없이 전자겠지만, 그러나 근로를 익힌 그녀라면 후자일 수도 있을지 모른다.

어쨌든 혼자 남겨진 이상, 여기서는 스오 씨의 권유에 따르기로 했다—나와 칸바루는 휴식 공간으로 이동했다. 나도 조금은 선배 행세를 하고 싶었으므로 자판기에서 주스를 사 주었다.

"아라라기 선배는 형사가 되었다는 소문이었는데, 조금 전의 미녀는 선배야? 이 동네로 돌아왔을 줄은 몰랐네. 전화라도 해 주면 좋았을 텐데."

"아직 정신없는 상황이라서 말이야. 정리가 좀 되고 난 뒤에 연락을 하려고 생각했어."

변명처럼 들리는 말이고 실제로도 변명이었지만, 그런 소리를 하면서도 어쨌든 재회를 축하하며 캔 음료수로 건배를 했다. 두 사람 모두, 이미 술을 마실 수 있는 나이였지만 오전 중인데다 직무 중이기도 해서 자제하기로 했다.

"내가 형사가 되었다는 얘기, 누구한테 들었어?"

카렌일까 하고 생각했지만,

"오기에게."

라는 대답이 돌아왔다—으음.

그렇다면, 내 정보는 거의 다 새어 나갔다고 생각하는 편이 좋을 것 같다.

"들었을 때는, 그 사람도 번듯해졌네, 라고 감탄했어."

"얼마나 대단한 사람이 된 거냐, 넌?"

"이쪽에서 일하는 거야? 난 아라라기 선배는 이제 돌아오지 않을 거라고만 생각했는데. 불귀의 객이 되었다고 생각했는데."

"아니, 어디까지나 연수기간이니까 그 뒤에 어떻게 될지는… 불귀의 객이라고 하지 마."

뭐라고 말하기 어렵다.

명색이나마 국가공무원이므로, 프로야구 선수의 이야기를 하는 건 아니지만 자신의 해설자를 스스로는 정할 수 없다.

그 부분에 가엔 씨의 계획이 얽혀 있을지 모른다고 생각하면, 더욱 그렇다.

"칸바루는? 왜 의사야? 나는 프로 농수선수라도 목표로 하지 않을까 하고… 프로농구 리그는, 여자는 아직이었던가… 하지만 실업 팀이라든가…."

"아~ 농구는 다 했다는 느낌이 있지. 지금도 취미로 계속하고는 있어. 휴일에, 친구들하고."

"친구라."

내 대학 시절에서는 한 번도 써 본 적 없는 말이네.

충실한 학생 생활, 부럽구나.

"흐음. 그렇다고 해도 의사라니, 인생이라는 커다란 바다에서 상당한 항로 전환 아냐? 애슬리트에서 닥터라니."

"아니, 입시 단계에서부터 생각은 하고 있었어. 체육대학에 들어간 건 운동을 계속하고 싶어서였지만, 의학부에 들어간 것은 진로를 내다본 선택이었고. …스포츠 닥터가 되고 싶어.”
“스포츠 닥터.”
라는 건… 운동 중의 사고나 부상을 미연에 방지하거나 재활 운동을 돕거나 하는 의사를 말하던가.
아아….
그렇게 듣고 보니 바로 납득이 된다.
그렇다. 내가 아직 이 마을에서 대학을 다니고 있었을 무렵, 칸바루는 옛 친구와 재회했다—시합 중의 부상으로 현역에서 어쩔 수 없이 은퇴하게 된, 옛 라이벌과의 재회.
이것은 정확히 말하면 부상은 아니지만, 칸바루 본인도 한때 왼팔을 쓸 수 없게 되어 코트에서 전선이탈을 했었다. 그런 괴로운 체험을 했기 때문에 그런 진로를 선택한 건가.
이 얼마나 훌륭한가.
후배가 너무 눈부셔서 정화될 것 같다….
“가슴과 팬티 이야기밖에 하지 않던 그 칸바루 스루가가… 이건 눈물 없이는 들을 수 없는 에피소드라고.”
“다른 이야기들도 했다고 생각하는데 말이야.”
“그렇다면 지금은 더 이상 BL소설도 읽지 않는구나.”
“그건 지금도 즐기고 있어.”
그러십니까요.
어쨌든 어째서 경찰관이 되었냐고 물었을 때, ‘부모님이 그랬으니까’라고 대답했던 나와는 전혀 다르다—나에게는 과분한 후배다.

너무 훌륭한 후배다.

우연히 만나서 다행이다.

설령 지금 칸바루가 어떤 녀석이 되어 있다고 해도 분명 이런 기분이 들었을 테니, 역시 막상 만나려 할 때엔 주저했을 것이 틀림없다.

부모라고 하자면 칸바루의 어머니야말로 가엔 씨의 친언니이므로, 그렇다면 내가 아니라 칸바루 쪽이 가엔 씨의 카드로서 움직이게 될 가능성도 있었겠지만, 아무래도 그럴 가능성은 더 이상 없어 보였다.

그 인연은, 이미 끊어진 모양이다.

깔끔하게, 깨끗하게 싹둑.

인정하고 싶지는 않지만, 사기꾼 카이키 데이슈가 가엔 씨보다 먼저 움직여서 그 성가신 인연을 끊어 놓았다는 모양이다—이놈이고 저놈이고 다들 앞일을 내다보고 움직이고 있네.

나도 그런 어른이 될 수 있을까.

"간단하지는 않지만 말이야. 이미 몇 번인가 좌절할 뻔했어. 이대로, 어떤 형태로든 의료에 관련될 수 있기만 하면 좋은 것 아닐까 하는 현실노선도 보였지—농구도, 조금 전에 '다 했다'라고 말했는데, 단순히 초고교급이니 불렸던 내가 대학 레벨에 좌절한 것뿐일지도 몰라."

"……."

"세상은 넓어. 센조가하라 선배보다 무서운 사람은 없을 거라 생각했는데, 대학에 들어가 보니 그 사람보다 무서운 선배가 우글거리고 있었고 말이야…. 그 사람보다 좋아진 선배는 없었지만, 시야가 좁다는 걸 실감했어."

"…그렇구나. 이상한 녀석은 잔뜩 있겠지. 세상에는."

진심으로 동의했다.

그 실감은, 사회에 나와서도 계속되고 있다.

풍설과의 존재는 가엔 씨의 노림수였다 해도, 설마 '인어 고기'를 먹고 인어화 된 여성이 있다니, 나는 상상도 하지 않았다.

철혈이자 열혈이자 냉혈의 흡혈귀에게 피를 빨린 것으로 왠지 모르게 스스로를 특별시하는 기분이 없었다고는 말할 수 없겠지만, 그런 우쭐한 생각을 일축하는 경력을 가진 사람들이 풍설과에는 잔뜩 몰려 있었다.

10만 명에 한 명 나올 인재도, 세계 규모로 보면 잔뜩 있다는 이야기일까.

"이상한 녀석도, 굉장한 녀석도. 온리 원의 괴물은 하네카와 정도인가."

"아."

칸바루가 미묘한 표정을 보였다.

하네카와와 개인적으로 사귄 기간이 짧았다고는 해도, 그래도 그 녀석은 인상에 남았을 것이다.

"그 사람, 아직 제대로 살아 있어?"

"살아 있…는 것으로 보여. 죽었다면 연락이 왔을 테니까."

"어떻게 된 인생을 보내고 있는 거야."

그 이야길 들으면 중도 포기했다고 좌절하고 있을 상황은 아니네, 라고 칸바루는 말했다.

경쟁 대상이 하네카와라면 보통은 노력할 의욕이 사라질 법도 한데, 과연 일세를 풍미한 스타는 다르다.

근성이 다르다.

고등학교 시절의 영광을 추억 삼아 여생을 보낼 생각은 없어 보인다.

“그런데, 아라라기 선배, 병원에는 무슨 볼일로 왔어?”

“선배라는 호칭은 이제 그만둬. 너나 나나, 이제는 고등학생도 아니니까.”

“나에게 아라라기 선배는 언제까지나 영원히 선배야.”

“정말이지, 과분한 후배구나.”

진심으로 그렇게 말하면서, 나는 이것도 인연이라며 물어보기로 했다. 큰 병원이기도 하고, 설마 아르바이트를 하는 칸바루가 모든 환자를 파악하고 있으리라고는 생각하지 않지만, 의식불명으로 입원한 어린아이가 그렇게 많을 거라고도 생각되지 않는다.

“예상했겠지만, 일 때문에 왔어. ——라는 아이, 알고 있어?”

“아아. 강에 빠졌다던… 그렇게 위험한 강도 아닐 텐데 말이야, 그 강. 내가 알고 있을 때하고 양상이 바뀐 걸까.”

당연하다는 듯 알고 있었다.

너도 캠핑하는 쪽이냐.

알고 있었지만.

“경찰이 왔다는 건 사건성이 있다고 판단한 건가? 누군가가 물에 빠뜨렸다든가, 떠밀렸다든가."

"사건성이 있는지 없는지 판단하는 것이 일이거든. 없다면 그래도 괜찮아—사람이 물에 빠진 이상, 있든 없든 '괜찮다'고 할 수는 없을까. …그 아이의 상태는 좀 어때?"

"나는 치료에는 직접 관여하지 않으니까 뭐라고 할 수는 없지만, 그리 좋지는 않은 모양이야. 의식이 돌아올 조짐이 없다고… 마치 혼이 빠져나가 버린 것처럼."

"혼이—"

옛날이야기에 따르면, 갓파가 뽑아 간다는 건 시리코다마—엉덩이 구슬이었지.

엉덩이 구슬이라는 게 뭔지는 모르겠지만, 으음.

"이 얘기는 여기서만 듣고 다른 데 흘리지는 말아 줬으면 하는데, 비슷한 사고가 그 강에서 빈발하고 있거든. 이대로라면 그 일대를 폐쇄해야만 할지도 몰라."

"그럴 수가…. 그러면 우리는 앞으로 대체 어디서 친구들과 캠핑을 해야 되는 거지?"

그런 말을 들으면 그냥 폐쇄시켜도 괜찮지 않을까 하는 르상티망이 부글부글 끓어오르네.

어디서 친구들과 캠핑을 해야 하는가, 라는 걱정은 해 본 적도 없고, 앞으로도 하지 않아.

"그러면 아라라기 선배, 부디 그렇게 되지 않도록 조치해 줘… 라고 부탁하면 안 되려나?"

"부탁하는 건 상관없어. 기대에 부응할 수 있을지는 모르겠지만. 그건 관청에서 결정할 문제고, 내 업무는 어디까지나 수사니까."

"흐음. 그렇다면 관청에 부탁하러 가면 되는 걸까."

실제로 할지도 모르니 무섭다.

액티브한 행동력은 고등학교 시절보다 오히려 배가되어 있었다.

나와는 달리, 학생 시절부터 지인이 많았던 칸바루이니 관청에 취직한 친구도 있을 테고—그런 생각을 했다. 설마, 나의 몇 안 되는 학생 시절의 지인이 정말로 관청에 취직을 했으리라고는, 이때는 알 수 있을 리 없었다.

006

병원을 뒤로한 나와 스오 씨는, 점심을 먹고 다시 현장인 강으로 향했다. 풍설과의 업무는 일반적인 경찰 업무와는 다르므로 경찰학교에서 배운 지식을 제대로 활용하지 못하고 당황하는 경우도 있었지만, 현장을 여러 번 돌다 보니 조금은 형사다워졌다.

아직 두 번째지만.

그리고 스오 씨는 이 두 번째로 결판을 낼 생각인 듯했다.

"이것 말고도 여러 안건을 끌어안고 있으니까 말이야. 표면적으로는 한가한 부서처럼 보이지만, 꽤 바쁘다고."

그것도 당연한 것이, 작은 소문 수준의 풍문을 전부 체크해야 하므로 얼마 안 되는 인원으로 융단폭격을 하듯 그 지역을 샅샅이 돌아야만 한다.

남자라든가 젊다든가, 흡혈귀의 권속이라든가 히기 이진에, 단순한 인력으로서 나의 연수는 귀중하게 여겨지는 것이다.

지금은 그 기대에 부응하지 못하고 있지만… 힘을 내야지.

"칸바루… 조금 전에 만난 후배도 옛날 여기에 캠핑을 왔던 모양인데요, 특별한 위화감은 없었대요. 자세히 말할 수는 없지만, 그 녀석도 괴이에 관해서 문외한은 아니니까 물속에 뭔가가 있었다면 알아차려도 이상하지는 않았을 테니…."

"그렇구나…. 하지만 아라라기 군의 그림자에 살고 있는 꼬마 흡혈귀는, 확실히 '뭔가 있다'라고 했었지?"

"네. 그렇게만 말하고 구체적으로는 아무것도 알려 주지 않았지만요…."

"괜찮아. 그것만으로도 충분한 전진이니까. 그것보다, 미안했어. 후배와의 대화를 꼴사납게 끊게 해서."

"아뇨, 아니에요. 또 만나자는 약속도 했으니."

다만, 그 약속이 실현될지 어떨지는 좀 미묘하다.

사전연락도 없이 어쩌다 우연히 조우했기 때문에 이야기를 나눌 수 있었지만, 학업과 일을 병행하고 있는 칸바루는 상당히 바빠 보였다—아마도 나보다 바쁠 것이다. 가령 휴일이 있다 해도, 모처럼의 귀중한 휴일이라면 요즘 친하게 지내는 사람들과 농구나 캠핑을 즐기며 보냈으면 한다.

넓어진 칸바루의 시야를, 어슬렁어슬렁 돌아온 내가 좁히고 싶지는 않다.

무서운 선배가 우글거리고 있었지만 센조가하라보다 좋아진 선배는 없다—라고 칸바루는 말했는데, 그것도 일종의 배려가 아니었을까 하는 생각을 하고 싶지는 않았다.

배려라.

그 무례한 후배가 그런 배려를 익혔다면, 그건 재회 이상으로 기쁘게 생각해야 할지도 모르겠지만, 그러나 그런 배려는, 혹은 사양은 어딘가 모르게 슬프기도 했다.

언제까지나 무례한 후배로 있어 주었으면 했다, 라는 건 내 자기중심적인 바람이고, 그 이야기를 하자면 나도 칸바루에게 계속 '존경하는 아라라기 선배'로 있을 수 없었던 것도 분명한 사실이다.

언제까지나 영원히.

그런 이야기를 하자면, 그 녀석도 진지하게 사귀고 있는 녀석이 있어도 이상하지 않을 나이다. 칸바루 스루가는 언제까지나 내 안의, 열일곱 살의 고등학교 2학년생이 아니다.

센조가하라 히타기라….

그 녀석, 지금쯤 뭘 하고 있을까?

"음? 왜 그래, 아라라기 경부보? 생각에 잠긴 얼굴을 하고. 옛날에 사귄 여자친구 생각이라도 했어?"

예리하네. 과연 형사나.

형사의 감이라기보다는 여자의 감 같지만.

"옛날이라기보다, 지금도 사귀고 있지만요. 고등학교 때부터 함께였던 여자친구인데… 같은 대학에 들어가서 두 번 헤어지고, 두 번 재결합했어요."

"허어. 그렇다면 그리워한다는 건 좀 이상하지 않나? 이상하네. 대학 졸업과 동시에 동거하지 않았어?"

"동거는 재학 중에 한 번 했었는데요… 그 녀석, 해외 기업에 취직해 버렸거든요."

그것도, 부모의 뒤를 따라간 모양새였다.

히타기의 아버지가 외국계 기업에서 근무한다는 건 알고 있었지만, 놀랍게도 그녀는 그 라이벌 회사에 채용되었다. 같은 업계의 다른 회사를 선택한 것을 보면 아버지에 대한 콤플렉스를 숨기려고도 하지 않은 그녀는, 신진기예新進氣銳의 전속 금융 트레이더로서, 마치 타미쿠라소民倉莊에서의 빚쟁이 생활에 복수라도 하는 것처럼, 과장스럽게 말하면 세계 경제를 움직이고 있다.

내가 경찰학교를 다니는 동안, 무슨 짓을 하고 있는 거야.

정말 이놈이고 저놈이고, 해외를 좋아하는구나.

애국심이 부족하다고.

"아라라기 군도, 의도해서 고향으로 돌아온 건 아니잖아? 그런데 뭘 애국자인 척하는 거야. 가엔 씨의 모토에 근거하면, 해외에서 일본인이 활약하는 건 축복할 일이지만 말이지. 화교 같은 네트워크를 만들 수 있다면 정말 멋질 거 아냐."

가엔 씨의 최종적인 목표는 그 부분일지도 몰라—FBI라든가

MI5 같은 곳에도 인재를 집어넣거나 해서—라며 스오 씨는 농담인지 진담인지 분간이 가지 않는 소리를 했다.

“뭐, 관계가 자연소멸하지 않도록 자주 연락을 주고받는 걸 권하겠어. 특히 형사는, 결혼도 간단하지 않으니까—나도, 취직하고 난 뒤로 대여섯 명하고 헤어졌어.”

그건 본인의 자질 문제라는 기분도 들지만, 입 밖에 내지 않는 게 좋을 것 같다.

이런, 이런. 사생활적인 부분을 너무 드러냈다.

개방적인 과장이라고 해서, 뭐든지 떠들어 대도 괜찮을 리는 없을 것이다.

다만, 충고는 제대로 받아들이도록 하자. 형사로서가 아니라, 인생의 선배에게 받는 어드바이스다.

의리가 없는 데다 연락하기도 귀찮아 하는 나는, 그런 식으로 다양한 인연을 끊어 버리고 있었으니 말이야—이제 와서 생각하면, 잘도 두 번이나 재결합하게 되었다. 세 번째가 없도록 신경을 쓰자.

“그래서, 스오 씨. 그 아이의 상태는 어땠나요?”

결국 내가 휴식 공간에서 이야기꽃을 피우고 있는 사이에 스오 씨가 병실에서 생각보다 빨리 돌아와 버려서, 지금 입원 중인 마지막 한 명의 얼굴을 볼 수 없었던 것이다.

“나도 보지 못했어. 면회사절이었거든. …어제까지는 그렇지도 않았던 것 같은데, 아무래도 좀 상태가 악화된 모양이야. 급박한 상황인지도 몰라.”

"……."

"다행히 담당 간호사에게서 개인정보는 제대로 입수할 수 있었어. 부모가 맞벌이라 혼자 집을 보는 일이 많아서―라기보다는 방치되곤 했고, 하지만 그렇다고 생각되지 않을 정도로 밝은 아이라서 아이들끼리 놀 때는 솔선해서 나서는 타입으로, 그랬기 때문에 물에 빠지게 되었다는 모양이야."

병원 내에서는 하기 어려운 이야기다.

스오 씨가 해결을 서두르는 것은, 단순히 안건이 밀려 있기 때문만이 아니라 그런 이유도 있었는지 모른다. 어디까지나 업무로서 척척 처리하는 인상도 있지만, 아무래도 얼굴을 보지 못했어도 그녀의 모티베이션은 올라간 듯했다.

"밝은 아이의 놀이터가 없어지는 건 좋지 않죠."

나는 그런 진부한 코멘트를 했다.

인간으로서의 얕은 바닥을 드러내는 것 같아서 부끄러웠지만, 뭐, 이것으로 '친구들과 캠핑하기 위한 강변 따윈 폐쇄돼 버려라' 같은 꼴사나운 르상티망은 흔적도 없이 사라졌다.

"그냥 저의 추측인데요, 아무래도 어린아이만 노린다는 인상이 있네요. 성인 피해자가 없다는 건… 그렇죠, 제 여동생도 최근에 낚시를 하러 왔었는데, 그때도 문제는 없었대요."

"카렌 말이구나."

"알고 계셨나요? 아라라기 가의 불초하지만 자랑스러운 여동생을."

"여러 가지로 눈에 띄니까. 호감도가 높거든, 그런 무드 메이

커는."

풍설과에 들어와 주면 좋을 텐데, 라고 스오 씨는 말했지만 그건 무리한 이야기일 것이다. 그 녀석의 캐릭터성은 도시전설이나 괴담 종류와는 정반대의 것이다.

사기꾼의 피해를 입은 가족이란 바로 그 녀석을 말하는 것이지만, 내가 얼버무릴 것도 없이 몸 상태 악화의 원인이 괴이라는 사실을 완고하게 인정하지 않았으니 말이야—그 강인함이 있었더라면, 나도 흡혈귀가 되는 일은 없었을 것이다.

혹은, 인어가 되었던 스오 씨도 그것을 느꼈기에 풍설과에 무드 메이커를 원하고 있는지도 모른다.

"우리 과에는 무드 메이커가 없으니까. 그러니까 그 애의 오빠인 아라라기 군에게 기대하고 있었는데."

"죄송하게 됐네요. 무드 브레이커라서."

"아니아니. 그러면 내키지는 않지만, 카렌을 본받아서 우리도 낚시나 해 보기로 할까."

그렇게 말하고서 스오 씨는 상의를 벗었다. 그것을 옆에 서 있는 나에게 건네고, 계속해서 그 아래의 셔츠도, 타이트한 스커트도, 스타킹도 가터벨트도 훽훽 하고.

마치 이곳이 자기 집 욕실이라는 듯한, 거리낌 없는 탈의였다.

미리 들었다고는 해도 그 당당한 행동에 이쪽이 허둥지둥하게 된다. 어제 나무 뒤편 그늘에서 몰래몰래 갈아입었던 내가 꼴사납게 생각될 정도의 당당한 태도였다.

다만, 당연히 스오 씨는 안에 수영복을 입고 있었지만.

수영복은 어제 시노부가 입었던 것과 같은 원피스 수영복이었지만, 역시 어린 소녀가 입은 것과 성인 여성이 입은 것은 상당히 분위기가 달라서 대담한 느낌이었다.

마지막으로 하이힐을 벗고는 몸을 쭉쭉 움직이며 준비운동을 시작한다.

"나는, 미끼가 될게."

그 대사는 아마 스위미*가 그림책에서 말했던 '나는, 눈이 될게'를 패러디한 것이겠지만, 이번 작전을 한마디 말로 표현하고 있었다. 그렇다, '인어 고기'를 먹고 인어가 된 그녀는 온몸이 먹음직스러운 음식인 것이다.

그녀 앞에서는 흡혈귀를 불러낼 수 없을 정도로.

어제는 내가 강에 들어갔지만, 오늘은 스오 씨가 잠수해서 (있다면) 괴이를 유인해 낸다는 계획이었다. '인어 고기'가 맛있다는 것은 비단 흡혈귀에 한정된 이야기가 아니다.

수많은 괴이에게 인어는 **음식**이다.

불로불사가 아니었다면 남획되어서 오래 전에 멸종했을 것이다.

그런 의미에서 인어 그 자체인 스오 씨는 600년을 살아온 흡혈귀보다 귀중종貴重種이라고 해야 할지도 모른다—물론, 그녀

※스위미(Sweemy) : 네덜란드의 작가 레오 리오니의 작품 『스위미』의 주인공. 『스위미』는 작은 물고기들이 힘을 합쳐 큰 물고기 모양을 만들어 적을 물리치는 이야기이다.

에게는 그냥 내키지 않는 정도의 플랜이 아니다.

인어가 되어서 괴이를 꾀어낸다는, 자기 몸을 미끼로 삼는다는 이 작전은 한때 그녀가 몹시 싫어한 '반어인'이 되는 것이 전제다. 어제 그렇게나 물가에서 거리를 두었던 것으로도 알 수 있듯이, 그것은 아직 스오 씨가 극복한 트라우마라고는 도저히 말할 수 없다.

"그렇지. 몇 번을 자살하려고 했는지 모르겠어. 죽어도 바로 되살아나니까, 그것도 지겨워졌지만…."

"……분사신이 흡혈귀의 사인은 9할이 자살이라고 들었어요."

"그렇구나. 죽을 수 있다니 부럽네—라고, 옛날이었다면 그런 생각을 했겠지."

스오 씨는 어깨를 축 늘어뜨렸다.

오프 숄더인 수영복이기에 어깨를 늘어뜨리는 동작이 필요 이상으로 잘 보였다.

"몸의 절반이 물고기가 된다는 건, 요컨대 퇴화한다는 거니까—피부가 마치 상어처럼 거칠게 변해 버리니까, 예민했을 무렵에는 울음이 터질 것만 같았어. 울었다간 그 눈물 때문에 또 비늘이 생겨나 버리니까 예민해지지 않도록 했지. 처음에는 비늘을 한 장씩 벗겨 냈었어. 하지만 그러다가 피가 나면 또 비늘이 늘어나 버려. 몸의 절반이 물고기고, 육체의 7할이 물이니까 어쩔 수 없었지."

"……."

"아, 미안. 자학적인 얘기라서 좀 부담스러웠지? 괜찮아. 그런 괴로운 기억을 지금은 업무에 활용할 수 있으니까. 장점을 살리는 일도 소중하지만, 단점을 살리는 일도 좋지—물론 스스로를 오래 살 수 있게 만드는 일도."

그렇게 말하며 준비운동을 마친 스오 씨는 물가를 향해 종종걸음으로 다가갔다. 그 발걸음에는 더 이상 망설임이 없었다. 각오가 되어 있는 모양이다.

대신해 줄 수 있다면 대신해 주고 싶은 마음도 있지만, 유감스럽게도 어제의 결과를 보기로는 흡혈귀는 좋은 미끼가 되지 못하는 모양이었다. 괴이살해자이자, 그 존재 자체가 괴이를 불러들일 수도 있는 존재였던 철혈이자 열혈이자 냉혈의 흡혈귀는, 바꿔 말하면 온갖 괴이로부터 기피되는 존재이기도 하므로, 괴이를 미끼로 삼을 수는 있어도 미끼가 될 수는 없다.

내가 할 수 있는 일은 지켜보는 것뿐이다.

"자. 아라라기 군. 이 끝을 잡고 있어. 무슨 일이 생기면, 잡아당겨."

스오 씨는 자기 몸에 복잡하게 묶은 로프를 나에게 건넸다. 이렇게 되면 낚시라기보다는 마치 새 같은 것을 길들여서 하는 사냥 같기도 하다.

단순히 몸통에 감는 것이 아니라 목과 팔다리 이쪽저쪽을 얽으며 복잡하게 묶은 것은, 몸이 인어화 했을 때 쑥 하고 빠져 버리면 로프를 묶은 의미가 없기 때문일 것이다.

그런 상상을 해서는 안 되겠지만, 조금 전에 칸바루와 만났기 때문인지 '스루가식 물음*' 같은 매듭으로 느껴진다… 그런 매듭에 연결된 로프 끝을 건네주면, 다양한 의미로 긴장된다.

내가 스오 씨를 고문하는 것 같으니 목격자가 없기를 빌 뿐이다. 만일 신고당한다면—괜찮을까, 우리가 경찰이었지.

실감이 나지를 않네, 아직은.

"부탁할게, 경부보."

그런 내 마음을 읽은 것처럼(읽었다면 부끄럽다), 스오 씨는 나를 계급으로 불렀다.

"눈을 돌리고 싶어지는 모습일지도 모르겠지만 눈을 제대로 뜨고, 눈을 돌리지 말고 봐. 만약 내가—인어가 미끼가 되어도 아무것도 나타나지 않는다면 단순한 사고였다고 결론 내려질 거야. 그것으로 그 아이의 의식이 돌아오는 건 아니고, 다친 아이의 뼈가 갑자기 붙는 것도 아니지만, 적어도 불합리함은 사라지지. 다음 피해자가 생기지 않을 거라고 자신 있게 보증할 수 있으니까. 미래를 잃은 우리가, 보이지 않는 미래를 지키자."

"…알겠습니다."

"좋아. 말이 나온 김에 이야기해 두겠는데, 나에게 무슨 일이 생기면 무리해서 도우려 하지 말고 경찰서에 보고해. 어떤 최악의 사태가 일어나더라도 나는 죽지 않으니까. 여기가 강인 이상, 보다 위험한 것은 물을 생활영역으로 하는 인어보다는 [illegible]는 물을 꺼리는 흡혈귀니까. 걱정하지 말고 그냥 내버려 둬."

※스루가식 물음 : 에도시대의 유명한 고문법. 손과 발을 뒤쪽으로 묶어 공중에 매달아 자백을 받아 내는 것으로, 특유의 결박 방식을 따른다.

도무지 말이 나온 김에 할 만한 이야기는 아니었지만, 그것에 대해서는 나의 대답을 기다리지 않고, 유무를 막론하고 "그럼 또 봐!"라는 말과 함께 스오 씨는 수면으로 뛰어들었다. 예전에 유망한 수영선수였다는 사전정보를 뒷받침하는, 아주 아름다운 유선형 자세였다.

007

물에 젖으면 물고기가 된다.

이론은 둘째 치고, 일의 인과가 단순명쾌해서 이해하기 쉬운 표현이었지만, 그러나 그 현상을—그 괴이 현상을 실제로 눈앞에서 보니, 과연 인상이 전혀 달랐다.

상상과는 완전히 달랐고, 차원이 달랐고, 자릿수가 달랐다.

하반신이 물고기고 상반신이 미녀—라는 스테레오 타입의 이미지와는 오히려 정반대였다. 아니, 그것도 실제로 존재한다면 꽤나 그로테스크한 합체가 될지도 모른다.

예전에 칸바루 스루가는 왼팔에 원숭이의 괴이가 깃들어서 팔꿈치부터 손끝까지 원숭이의 그것으로 변해 있었는데—그것도 일단은 영장류끼리의 합체다.

어류와 인류가 반반이 된다는 것은 말만큼 간단하지 않았고, 그리고 그림으로도 그릴 수 없을 정도로 아름다웠다.

이것은 나중에 들은 이야기지만, 진화를 역행하는 듯한 그 합체는, 때에 따라서 형태가 달라진다고 한다—뒤집어쓴 물의 양이나 수질, 수온, 포함된 박테리아의 양 등, 상황에 따라 어떤 물고기와 반반이 되는지가 결정된다고 한다. 물의 컨디션은 물론이고, 스오 씨 자신의 건강 상태도 큰 영향을 준다는 듯하다.

이번엔 피라니아였다.

아마도, 지만.

온몸에 빽빽이 비늘이 돋아나고, 입안에는 송곳니가 빽빽이 솟아나와 있었다.

반어인—이라고 그녀는 말했지만, 이렇게 보면 '반'이 아니다—거의 '어인魚人'이라 해야 할 정도고, 사람이었을 때의 흔적은 가슴지느러미나 등지느러미에 간신히 걸려 있는 원피스 수영복뿐이었다.

이리저리 단단히 묶어 놓았을 로프도 완전히 풀어져 버릴 것 같았지만, 그 수영복에 얽혀 있는 형태로 어떻게든 형상을 유지하고 있다… 이야기를 들은 대로 눈을 돌리지는 않았지만, 거의 무참하다고 해도 좋을 정도로 장렬한 모습이었다.

눈을 돌리기는커녕, 눈을 동그랗게 뜨지 않을 수 없었다.

"피라니아면 그나마 나은 편이야."

라고, 나중에 스오 씨가 말했다.

"심해어라든가, 연체동물일 때도 있으니까 말이야—그냥 그로테스크한 수준이 아니라고. 물고기라면 애교라도 있지, 그걸 인간하고 반반을 섞어 놓으면 완전 최악이지. 차라리 듀공 같은 것이라면 좋았을 텐데… 아무리 수생동물이라도 포유류는 안 되나 봐."

그러고 보면 인어의 정체는 듀공이나 매너티였다는 설도 있었던가… 언젠가 하네카와에게 듀공의 고기는 아주 맛있다는 이야기를 들은 적이 있다.

어쩌면 그것도 인어 전설로 이어지는 것일까.

다섯 건이 이어졌던 물에서의 사고를 새로운 괴이담으로 연결시키지 않기 위해 스오 씨는 자기 몸을 물속으로 던졌지만—그러나 피라니아가 된 보람도 없이, 별다른 일은 일어나지 않았다.

어떤 괴이도—갓파도 게도, 나타나지 않았다.

인어를 잡아먹으려는 움직임은 없었다.

흉악한 얼굴이 되었어도 이성을 잃지는 않은 것이겠지, 스오 씨는 강바닥 깊이 잠수한 채로 천천히 헤엄치고 있다—자칫하다간 로프를 잡은 내가 강물 속으로 끌려 들어갈 것 같다.

아가미 호흡 모드가 되었는지, 아무래도 숨 쉬기는 필요 없는 모양이다.

뭐, 낚시란 곧바로 결과가 나오는 것이 아니지… 여기서는 일단 느긋하게 기다려야 할까.

낚이지 않는다면 낚이지 않는 대로, 그쪽이 풍설과로서는 바람직한 결과라고도 할 수 있다—아니면, 미끼로 낚는다는 발상이 빗나간 생각이었을까?

아무리 '인어 고기'가 맛있다고 해도 괴이 쪽도 취향은 있을 테고… 그렇다고 하면 스오 씨는 괜히 벗었다, 괜히 변신했다는 이야기가 되는데… 아니, 스오 씨 같은 사람이 그것을 괜한 짓이라고 생각할 리 없을까.

헛고생이야말로 근로의 본질이라고 생각하는 사람이다.

후배로서, 그 자세를 차분히 배우도록 하자.

그렇게 생각하고 나는 강가에 앉았다. 장기전이 된다면, 계속 긴장한 상태로 있는 것보다 긴급 시에 즉시 대응할 수 있도록 정신력을 온존해야겠지… 낚시를 즐긴 적은 없지만, 낚시꾼도 항상 긴장 상태로 대비하고 있지는 않을 것이다.

그렇다고는 해도, 깜빡 로프를 놓아 버리는 일이 없도록 로프 끝을 손목에 친친 감아 두었다. 이것으로 만약 스오 씨가 잡아먹히는 상황에 놓이더라도… 같이 잡아먹힐 뿐인가?

그런 상황에 놓인다면 시노부가 구해 줄 거라고 생각하지만….

"뻔뻔스러운 기대는 하지 마라."

그렇게.

그 타이밍에 내 그림자에서 목소리가 들렸다.

"확실히 네 목숨이 위험에 처한다면 나는 신속하게 움직이겠지만—인어가 위기일 때는 그럴 거라고 보장할 수 없다."

"뭐?"

반사적으로 되물어봤지만, 그림자에서 돌아오는 대답은 없었다.

뭐지? 무슨 뜻이지? 시노부가 이런 대낮에 깨어 있다는 것 자체가 놀라웠고, 충고 같은 소리를 한 것에도 놀랐지만—아니, 충고가 아니라 뻔뻔스러운 나를 나무란 건가?

확실히 고등학생 시절 나는 시노부의 힘에 너무 의존하다가 터무니없는 일을 당했었다. 흡혈귀의 스킬을 남용한 것, 시노부의 힘을 자기 것처럼 활용한 것은 치가 떨릴 정도의 역효과를 가져왔다. 가엔 씨가 없었더라면 내가 고등학교를 살아서 졸업하는 일은 없었을 것이다.

그러니까 가령 풍설과의 멤버가 그 점에 기대하고 있더라도 '위험해진다면 시노부가 어떻게든 해 줄 거다'라는 생각을, 나는 조금이라도 품어서는 안 된다는 것은 알고 있다.

하지만 지금, 나무란 것은 그 부분뿐일까?

뻔뻔스런 기대는 하지 마라, 라는 말은 분명 맞는 말이다. 그래서 시노부는 과도하게 나에게 협력하지 않는다. 이번 안건에 괴이성이 있다고 말하면서도, 구체적인 내용은 알려 주지 않는다.

어떤 의미에서, 오시노보다도 신중한 자세라 할 수 있다.

신중하면서도 견실한 자세다.

하지만 문제는 그 뒤의 말이다—**인어가 위기일 때는 그럴 거라고 보장할 수 없다**.

시노부는 그렇게 말했다.

그렇게 넌지시 말했다.

뒤집어 말하면 그것은 지금 현재, 그야말로 리얼타임으로 인어—스오 씨가 위기에 처했다는 의미가 아닐까?

"스오 씨!"

영문을 모르는 채로, 나는 직감에 따라—카렌이 말하는 '충동과 감정'에 따라 일어서서 로프를 꾸욱, 하고 있는 힘껏 잡아당겼다.

잡아당겼지만 꿈쩍도 하지 않았다.

흡혈귀 체질의 후유증 때문에 단련하지 않아도 근육질인 나는 결코 허약하지 않을 테지만, 그러나 마치 커다란 물고기라도 걸린 것처럼 모든 체중을 실어도 로프를 끌어당길 수 없었다.

그러기는 고사하고 질질질, 하고.

조금씩, 로프가 강물 속으로 끌려 들어간다.

스오 씨가 물속을 이동하고 있나?

아니, 그게 아니다.

수면이 햇빛을 반사해서 잘 보이지는 않지만, 그녀는 물속에서 공중제비를 돌 듯 움직이며 괴로워하고 있다. 마치 물속에 빠진 듯했다—인어인데?

호흡부전의 산소결핍 상태처럼—아가미 호흡인데?

"……!"

어찌 되었든 스오 씨는 지금, 도저히 나를 잡아당길 수 있을 만한 상태가 아니다…. 어떻게 생각해 봐도 인어는 '위기'에 처해 있다. 그렇다면 지금 **이 로프를 잡아당기는 힘**은 어디에서 생겨났지?

'보이지 않는 손'?

스오 씨의 주위뿐만 아니라 주변 전체를 빈틈없이 살펴봐도—하늘 끝까지 올려다보아도, 어디에도 괴이로 보이는 존재는 나타나지 않았다. 괴이 이전의 '좋지 않은 것'까지 주의해서 살

펴보았지만, 전혀 느껴지는 것이 없었다.

나도 더 이상 고교생이었던 내가 아니다.

모든 괴이를 꿰뚫어 본다고는 할 수 없더라도, 이렇게까지 명백한 이상사태가 발생했는데도 일절, 아무것도 느끼지 못할 리가 없다.

물에 빠진 아이들이 보았다는 '보이지 않는 손'도 나라면 보일 테고—아니면 이것은 괴이 현상이 아닌가? 다섯 명의 아이들이 물에 빠진 것처럼, 스오 씨도 물에 빠졌을 뿐인가? 단순한 여섯 번째의 안전사고인가—

가만히 생각하고 있을 상황이 아니었다.

로프를 잡아당겨도 소용없다면, 이제 그 어프로치는 포기해야 한다—젠장, 나도 수영복을 입고 올걸 그랬다. 그렇게 후회하면서 나는 강물로 뛰어들었다.

아쉽지만 물고기처럼 아름다운 자세라고는 할 수 없고, 오히려 좋지 않은 자세의 견본처럼 철퍽, 하고 수면에서 튕겨져 나왔다.

물에 뛰어들 때는 물과의 접촉면을 최소한으로 줄이지 않으면 콘크리트에 부딪치는 것과 다름없다는 그 이야기다. 그러나 그것과 달랐던 것은 그다음이었다.

나는 수면 위를 굴러서, 그대로 스오 씨가 발버둥 치고 있는 바로 위까지 미끄러졌고, 그리고—그리고 물속으로는 **가라앉지 않았다**. 마치 강이 전체적으로 얼어 있는 것처럼—하지만 강은 얼어 있지 않았고, 흐르고 있었으며, 액체였다.

그럼에도 불구하고, 내 몸은 가라앉지 않았다.

마치 컨베이어벨트 위에 올라가 있는 것처럼, 하류 방향으로 떠내려갈 것 같기는 했지만 그것은 저항할 수 없을 정도의 움직임은 아니었다. 꼴사납게 팔다리를 버둥거리면 스오 씨 **바로 위**에 머물러 있을 수는 있다.

하지만 **접근**할 수는 없다.

가라앉을 수 없다.

얼지 않았다고는 해도, 마치 인어가 물침대 안에 봉인되어 있는 것 같다—'보이지 않는 손'이 아니라, 그 '보이지 않는 주머니'를 도저히 찢을 수 없었다.

있는 힘껏 때려 봐도, 물컹거리는 탄력과 함께 튕겨 나올 뿐이었다.

이제는 어쩔 수 없다.

뭔가 고찰할 여지도 없는 괴이 현상이다—풍설의 영역을 넘어섰다.

하지만 대체 어떤 괴이지? 이 정도의 이상을 일으키면서도 아직 티끌만큼도 모습을 보이지 않는다니—

"…아니야."

괴이이기에 보이지 않는 것이 아니라—**투명**하니까 보이지 않는다고 한다면.

투명도 높은 '**물**'이기에 보이지 않을 뿐이라고 한다면.

갓파도 인어도 세도 아닌.

"—이 강 자체가 괴이냐!"

그렇다면야 인어도 물에 빠진다.

육상으로 말하면, 공기가 적의를 드러낸 것과 마찬가지다. 아무리 저항하려고 해도 기압의 변화에 인간이 견딜 수는 없다. 게다가, 아무리 아가미 호흡이라 해도 결국 산소로 호흡한다는 점은 변하지 않는 것이다.

그러므로 산소 농도가 낮은 물속에서는 물고기도 질식한다.

금붕어를 수조에 풀어놓는 것만으로는 키운다고 할 수 없는 것과 마찬가지다—산소 펌프를 설치하지 않으면, 금붕어들이 수면에서 입을 뻐끔거리는 생지옥을 보게 된다.

물속은 인어의 영역이기는 하지만, 그 물 자체가 적으로 돌아서면 그 어떤 머메이드라도 익사할 수밖에 없는 것이다.

아니.

익사할 수 있다면 나은 편인가.

스오 씨는 죽을 수 없다. 흡혈귀처럼 죽지 못한다. 아니, 햇빛처럼 알기 쉬운 약점이 없는 만큼, 단순한 불사력으로는 흡혈귀를 아득히 능가한다. 내가 경험한 것이 지옥 같은 봄방학이라면, 지금 스오 씨가 경험하고 있는 것은 그야말로 생지옥이다.

"젠장! 젠장! 젠장!"

계속해서 수면을 후려쳐 봐도 효과가 보이지 않는다. 효과는 커녕 그 자리에 머무르는 것이 고작이었다. 수면에 엎드려 있다는 기적 같은 포지션이면서도, 물에 잠긴다는 당연한 일을 하지 못하고 있다.

물의 흐름도 어쩐지 빨라진 기분이 든다.

로프로 스오 씨와 고정되어 있기 때문에 어떻게든 하류로 떠내려가지 않고 있지만, 그러나 이래서는 입장이 반대다… 원래대로라면 내가 스오 씨를 끌어올려야 하는데, 나는 계속 물에 빠져 있는 스오 씨를—죽지도 못하고 물에 잠겨 있는 스오 씨를 그저 바라볼 수밖에 없다.

바라볼 수밖에 없다.

그리고 그것만으로도 충분했다.

온몸으로 발버둥 치면서도, 계속 물에 빠져 있으면서도, 숨을 쉬지도 못하고 목소리도 내지 못하면서도, 그렇지만 수면을 통해 나를 올려다보는 스오 씨는—형사는, 결코 나에게 도움을 청하지 않았다.

피라니아의 강한 눈으로.

강한 의지가 있는 눈으로, 나에게 무언가를 호소하고 있었다.

뭔가를 전달하려고 입을 뻐끔거리고 있다—그 양상은, 그 형상은 도저히 '익사하고 있는 금붕어' 같지 않다. 하지만 설령 스오 씨가 나에게 무언가를 외치고 있다고 해도—이 곤경에서 벗어나기 위한 어떤 비책을 나에게 전수하려고 해도, 물속에서는 아무리 외쳐도 전해지지 않는다.

괴이와의 커뮤니케이션 능력을 기대받고 있던 나로서는 이렇게 답답한 일은 또 없었다. 하지도 못하는 독순술을 시도하려고 스오 씨의 입을 응시해 보긴 했지만, 피라니아의 입 움직임을 읽어 낼 수 있을 리가 없다.

그렇게 비탄에 잠기려던 때, 갑자기 첨벙 하고 내 몸이 물속에 잠겼다. 떠내려가지 않도록 매뉴얼과는 반대로 수면에 닿는 면적을 넓히며 모든 체중을 실어 버티고 있던 물에, 갑자기—당연한 것처럼—풍덩, 하고 잠겼다.

파 놓은 함정에 빠진 것처럼, 스오 씨가 있는 곳까지 일직선으로.

무슨 일이 일어난 건지 생각할 것도 없었다.

스오 씨는 외치고 있던 것이 아니라, **노래**하고 있던 것이다.

'인어의 노래'.

'인어의 고기'가 불로불사를 낳는 것이 상식의 범위 안이라면, '인어의 노래'가 배를 침몰시키는 것 역시 상식의 범위 안에 있다—제아무리 침몰하지 않는 배라고 해도 침몰시켜 버리는 노래가, 고작 한 명의 인간을 물에 빠뜨리지 못할 리가 없다.

이것으로 스오 씨에게 손이 닿는다.

그러나 그것이 스오 씨가 바라던 일이 아니라는 것 역시, 생각할 것도 없었다.

유사시에는 자신을 버리고 도망치라고 아무렇지도 않은 얼굴로 말했던 그녀가, 막상 위기에 처하자 나에게 도움을 청했다고 상정할 수도 있겠지만, 그런 것이 아니라면 그녀가 나에게 **무엇을 시키고 싶었는지**는 명백했다.

'보이지 않는 손'.

하지만 물침대 안에 들어가게 되자 반사율이 변했는지, 내가 들어간 것으로 투명도가 바뀐 건지, 보이지 않았을 그 손이 나에게 또렷하게 보였다.

스오 씨의 온몸 이쪽저쪽을, 피라니아가 아니라 뱀장어라도 붙잡는 것처럼 단단히 움켜쥔 그 손이 보였다. 하지만 나에게 맡겨진 역할은 그 손을 떼어 내는 것이 아니다.

내가 해야 할 일은, 스오 씨를 붙잡은 그 손을 내가 붙잡는 것이었다.

도움을 청하는 듯한, 어린아이의 손을.

008

후일담이랄까, 본 사안의 결말.

고등학교 시절, 전문가인 오시노 메메로부터 괴이 현상을 때리고 차는 폭력으로 해결하려는 어리석음에 대해 귀에 못이 박히도록 설교를 들었던 나는, 하마터면 또다시 같은 실수를 저지를 뻔했다—뭐가 '나도 더 이상 고교생이었던 내가 아니다'냐. 괴이가 보이건 보이지 않건, 완전히 같은 짓을 하고 있어서는 전혀 의미가 없잖아.

착각이 많은 것도 고등학교 시절 그대로다.

시노부가 강에서의 사고 다섯 건 중 네 건까지는 괴이가 관련된, 사고가 아니라 사건이라고 말했을 때, 나는 자연스럽게 '보이지 않는 손'을 보지 못한 아이의 사고가 '사고'인 한 건이라고 지레짐작해 버렸는데, 그렇지 않았던 것이다—'보인다'와 '보이지 않았다'는 본인의 자질이나 상황에 의한 단순한 사실일 뿐이었다.

증언한 사람이 두 사람이어도 한 사람이어도 이상하지 않았다.

그렇다면 시노부가 말한 '사고'는 대체 누가 물에 빠졌을 때였는가—그것은 '첫 번째 아이' 때였다.

병문안을 갔지만 만나지도 못했던, 면회사절에 의식불명이었던 아이다. 그 첫 번째가 사고였고, 나머지 네 건은 사건이었다.

괴이 현상이었다.

여기까지 말하면, 감이 좋은 사람은 간단히 진상에 도달할 수 있을 것이다… 내가 너무 둔했다.

요컨대, 이것은 그 이후의 네 건—그 이후에 네 명의 아이를 물속으로 끌어들였던 '보이지 않는 손'이 '첫 번째 아이'의 손이었다는 이야기다. 아니, 끌어들였다는 표현도 정확하지 않다.

그 손은 그저, 도움을 청하고 있었을 뿐이니까.

"생령生靈 같은 거지. 물에 빙의된 생령. 그러니 아무리 시간이 지나도 의식이 돌아오지 않았던 거야. 그 아이의 의식은, 자기를 빠뜨렸던 물 그 자체가 되어서 계속 물에 잠겨 있었다는 이야기니까—"

물에서 나온 스오 씨는 답답하다는 듯이 그렇게 말했다.

목욕 타월로 몸을 닦고, 닦은 부분부터 인간의 피부로 돌아왔다.

"—얼마나 괴로웠을까. 고작 몇 분간 물에 빠진 것만으로도 나는 오래간만에 '죽는 편이 낫다'라고 생각했어."

"…혼이 빠져나간 것 같다, 라고 제 후배가 말했었어요."

그런 간접적인 힌트로는 나중에라도 알아차릴 방법이 없겠지만, 그러나 알아차릴 사람은 거기서 알아차렸을지도 모른다—혼은 몸을 빠져나간 게 아니라, 계속 물에 빠져 있었던 것이다.

그렇기에 도움을 청했다. 정신없이.

꿈속에서 물속에서.

물 그 자체가 되어서.

"어린아이에게만 도움을 청했다는 것도 참 안타까운 이야기지. 그 애는 어른을 믿을 수 없었다는 소리니까."

"……."

맞벌이 부모에게 좋게 말하면 방임하는 느낌으로, 나쁘게 말하면 방치하는 느낌으로 양육되어 왔던 그 아이에게, 어른은 도움을 청할 대상이 아니었다고 말한다면, 확실히 암담한 기분이 든다.

어제 강의 중심까지 잠겼던 나에게는 완전히 무반응이었던 것을 오히려 숨을 죽이고 있었던 것처럼 그 아이의 기척이 없었다는 것을 생각하면, 반성에 가까운 감정마저 생겨난다.

아아, 그렇구나.

예전에는 고등학생이어도 초등학생과 즐겁게 놀았을 정도로 정신적으로 어렸던 나는, 그러나 지금 와서는 정신적으로 미숙

할 뿐인 번듯한 어른이라는 이야기니까.

될 수 있는 것이 될 수밖에 없다.

직업에 한정된 이야기가 아니라, 어른이 된다는 것은 그런 것일지도 모른다.

시간을 봐서 키타시라헤비 신사에 참배를 하러 가고 싶다고 생각했지만, 생각만 할 뿐 전혀 발길을 향하지 않은 이유를 알게 되고 말았다는 기분이 들었다. 만약 지금의 나에게 하치쿠지 마요이가 보이지 않게 되어 버렸다면, 이라고 생각하는 것만으로도 다리가 얼어붙는 것이다.

하지만 그런 생각을 하는 시점에서, 이미 나에게는 여러 가지가 보이지 않게 되어 버렸는지도 모른다. 칸바루의 시야가 넓어진 것과는 반대로, 나의 시야는 놀랄 만큼 흐려져 버렸다.

투명도는 제로에 가깝다.

다만, 그런 해결 속에서도 한 줄기 구원은 있었다.

어른이라고 하자면 나보다도 연상인 스오 씨에게 '보이지 않는 손'이 반응했던 것이다. 네 명의 아이들을 물속으로 끌어들였던 것과 마찬가지로, 도움을 청했던 것이다.

그것을, 영혼뿐인 존재가 된 '첫 번째 아이'의 생존욕구가 '인어 고기'를 원했기 때문이라고 해석할 수도 있겠지만, 나의 해석은 그것과는 다르다.

만나지 못하긴 했어도 스오 씨는 병실을 방문했다.

꽃을 들고, 설령 이야기를 들을 수 없더라도 얼굴을 보려고 했다.

단순한 프로필이 아닌, 단순한 수사정보가 아닌 살아 있는 한 명의 인간으로서 중태의 아이와 마주하려고 했다—구하려고 했다.

그런 진지한 마음이 전해졌기에 어른인 그녀에게 '보이지 않는 손'이 달라붙었던 것이다. 그녀를 쫓아 뛰어들려고 했던 나를 완고하게 거절했던 강이, 스오 씨만은 놓아주려고 하지 않았다.

…아니, 정말로 반성해야겠어.

우연히 만난 후배와 이야기꽃을 피우느라 병문안을 선배에게 맡겨 버렸기 때문에 쓸데없는 궁지를 부르고 말았다. 고등학교 시절이라면 간단히 용서받을 수 있는 실수일지도 모르지만, 그러나 공무원으로서는 그것만으로도 사표를 써야 할 만한, 용서받을 수 없는 실수다.

아니, 오히려 그 누구라도 구하려 했던 고등학교 시절의 아라라기 코요미 쪽이 그나마 허용될 수 있을 정도다… 내 마음속에 '의식불명의 어린아이를 찾아가 봤자 자기만족밖에 되지 않는다'라는 삐딱한 마음이 1밀리그램도 없었다고는 도저히 말할 수 없다.

싱빌 웃긴다.

자기만족이야말로 내 삶의 보람이 아니었던가.

"그렇게 스스로를 책망하지 말아 줄래? 그러고 싶은 건 오히려 내 쪽이니까—신참 공무원한테 꼴사나운 모습을 보여서 죽고 싶을 정도야. 죽을 수 없지만."

대부분 인간의 모습으로 돌아온 스오 씨는 강가에 큰대자로 벌러덩 누웠다. 아무래도 타월로 닦을 수 있을 만큼의 물기는 닦아 내서, 나머지는 양지에서 차분히 말릴 생각인 듯하다.

과연, 체질에 맞춰 생활하는 데에 익숙해 보인다.

인어적으로는 일광욕을 한다기보다는 비늘을 말린다는 느낌이려나.

“내가 진상을 깨달은 것도 물에 빠지고 나서였으니까 말이야. 물에 빠지다니, 처음 수영장에 들어갔을 때 이후로 처음이어서, 오히려 신선해서 그 충격에 머릿속이 번뜩였을 뿐—다잉 메시지 같은 거야.”

인간의 사고력은 죽음을 맞이하는 순간에 믿기지 않는 날갯짓을 보여 준다는 그건가… 그렇다면 죽고 싶으면 맘껏 죽을 수 있는 몸인 인어에게는, 실은 상당히 유효한 사고법일지도 모른다.

나도 죽기 직전에 명안(?)이 번뜩일 때가 꽤 많은데, 그건 이런 이유였나… 5년 만에 수수께끼가 풀렸네, 이제 와서 새삼스럽지만.

“전혀 자랑할 수 있는 사고법이 아니지만 말이야. 거기에 최종적으로 그 아이의 손을 잡아 준 건 아라라기 군이잖아. 그건 나에게는 불가능했어.”

강에서는 이미 올라왔는데도 여전히 침울한 나를 위로하듯이 그렇게 말해 준 스오 씨였지만, 그건 사실이기는 했어도 위로는 되지 않았다.

도움을 청하며 잡아 오는 아이의 손을 맞잡아 줄 수 없었던 것은 인어화한 스오 씨의 손이 지느러미가 되어 있었기 때문이라는 단지 그런 이유뿐이었으니까.

그래서 스오 씨는 나를 물속으로 불러들였다.

거절당하는 어른일 뿐이었던 나를, 그뿐만 아니라 물침대를 신나게 두들겨 대던 나를 '인어의 노래'로 물속 세상으로 초대했다—구원을 바라는 혼의 내부로.

그러니까 나는 할 일을 대신한 것뿐이다.

스오 씨 대신, 스오 씨에게 도움을 청한 아이의 손을 잡아 준 것뿐이다—그것만으로 족했다.

그것만으로, 강의 흐름은 정상으로 돌아왔다.

물에 빠져 익사할 뻔한 나를, 반대로 스오 씨가 끌어올려 주었다. 피라니아의 이빨에 물리는 모양새가 되어서 연수를 위해 새로 맞춘 정장이 푹 젖었을 뿐만 아니라 너덜너덜해져 버렸지만.

물론 목숨을 대신할 수는 없다.

내 목숨도, 물에 빠진 아이들의 목숨도.

"아라라기 군 덕분에 그 아이의 혼도 분명 몸에 돌아왔을 거야. 이것으로 위험한 고비는 넘겼을 테고, 머지않아 의식도 돌아올 거라고 생각해. 나머지는 의사 선생님의 실력에 달렸네."

"…본인에게는, 다른 네 명의 아이들을 끌어들였다는 자각은, 없겠죠?"

"글쎄. 정신없이 붙잡은 것뿐이라고 생각하지만… 왜? 골절 수준의 커다란 부상을 입은 아이도 있으니까, 도움을 청한 것뿐이라 해도 그 죄는 짊어져야 한다는 거야?"

"아뇨, 물론 그렇게 말하고 싶은 건 아니지만요."

"중앙공무원다운 고지식한 발상이네."

"그게 아니라니까요."

다만, 나의 고등학교 시절의 경험 때문에 단순히 '물에 빠진 아이가 불쌍하다'로 끝내는 것을 바람직하게 느끼지 못하는 것뿐이다. 그러나 이런 석연찮은 생각과 마주하기 위해, 나는 경찰관이 되었다는 느낌도 든다.

"뭐, 여기선 이 선배를 봐서 용서해 줘. 어른인 나는 둘째 치고, 네 명의 아이들에 대해서는 빠진 시점에서 손을 떼었던 모양이니… 그 아이의 혼이 육체에 돌아갔다면 이제 이 강에서 안전사고가 다발하는 일도 없을 테니까. 봉쇄되는 일 없이, 이 하천 부지는 친구와 함께 캠핑이나 낚시를 하는 장소로 계속 있을 수 있는 거야. 잘됐네, 잘됐어."

옛날이야기처럼 재빨리 정리하고, 스오 씨는 "거의 다 말랐으니까, 옷 좀 돌려줄래?"라고 이야기를 돌렸다. 역시 어린아이에게 무르구나, 이 사람.

뭐, 괜찮다.

나도 어린아이를 싫어하는 건 아니다. 적어도, 고등학생 시절에는 그랬다.

"어라? 스오 씨. 그러고 보니 수영복을 안에 입고 오셨는데, 수영하고 난 뒤에 다시 그 위에 옷을 입으시나요?"

"아. 이런. 속옷을 가져오는 걸 깜빡해 버렸네, 또."

“당신이 어린애인가요. ‘또’라니. 늘 그러는 것처럼.”
“으~음. 이제는 찝찝하고, 피라니아화 되었을 때에 많이 늘어나기도 했으니 수영복은 벗어 버릴까…. 미안해, 아라라기 군. 알게 된 지 얼마 되지도 않았는데, 이렇게 망측한 꼴을 보이게 되어서.”
“신경 쓰지 마세요. 안 지 얼마 안 된 여성의 반라의 모습을 보는 것에는 익숙하거든요.”
“어떻게 된 인생을 살아온 거야.”
결국 스오 씨는 늘어난 수영복을 충분히 말린 뒤에 옷을 다시 입었다. 겉으로 보기에는 늠름한 모습이 되었으므로, 아직 덜 마르고 너덜너덜해진 양복 차림의 나보다는 훨씬 형사다웠다.
“그러면 서에 돌아가서 보고하도록 할까. 그러면 분명 상으로, 과장님에게 다음 일을 받을 수 있을 테니까.”
자신이 물에 빠지면서도 한 아이의 혼을 구하려 한 직후에 그런 비즈니스 라이크한 자세를 보여도 설득력이 없지만, 그러나 그 설득력과 같은 정도로 이의도 없었다.
괴로운 데뷔전의 실점을 회복하기 위해서라도, 다음번에야말로 이 선배에게 멋진 모습을 보이고 싶다는 마음도 있었다.
“응. 어라? 잠깐 기다려 주세요, 스오 씨.”
“왜? 이 강에 아직 뭔가 더 볼일이 있어? 캠핑이라도 하고 싶어? 그렇다면 이 기회에 과장님에게 신청하는 게 어때? 환영회를 겸해서.”
“아뇨아뇨. 그런 게 아니라… 확실히, 이제 여기서 안전사고가 다발하는 일은 없을지도 모르지만, 하지만 어쨌든 처음 한 건은 다른 네 건과는 별도의 사건이죠? 네 사람은 도움을 요청하는 '보이지 않는 손'에 끌려 들어갔다고 치고… 의식불명이 된 '첫 번째 아이'는 대체 왜 물에 빠졌던 건가요?"

카렌이나 칸바루의 이야기를 듣기로는, 지금까지 이곳에서 그런 사고는 한 건도 일어나지 않았다고 하는데, 그 건에 대해서만은 '단순한 안전사고'로 끝내도 괜찮은 걸까.

그런 의문에 스오 씨는 "그건 말이야, 아라라기 경부보. 우리의 일은 이상한 일을 풍문 수준에서 처리하는 것뿐이지만 말이지."라며 어이없다는 듯 머리를 긁더니,

"하나 정도는 이상한 일이 남아 있지 않으면, 쓸쓸하잖아."

그렇게 말했다.

그것도 확실히, 어른의 견해였다.

제2화 노조미 골렘

O SHI NO OUGI

001

키자시마 노조미兆間臨가 골렘이라는 말을 들어도, 곧바로 받아들일 수는 없었다. 그 시점에서 나는 풍설과에 어떤 인재가 모여 있는지를 알고 있었지만, 그러나 실제로 만나 본 작은 체구의 여성의 정체가 골렘이란 말을 들어도, 상투적인 조크라고밖에 생각할 수 없었다. 그런 '상투적'인 것이 없다고 해도 그렇다.

계급은 경부. 나이는 29세. 그리고 그 정체는 골렘.

웃어야 할지 말지 망설였지만, 웃지 않아서 정말로 다행이다.

굳이 말하자면 요정처럼 부드러운 분위기를 풍기는 사람이지만, 그것은 **제작자**의 취향이므로 언급하지 않기를 바라는 부분이었다—제작자란 이 경우, 그녀의 조부모를 가리킨다.

원래 그녀는 초등학생 시절 큰 병을 앓아, 목숨을 잃었던 듯하다. '죽을 뻔했다'도 아니고 '죽을 지경에 이르렀다'도 아니라, 실제로 죽었다. 심폐가 정지하고, 동공이 열리고, 근육이 경직되고, 혈액이 굳고, 뇌세포가 위축되었다.

죽었다.

아무리 낙관적인 검시의가 봤다고 해도, 완전히 돌아가셨다.

하지만 그녀의 **혼**까지 사라지기 전에, 그녀의 조부모는 그 꼬리를 단단히 붙들었다. 그리고 미리 준비해 두었던 진흙 속에

섞었다. 충분히 혼합될 때까지 뒤섞고, 거품을 내고, 진흙과 의식이 분리 불가능해진 직후에 그들은 그것을 사람의 형태로 빚어냈다.

손녀의 형태로 빚어냈다.

머리카락 한 올 한 올에 이르기까지, 진흙으로 만들었다.

이런 일이 있을 수 있는 건지 없는 건지는 모르겠지만, 그렇게 해서 완성된 것이 골렘 키자시마 노조미인 것이다.

"응. 그러니까 겉모습은 인간이지만, 이것은 피겨 같은 것이라서—속에는 빈틈없이 진흙이 꽉 채워져 있어요. 그야말로 진득한 진흙덩어리죠. 일단은 나이에 맞춰 조금씩 다시 만들기는 하고 있었는데요, 그 조부모님도 제가 중학생 무렵에 돌아가셨어요—자기들 몫의 진흙 인형은 준비하지 않으셨죠. 아니면 저 때문에 다 써 버렸던 걸까요. 그렇게 되어서 저의 외모는 그 당시 그대로 고정되고 만 거예요."

당시엔 어른스럽다는 평판이었지만요—라고, 키자시마 노조미는 어디까지나 시치미 떼듯 말했던 것이다.

"뭐, 이건 이 나름대로 불사신 같은 거예요. 저의 혼이 언제까지 이 진흙 인형에 고정되어 있을지는 확실하지 않습니다만, 아[illegible] 생도회의 임기 기간 정도는 버틸 테니, 부디 잘 부탁드립니다. 베이비 페이스라고 해서 이 선배를 얕보지 말아 주세요. 이래 봬도 겉모습에 붙들리지 않고, 정신연령은 착실히 성장하고 있으니까요."

첫 대면에서 그렇게 못이 박혔다.

일단 이쪽도 약 600세의 유녀를 알고 있으므로 그 점은 걱정할 필요 없겠지만, 내가 연상했던 것은 흡혈귀 유녀가 아니라 인형 동녀 쪽이었다—그렇다, 한때 아라라기 가에서 식객 생활을 했던 오노노키 요츠기다.

다만, 그녀의 경우에는 혼이 들어 있지 않은 인형이었다.

진흙 인형이 아니라 시체 인형이다.

따라서 **혼이 들어간 인형**이라는 것이 대체 어떤 존재인지, 나로서는 잘 알 수 없었다—아마, 잘 알지 못한 채로 연수기간을 마치게 되겠지.

서로를 이해하기에 4개월이라는 기간은 너무 짧다.

아니, 평생 걸려도 어려울 것이다.

설령 서로 불사신인 사이라고 해도, 비슷한 과거를 짊어지고 있더라도, 우리들이 그것을 공유하는 일은 결코 불가능한 것이니까.

인간과 인간이 그런 것처럼.

002

무차별 범죄자가 나타났다고 해서 그것은 수사1과 같은 부서의 업무가 아닐까 하고 생각했지만, 하지만 아무래도 '토오리마通り魔'라는 괴이를 말하는 모양이었다.

나오에츠 고등학교의 통학로에서 벌어진 사건이었다.

그렇다, 그 나오에츠 고등학교다.

하교 중이던 고등학생이, 등 뒤에서 예리한 날붙이로 베이는 사건이 연속해서 일어났다고 한다. 그것이 정말이라면 전국 신문에 보도될 만한 대사건이겠지만, 현재 그렇게 되지 않은 것은 피해 학생들이 큼직한 나이프를 든 악한을 목격하지 않았을 뿐만 아니라, 베인 것이 교복뿐이고 등에는 상처 하나 나지 않았기 때문이다.

피해는 기껏해야 교복에 머무르고 있다.

물론 악한이 실재한다면 범행이 에스컬레이트될 가능성도 있으므로 어떻게 봐도 내버려 둘 수는 없지만, 그러나 등 뒤에서라고는 해도 보행 중인 인간이 눈치채지 못하도록 교복만 벤다는 기예를, 악한(설령 선한 사람이라도)이 할 수 있으리라고는 생각되지 않는다.

한두 사례라면 그런 류의 기적도 있을 수 있겠지만, 피해 학생은 십여 명 단위이다. 인간의 소행이라면, 이시카와 고에몬* 급의 달인의 영역이다.

기적이 아니라 신업神業이다.

다만, 인간이 했다면 대사건이지만, 인간이 한 것이 아니라고 한다면 그것은 그 나름대로 대사건이다.

지금은 풍설 수준에 머무르고 있지만, 하지만 '토오리마'라는

※이시카와 고에몬(石川五エ門) : 전국시대에 활동했던 검객이자 의적으로 전해지는 인물. 애니메이션 〈루팡 3세〉에도 등장한다.

괴이가 통학로에 있다고 하면 학교의 존속에 영향을 준다.
졸업생으로서 내버려 둘 수 없다.
해결해야만 한다.
아니, 나는 그렇게까지 애교심이 있는 학생은 아니었지만… 오히려 다니던 시절의 대부분은, 그 명문 진학교가 싫어서 견딜 수가 없었다.
만약 무슨 일이 있더라도 지구에 운석이 충돌해야만 한다면 이 학교에 떨어지라고 기도하면서 수업을 받으며 지냈다. 그 당시의 황폐한 기분을 떠올려 보면, 정말 변변치 못한 고등학생이었음을 새삼 통감한다.
아무리 싫어도 운석을 떨어뜨릴 건 없잖아.
정말이지, 용케 졸업했다.
성적만능주의 교육의 피해자라고도 할 수 있는 어쩐지 재수 없는 엘리트들에게, 위에서 보는 시선 아닌 아래에서 보는 시선으로 어떤 종류의 연민을 느끼면서 고등학교 생활을 보냈던 내가, 설마 그 5년 뒤에 국가시험을 돌파하여 어딘가 재수 없는 중앙공무원이 되어 귀향하게 될 줄이야… 당시의 내가 지금의 나를 보면, 분명 흠씬 두들겨 팼을 것이다.
하지만 말이지~ 옛날 쪽이 즐거웠다는 생각이 들어~
반짝반짝 빛났었지~ 추억들.
하~아.
"뭘 보란 듯이 한숨을 쉬고 있나요? 아라라기 경부보."
그렇게.

현장으로 향하던 도중, 복면 순찰차가 아닌 진짜 순찰차 조수석에서 키자시마 선배가 물어왔다─핸들은 내가 쥐고 있다. 운전은 싫어하지 않으므로 운전을 맡게 되었을 때에는 기뻤지만(순찰차다! 순찰차다!), 키자시마 선배가 옆에서 이런저런 참견을 해 와서('깜빡이 켜는 게 느리지 않나요?' '이쪽 길이 더 가까운데요?') 그리 즐겁지는 않다.

다양하게 부르는 스오 씨와 달리, 이 사람은 나를 일관되게 '아라라기 경부보'라고 계급을 붙여 부른다. 자신이 경부이므로 그런 호칭으로 일일이 상하관계를 보이고 있는 듯하다.

그렇게 건방진 도련님으로 보이는 걸까, 나는.

"저는 스오짱처럼 무르지 않으니까요. 호되게 단련시킬 거예요~ 미래의 과장님을. 아니, 서장님을."

"그렇게까지 출세할 수 있으리라고 볼 수만은 없어요. 저처럼 어중간한 녀석이 걷기에 엘리트의 길은 꽤나 험난하거든요. 트랩으로 뒤덮이고 함정이 지천에 깔려 있어서, 맥없이 탈락할 것 같아요."

"엘리트의 길이 주지육림이라고 생각하고 있으셨나요? 뭐, 탈락했을 때는 미래의 말단직원으로 풍설과가 거둬 줄 테니, 걱정 마시길."

"저는 고향에서 일하려는 마음이 그렇게까지 강하지는 않은데요…."

진혀 없다고 해야 할 정도다.

제대로 애착이 있었다면, 4년이나 돌아오지 않았을 리가 없다.

다만 키자시마 선배는 그렇지는 않은 모양이라, "또 그렇게 나쁜 사람인 척하고. 어쩔 수 없네요, 젊은 사람은."이라며 나의 복잡한 갈등을 이해해 주지 않았다. 그리고 아무래도 키자시마 선배에게는 필요 이상으로 선배인 척을 하는 버릇이 있는 듯했다.

선배인 척이라고 해야 할지, 어른인 척이라고 해야 할지.

중학생 시절에서 멈춰 버린 외모의 연령을, 그렇게 커버하려고 하는 것일지도 모른다.

그렇다면 그런 기분을 해치는 것이야말로 어른스럽지 못한 짓이다.

참고로 나오에츠 경찰서에서의 연수기간 중 나의 교육 담당(성가신 일을 떠맡은 피해자라고도 하는)은 인어인 스오 젠카 씨였지만, 이번 '토오리마' 사건에서는 특별히 키자시마 선배와 짝을 이루게 되었다.

콤비네이션.

스오 씨가 다른 사건에서 악전고투하고 있다는 점도 있지만, 키자시마 선배가 나와 마찬가지로 나오에츠 고등학교의 졸업생이라는 이유에서다. 시기는 겹치지 않지만, 키자시마 선배는 나오에츠 경찰서 풍설과의 멤버로서 뿐만이 아니라 나오에츠 고등학교의 학생으로서도 나의 선배에 해당한다는 것이다.

선배 행세도 기꺼이 받아들이자.

그러니 경의를 담아 키자시마 선배라고 부른다.

솔직히 인생에서 선배라고 부른 사람이 그리 없었으므로, 이것이 상당히 기쁘기도 하다.

"하지만, 좀 재미있네요. 저는 제가 나오에츠 고등학교 개교 이래 최초의 불사신인 줄로만 알고 있었거든요."

"정말, 우쭐하는 것에도 정도가 있는 법이에요. 불사신은 아니라고 해도, 제가 파악하고 있는 것만으로도 그 학교에는 몇 사람 정도, 요괴변화妖怪變化가 다니고 있었어요."

"허어…."

내가 파악하고 있는 것만으로도, 몇 명쯤 더 있다.

그 정도 비두라면 괴이도 그렇게 진귀한 존재는 아닐지도 모른다—풍설과의 설립을 서두를 만하다.

"뭐, 저나 아라라기 경부보 같은 사례는 극단적입니다만, 학교란 다들 각자의 사정을 지닌 채 다니고 있는 곳 아닌가요? 아무런 문제도 없이 유유자적한 청춘을 보낼 수 있는 고등학생 따윈 이 세상에 없겠지요."

그렇게 말하자면 그럴 것이다.

너무나 그럴 것 같아서 할 말도 없다.

이를테면, 센조가하라 히타기는 3년 중 2년 이상을 '체중이 없는' 상태로 학업을 연마하고 있었다.

내가 눈치채지 못했을 뿐이지, 그런 학생이 그 밖에도 적지 않게 있었을지 모른다… 내가 절망을 느꼈던 1학년 3반에도 어쩌면.

그 녀석도 그랬던 걸까….

하지만, 글쎄.

나의 흡혈귀 체질도 일상생활에서 이런저런 문제가 발생하는데, 육체가 진흙 인형이라는 불편함은 그것과 비교도 할 수 없을 정도의 곤란과 마주해야만 할 것이라고 생각된다.

대체, 키자시마 선배는 어떤 고교 시절을 보냈을까.

"그렇게 큰일은 없었는데요? 다들 의외로 타인의 사정 따윈 흥미가 없으니까요. 다만, 가엔 씨에게 금세 발견되어 버린 것을 보면, 저의 위장도 완벽하지 않았던 거겠죠."

"…가엔 씨와 만난 적은?"

"없습니다. 할아버지와 할머니의, 지인의 지인의 지인… 같은 인연이었다고 기억합니다만."

흠.

스오 씨도 가엔 씨와는 만난 적이 없다고 했지…. 붙임성 있는 성격이라 그렇게 생각하지는 않았는데, 의외로 그 두목은 그리 간단히 면회할 수 없는 사람인지도 모른다.

사실을 말하면 나도 그렇게 많이 만난 것도 아니고 말이야—대부분은 오노노키짱을 통한 커뮤니케이션이었다.

"아. 혹시 키자시마 선배의 조부모님의 지인의 지인의 지인의 지인 범위 내 어딘가에, 테오리 타다츠루라는 사람이 없었나요? 인형을 다루는 쪽의 전문가인데요."

"? 아쉽지만 모릅니다. 어떤 분인가요?"

"가엔 씨의 직계 후배예요…. 제가 알고 있는 시체 인형의 주요 제작자고요."

혹시나 하고 생각했지만, 그러나 그런 기연은 없었던 것 같다. 그것이 아쉽다는 것도 아니다. 뭐, 가엔 씨의 네트워크는 넓고, 그중에서도 테오리 타다츠루는 오시노 메메나 카이키 데이슈에 필적할 정도로 별난 인물이었으니까, 그렇게 깔끔히 해결되지는 않나.

"어쨌든 덕분에 취직했으니, 저로서는 가엔 씨에게 감사할 수밖에 없지만요. 이 시대는 골렘이 아니더라도 취직도 간단하지 않으니까요. 많은 이야기는 할 수 없지만, 상당히 힘썼거든요? 풍설과의 설립까지."

"…과장님과 키자시마 선배가 풍설과의 설립 멤버인가요?"

"네. 지금 남아 있는 건 두 사람―그 밖에 있던 창설 멤버는… 모두 순직했습니다."

"네?!"

그렇게 가혹한 과였어?!

그리고 당황해서 돌아보려던 나를, "한눈팔며 운전하지 마세요."라고 키자시마 선배가 나무랐다.

즐거운 듯이 나무랐다.

"농담이에요. 그 사람들은 풍설과를 세운 뒤에 다른 지역으로 이동했어요. 뻗은 뿌리는 넓혀야 하니까요. 과장님은 지휘권을 잡기 위해, 저는 향토애가 깊어서 나오에츠 경찰서에 남은 거예요."

다른 지역으로 이동… 뻗은 뿌리… 즉 다음 '풍설과'를 세우기 위해서인가.

내가 대학에서 자격을 이수하려 고생하고 있을 무렵, 착착 그런 뒷공작이 진행되고 있었던 것이다—아니, 뒷공작 자체는 내가 나오에츠 고등학교에 다니기 전부터 이미 시작되었던 걸까?

그렇게 되면 나의 출신지이기에 나오에츠 경찰서에 최초의 풍설과가 설립되었다기보다는, 키자시마 선배의 출신지이기에 이곳이 선택되었다고 생각하는 편이 정답에 가까울지도 모른다.

이유가 하나일 필요는 없지만… 정말이지, 이런이런.

음모론을 믿고 싶어질 만한 세계의 뒷면이라고.

뒷면이자, 측면이다.

다만 하네카와 츠바사가 현재 해외에서 하고 있는 활동에 비하면, 가엔 씨의 기획은 극히 온화하고 건전하다고 말하지 못할 것도 없다.

걱정은 필요 없다.

그 점에서, 내가 걱정할 수 있는 레벨을 뛰어넘었구나~ 하네카와 씨.

"왜 그러시나요? 아라라기 경부보. 이제 곧 현장에 도착합니다. 노스탤지어에 빠지는 것도 괜찮습니다만, 과거보다도 현재를 살아 주세요. 미래를 위해."

명언이다.

다만 나에게도 키자시마 선배에게도, 미래 따윈 없다는 것을 고려하지 않는다면.

003

나는 고등학교 시절 자전거 통학을 했기 때문에 '토오리마'가 출현했다는, 역과 학교를 최단거리로 잇는 통학로를 거의 이용하지 않았다. 엄밀히 말하면 소유하고 있던 두 대의 자전거는, 양쪽 다 3학년 때 재기불능이 되고 말았지만, 부서진 이후에는 마치 그 자전거들을 애도하듯이, 고집스럽게, 자전거 전용 통학로를 걸어서 통학했다.

다니는 길은 좀처럼 바꿀 수 없다.

그래서인지, 도착한 이쪽의 골목길에 뭔가 느껴지는 것은 없었다.

이런 느낌이었던가, 하고 생각하는 정도다.

주위 전망이 좋다고 말하기는 어렵고, 양옆으로는 잡목림 사이에 끼어 있어서 솔직히 자진해서 걷고 싶은 길이 아닌데… 나오에츠 고등학교의 학생들 이외에는 거의 이용하지 않는 것이 아닐까. 사람 한 명은커녕 개 한 마리 다니지 않는다.

"등하교 시간에는 사람들의 체온으로 주위 공기가 데워진 것이 느껴질 정도로 북적이겠지만요. 공기가 데워진다는 말은 과장입니다만, 뭐, 제가 다닐 무렵에는 그랬습니다."

아무래도 키자시마 선배는 전철파였는지, 그런 이야기를 했다—대체 무슨 이유에서일까, 조금 기분이 좋아 보인다.

"아라라기 경부보는 그렇게 이야기합니다만, 이래 봬도 예전보다는 안전이나 치안에 배려를 하고 있는 모양입니다. 가로등의 수도 늘었고, 큰길과 이어지는 구역에는 커브 미러도 양쪽에

설치되어 있고요. 아하하, 전 그 골목에서 몇 번이나 자전거파에게 치였다고요."

태연하게 할 만한 이야기가 아니다.

자전거파로서는 괴로운 정보였다—나는 치였던 적은 있어도 친 적은 없지만, 하지만 당시 둘이 함께 자전거를 타거나 하는 등, 위험 운전을 한 적이 전혀 없다고는 할 수 없다.

그렇다기보다, 빈번하게 그랬다.

요즘은 엄한 시대가 되었다고 말하기보다, 사실은 당시에도 해서는 안 되었던 행동이다.

"다행히 저는 진흙 인형이었으니까요. 자전거에 치인 정도로는 아프지도 가렵지도 않습니다. 비행기에 치여도 아프지도 가렵지도 않습니다만. 오히려 아픈 척이나 다친 척을 하는 것이 힘들었어요. 큰일이 난 것처럼 굴고 싶지도, 호들갑을 떨고 싶지도 않았습니다만, 상처 하나 없이 멀쩡하다는 것도 너무 눈에 띄게 되니까요."

그렇게 말하며 키자시마 선배는 가방에서 작은 물통을 꺼내서 속에 든 것을 꿀꺽꿀꺽 마셨다. 예쁜 물통이지만, 내용물은 평범한 물이다.

골렘이라서 원래는 먹거나 마실 필요도 없다고 하지만, 그러나 스오 씨와는 반대로 키자시마 선배에게는 수분이 불가결하다고 한다. 특히 오늘처럼 쾌청한 날에는.

피부가, 요컨대 진흙이 말라 버리면 위험하다.

불사신이라고 해도, 결코 불멸은 아니다.

"푸핫…. 그렇다고는 해도, 제가 학생이던 시절에는 '토오리마' 같은 건 출현하지 않았으니까요. 자전거조차 위험시되지 않았습니다—치안이 좋아진 것으로 인해, 지금까지 간과해 왔던 이런저런 문제점들이 역설적으로 부상하기 시작했다는 느낌일까요?"

"그런 것도 있을지 모르겠네요… 리스크를 느끼는 역치閾値가 내려갔다고 할지… 어쨌든 문제 자체는 옛날부터 있었던 것이니…."

그렇다고는 해도, 역시 '토오리마'가 되면 문제가 커진다.

예전부터 빈번하게, 고등학생이 등 뒤에서 베이고 있었다고는 생각하기 어렵다.

적어도 나에게 그런 경험은—전혀 없다고는 말하지 못한다고 해도.

대표적인 것으로는, 스테이플러로 입안을 찍힌 일이라든가가 있었으니까… 그것도 요즘이라면 대사건이라고.

"으~음. 아라라기 경부보가 하는 말에는 일정한 이해를 보이겠습니다만, 그러나 제 견해는 조금 다릅니다. 이런 일 자체가 전혀 없었던 것은 아닙니다."

"그런가요?"

'토오리마' 같은 건 출현하지 않았다는 것이 키자시마 선배의 견해였을 텐데, 전언철회일까. 나는 고개를 갸웃거렸지만, 그런 것도 아닌지,

"옛날이었으면 이런 현상은 '카마이타치*'로 처리되었을 테지

요."

라고 말을 이었다.

"'카마이타치'? 호오, 들어 본 적이 있네요."

"풍설과 멤버가 '카마이타치'를 모른다는 게 놀랄 뿐입니다."

"아뇨, 뭐, 일단은 신참이니까요."

"'카마이타치'는 세 마리가 한 조인 요괴라고요. 그 이름대로 이타치—족제비죠. 양손이 이렇게, 낫처럼 되어 있어서… 첫 번째 족제비가 넘어뜨리고, 두 번째 족제비가 베고, 세 번째 족제비가 그 상처에 약을 발라서 치료한다—들어 본 적이 있죠?"

"으음~"

솔직히 고백하면 아마도 들은 적 없겠지만, 선배에게 무지하다는 인상을 주고 싶지 않아서 솔직히 고백하지 않고 나는 애매한 대답을 했다. 애매한 대답을 한 이유는, "뭐지, 그 기묘한 요괴?"라는 의심스러운 기분도 있었기 때문이다.

"상처를 내고서 치료하다니… 그 녀석들, 뭘 하고 싶은 걸까요? 첫 번째의 '넘어뜨리는' 족제비, 필요하나요? 그냥 갑자기 베는 쪽이 성공률이 높지 않을지…."

"그렇게 멋을 모르고 딴죽을 거는 녀석이, 이렇게 자상한 괴담을 망쳐 온 거라고요—그리고 '토오리마'라는 위험한 괴담이 성립되어 가는 거죠."

※카마이타치(かまいたち) : 넘어지거나 바람이 불거나 했을 때, 다치지 않았어도 피부에 베인 상처가 나는 현상.

풍설로 머무르는 동안에 처리해야만 하겠어요―라고 말하는 키자시마 선배.

내가 범인처럼 되어 버렸는데… 경찰 아저씨인데.

“하지만 안전을 너무 중시해서, 불안요소를 철저히 배제하려는 움직임은 요즘 스타일일지도 모르겠네요. 스타일이라고 하면….”

“네. 그러니까 옛날이었다면 방치되었을 사건인지도 모르죠. 베인 것은 어디까지나 교복이고, 학생의 피부에 상처가 난 것도 아니니까요.”

“다치고 나면 늦죠.”

“그렇지요. 좋은 말을 했네요, 아라라기 경부보. 누구라도, 저나 아라라기 경부보처럼 아픔을 느끼지 않는 건 아닙니다.”

나는 아픔은 느끼는데….

나중에 한 번 스오 씨와 만나서, 불사신 간의 세세한 차이에 대한 토론을 하는 편이 좋을지도 모르겠다… 착각으로 인해, 터무니없는 실수로 연결될 수도 있다.

그건 제쳐 두고, 검증이다.

나는 키자시마 선배와 나란히 서서, 일단 통학로를 왔다 갔다 왕복해 본나.

이렇다 할 특별한 일은 없었다.

통학로 내 잡목림에서 족제비가 튀어나온다든가, 혹은 변태가 튀어나온나든가 하는 일은 없었다.

“통학로 내 잡목림은, 계속 반복하면 통학로 내장 먹니로 들리네요."

"진지한 말투로 소름 끼치는 이야기 하지 마세요."

"저는 내장이 없으니까요. 심장이나 간 열매가 나무에 열린다면 수확해 버릴 거예요."

"이보다 더 소름 끼칠 수가 없네요."

의외로 이야기가 맞아떨어진다.

잡목림이란 단어로 떠올린 것은 아니지만,

"자연현상일 가능성은 없을까요?"

터벅터벅 걸으면서 내가 물었다.

"그것도 '카마이타치'라고 부르지 않았던가요? 회오리바람 같은 현상으로, 피부 가까이에 생긴 진공 때문에 싹둑 베인다는…."

"그러네요. 그렇다기보다는, 그 진공 현상이 과학적으로, 사이언스로, 이과틱하게 해명될 때까지, '카마이타치'라는 요괴를 상정하는 것으로 모두가 납득하고 있었던 거죠. 천동설 같은 거예요."

"천동설… 풍설이라고 하기에는 너무나도 대규모인데요."

"'카마이타치'야말로 그야말로 풍설風說이죠. 바람 풍風이 들어가 있으니까요. 그렇다고는 해도 이번 케이스는 자연현상이라고 생각하기 어렵다고 봅니다. 자연현상이라면 교복만 베이는 게 너무나 부자연스러워요."

확실히.

오히려 옷은 펄럭거리므로 피부만 베일 법하다—게다가 등

쪽만 베인다는 것도 신경 쓰인다.

자연현상이 그렇게 기습 같은 짓을 하리라고는 생각하기 어렵다.

"우연히 이 길의 구조가 '카마이타치'를 불러일으키기 쉬운 형상이 되어 있을 가능성도 있지만요. 그렇다면 예전부터 그런 현상이 일어나지 않았다면 부자연스러워요."

"부자연스럽나요?"

그렇게 되면, 역시 자연현상이 아니라 부자연현상인 것일까?

다만, 괴이 현상을 자연自然인지 부자연不自然인지로 판단하는 것도 의외로 어렵다.

굳이 말한다면 '초자연超自然'이다.

결국 아무런 성과도 없이 현장을 세 번 왕복한 끝에, 우리들은 스타트 지점에서 발을 멈췄다. 형사의 기본은 발이라고 해도, 생각 없이 걸어 다녀 봤자 지치기만 할 뿐이다.

골렘은 지치지 않고 흡혈귀의 피로는 단숨에 회복되지만, 이것은 기분의 문제다.

"으~음. 뭔가 착각한 것은 없을까요? 제가 원래 좀 착각하기 쉬운 녀석이라 그렇게 생각하는데요…."

"하지만 베여 찢어진 교복이 번듯한 증거로서 남아 있는네요? 그것도 한두 명이 아니고."

"그러네요… 하지만 키자시마 선배, 신경 쓰이는 점도 있어요. 가령 '카마이타치'든 '토오리마'든, 어쨌든 요괴 같은 녀석이 있다고 치고, 그 녀석이 고등학생을 등 뒤에서 공격하고 있다는 얘기잖아요."
"싹둑 하고 말이죠."
"네. 싹둑, 하고. 요괴의 모습은, 다들 이야기하듯이 전혀 보이지 않았다고 치고—하지만 자기가 입고 있는 옷이 베여 찢어졌는데 정말로 눈치채지 못할 수가 있을까요? 피해자들은 모두 '어느샌가 베여 있었다'라고 증언한 모양인데요…."
예를 들어 맨살에 날붙이(?)가 닿지 않았다고 해도, 말 그대로 풍압 같은 것은 느껴지지 않았을까…. 인간의 피부는 민감한 센서로 작동하고 있을 것이다.
"내추럴하게 진흙팩인 **진흙 피부**를 가진 저로서는 뭐라고 말할 수가 없네요. 느낄 수 있는 것은 기온과 습도 정도니까요. 한여름은 정말 최악이에요. 팔이 뚝 떨어진 적도 있으니까요."
"그런 장절한 사태가 벌어지나요."
"장절하다고 할 정도는 아니에요. 물을 적시면 붙으니까요. 지저분한 이야기지만, 문자 그대로 침을 바르면 나아요."
타액은 분비되는 걸까.
그 부분의 불사신 체질에 대해서도 한 번 물어보고 싶다.
"하던 이야기로 돌아가겠는데요, 어떨까요. 그야 제 경우와는 반대로, 한겨울이었다면 등이 노출되었을 때 한기를 느끼겠지만, 지금은 아직 따스한 계절이니까 말이죠. '갑자기 교복이 찢어질 리 없다'라는 안전신화의 믿음이 상당히 강력하게 작용하지 않을까요."
"확실히…."

내가 말하고 있는 것은 단순한 이론에 불과하다. 현실은 그렇게 딱 떨어지는 것이 아니다.

하물며 이 경우 상대하는 것은 비현실적인 소문이다—비현실이라면 더더욱 딱 떨어지지 않을 것이다. 누군가가 자신을 뒤에서 베려 한다는 걸 알아차리면, 공포로 인해 공황상태에 빠지게 될 테고.

정상적인 판단은 도저히 불가능하다.

"다시 한번 확인할게요. '토오리마'의 모습을 보지 못했던 것은 피해자뿐만 아니라 그 주위에 있던 학생들도 마찬가지인가요? 주위의 학생들이 보고 있는데 갑자기 교복이 찢어졌던 건가요?"

"그런 의미에서라면 목격자는 없는 모양이에요. 피해자는 모두, 혼자 하교하고 있을 때 그런 일을 겪었다고 하니까요."

"흠."

혼자 귀가하는 학생을 노렸다든가, 목격되지 않도록 고려했다든가, 그런 말을 들으니 괴이 현상이라기보다 극히 인간적인 범죄 같다는 생각도 든다—가능할까?

피해자가 눈치채지 못하도록 몰래 접근해서, 피부에 상처가 생기지 않도록 신중하게, 그렇지만 대담하게 교복을 날카롭게 베고, 피해자가 뒤를 돌아보기 전에 사라진다니—

잡목림에 몸을 숨기는 것은 불가능하지 않겠지만, 역시 피부에 상처가 나지 않도록 교복을 벤다는 것이 난제다.

어떤 날붙이여야 그런 곡예가 가능하냐고.

적어도 낫 같은 것으로는 무리일 것이다.

"…아. 맞다, 요도라면…."

"요도? 뭔가요, 그건?"

"그런 물건이 있었어요, 옛날에—지금도 있겠지만, 최근 몇 년 동안 전혀 사용하지 않아서 녹슬었을지도 모르겠지만. 저의 그림자에 살고 있는 흡혈귀가 휘둘렀던, 괴이만을 베는 커다란 칼이에요."

하지만, 그건 반대인가.

옷을 베지 않고 내용물만 베는 것은 가능하지만, 옷만 베는 것은 불가능할까—옷 자체가 괴이라고 한다면 몰라도… 하지만, 교복 괴이라는 건 또 뭐야.

"맞아요. 옷처럼 생긴 괴이가 없으라는 법은 없으니까요. 그건 그렇고, 그 흡혈귀를 불러 주시지 않겠어요? 스오짱과 페어를 이뤘을 때는 그 사람에게—철혈이자 열혈이자 냉혈의 흡혈귀에게 현장검증을 일임했다고 들었습니다만."

"일임하지는 않았지만, 네, 뭐 그렇죠. 하지만 아무리 그래도 유녀만 의지하고 있을 수도 없으니까요. 이쪽도 번듯한 어른이고…."

적당히 얼버무리는 나였다.

사실은 나를, 요컨대 '내 주인님'을 부리듯이 다루는 키자시마 선배를 시노부가 그리 좋게 보지 않고 있으므로 그녀 앞에서는 불러내기 어렵다는 사정이 있다.

그야말로 스오 씨와 활동할 때 이야기는 아니지만, 혼자가 된다면 시노부에게 물어보는 것도 어렵지 않다—다만 '당신은 제 파트너가 싫어하니까, 어디 다른 데로 가 주세요'라고는 말하기 어렵다.

스스로도 그 정도는 어떻게 사정에 맞출 수 없는 거냐는 생각이 들지만, 어쨌든 괴이는 몸속에 있다 해도 마음대로 되지 않는 일이 있는 것이다—몸속이 아니라, 그림자 속이지만.

"괴이 현상이든 괴이 현상이 아니든, 자연현상이든 부자연현상이든 초자연현상이든, 우리들이 조리 있게 설명할 수 없다면 수사1과나 생활안전과에 의한 본격적인 수사로 이행되겠죠. 어쨌든 피해자가 있는 일이니까요."

"그렇겠네요."

다만 이 경우의 문제는 가해자가 있는가 없는가를 알 수 없다는 점이었다.

가해자 부재.

그것도 어딘가, 요즘 느낌의 풍설이다.

004

오전 시간 전부를 통학로 검증에 사용하고(일단 실험으로, 키자시마 선배와 함께 나무 막대기를 뒤에서 이리저리 베어 보았다. 옆에서 보기에는 다 큰 어른이 칼싸움 놀이를 하는 것처럼 보였을 것이다. 키자시마 선배의 외모가 중학생 전후라는 점을 생각하면, 내가 신고당해도 이상하지 않을 모습이다. 경부보인데), 점심을 먹고 나서(여기서는 선배답게 키자시마 선배가 사주었다. 가게 직원으로부터, 이렇게 작은 아이에게 돈을 내게 하느냐는 시선을 받았다) 나와 키자시마 선배는 그리운 모교를 방문하기로 했다.

그런 방문 예약을 해 두었던 것이다.

이것은 공공기관의 힘을 보여 주는 사례다—자유인인 오시노나 사기꾼 카이키도, 한낮의 학교에는 좀처럼 들어가기 어렵다.

점심시간에, 피해를 입은 고등학생들로부터(참고인 조사라고 부르기엔 호들갑스럽지만) 이야기를 듣기로 약속이 되어 있었다.

물론 이것도 간단한 일은 아니었을 것이다—과장의 능력이 있었기에 스무드한 면회가 잡힌 것이다. 그리고 이 공정이 스무드하게 진행되도록 졸업생인 나와 키자시마 선배를 파견했다는 점도 있을 것이다.

그러니까 스무드하지 않았던 것은 오히려 이쪽의 기분 쪽일까.

막연한 부담을 느꼈던 것은.

솔직히, 설마 이런 모습으로 모교를 다시 방문하게 되리라고는 생각하지 못했다. 그렇다기보다, 애초에 다시 방문할 생각도 없었다.

4개월의 연수기간 중에 어쨌든 한번은 키타시라헤비 신사를 방문하려고 생각한 나였지만, 그러나 나오에츠 고등학교를 방문하자는 마음은 딱히 없었다.

딱히 개인적인 용건도 없고 지인이 있는 것도—아니.

엄밀히 말하면 지인은 **있다**고 할 수 있지만, **만나고 싶다**고 생각하느냐면….

"당당히 행동하면 되지 않습니까, 아라라기 경부보. 당시 신세를 졌던 선생님도 계시겠죠? 어떠냐, 난 중앙공무원이 되었다, 라고 자랑을 해 주시어요."

"해 주시어요라니… 뭔가요, 그 말투는. 아니, 그 상황이 싫은 거라고요. 당시에는 낙오한 학생이었던 제가 경찰관이 되어서 우쭐하고 있다고 여겨지는 것이, 굽실거리게 만들어 주러 왔다고 여겨지는 것이, 어때, 되갚아 줬다, 라는 마음이 있는 거라는 착각을 하게 만드는 건…."

"실제로 그런 마음이 있다면 뒤가 켕기지 않을까요? 아무도 당신에 대해서는 신경 쓰지 않는다고요."

그런 걸까.

하긴, 문제아라는 듯 행동하긴 했지만, 그야말로 불사신 학생들 중에서 나 정도의 문제아는, 학교 측으로서는 잔뜩 있는 녀석들 중 하나에 지나지 않았는지도 모른다.

의외로 기억을 못 한다거나?

실제로, 이번에도 학교 안을 안내해 준 교사는 내가 모르는 사람이었고, 피해 학생들과의 대화도 아무 문제없이 종료되었다—이건, 키자시마 선배의 수완이라고 말할 수 있다.

나는 이미 요즘 고등학생과 이야기를 하면 높고 두꺼운 벽을 느끼는 정도였는데, 키자시마 선배는 그런 것이 없는 모양이었다.

아무래도 그 벽을 무너뜨리는 데 어려 보이는 외모를 유효하게 활용하고 있는 듯하다…. 콤플렉스라고 느껴도 이상하지 않을 특징일 텐데, 참으로 씩씩하다.

나는 내 작은 몸집을 이용하자는 생각은 못 하겠다.

스오 씨는 어른으로서 어린아이를 좋아하는 사람이지만, 키자시마 선배는 호불호 이전에 어린아이와의 커뮤니케이션이 특기인 모양이다—괴이와 관련된 인간 중에 젊은 층이 많다는 점을 고려하면, 그것 역시 풍설과에 필요한 자질인지도 모른다.

적어도 불사신성 따위보다는 훨씬 도움이 된다.

그런 느낌으로 키자시마 선배와 피해 학생들은 잡담으로 흥이 오르기도 했지만, 그래도 업무를 잊은 것은 아닌지 점심시간 끝을 알리는 종이 울리기 전엔 이야기 듣는 것을 끝마치고 있었다.

남녀를 가리지 않고 전화번호 교환까지 끝내 둔 점도 대단하다.

"업무용 휴대전화이지만요. 저에게도 분별능력은 있어서, 귀여운 남자애들과 친구가 될 생각은 없으니까 안심하세요. 아라라기 경부보도 여고생과 농담을 주고받을 생각 같은 건 하지 마세요. 시대가 시대니까요."

"배려 감사합니다. 하지만 이 30분 만에 팍 늙어 버린 기분이 들어요. 아무래도 저는 이제 고등학생과 대화할 체력이 없는 모양이에요. 마음은 항상 소년이자고 생각했는데."

"저의 몸은 언제까지나 소녀이지만요. 늙어 보고 싶네요. 그건 그렇고, 눈에 띄는 새로운 사실은 없었습니다만, 반대로 지금까지 판명되었던 사실을 뒤집는 증언도 없었습니다. 이건 수확이었네요."

그것을 수확이라고 느끼는 것은 지금의 나에게는 어려운 일이다… 일이란 헛수고의 축적이라고 했던가.

"그러면, 현장으로 돌아가기로 할까요, 아라라기 경부보."

"아… 키자시마 선배. 먼저 가 있어 주시면 안 될까요? 저쪽 건물에 잠깐 들르고 싶은 곳이 있어서요."

교내에 들어온 뒤로 계속 망설였지만, 마침 용무가 끝난 단계가 되자 나는 그렇게 입을 열었다. 배움터에 순찰차를 타고 들어올 수는 없었으므로 통학로에서 여기까지 걸어왔다. 그러니까 운전사는 필요 없을 것이다.

그렇지만 형사는 좋은 감을 가지고 있었다.

"얼른 나가고 싶은 거 아니었나요? 이 학교에 좋은 추억은 하나도 없잖아요?"

"그 정도까지는 아니에요… 좋은 추억도 있어요. 으음, 나가고 싶은 마음은 분명 있지만, 그래도 여기까지 와 버린 이상, 인사를 하지 않을 수 없는 상대가 있어요. 그러지 않으면 뒷일이 무서우니."

"흐음? …사적인 용무란 말인가요?"

"사적인 용무가 되겠네요. 다만, 혹시나 뭔가 수사에 도움이 되는 정보를 얻을 수 있을지도 몰라요—미스터리 마니아거든요."

미스터리 마니아라고 할지, 본인이 수수께끼 같은 존재다.

암흑 같은 미스터리어스.

005

그런 이야기라면 저도 들르고 싶은 장소가 있으니 좋을 대로 하세요, 라면서 키자시마 선배와는 그 뒤에 개별행동을 하게 되었다—놀랄 일은 아니다. 그녀에게는 그녀 나름대로 나오에츠 고등학교 어딘가에 '비밀의 장소'가 있을 것이다.

아무리 개방적인 직장이라고 해도, 불사신인 골렘으로서 이 학교에서 시간을 보냈던 그녀가 과연 어떤 청춘을 보냈는가를 내가 물어볼 기회는 없겠지만—어쨌든 나에게 '비밀의 장소'는 1학년 3반 교실이었다.

다만, 실제 1학년 3반이 아니라, **존재하지 않는** 1학년 3반이다.

존재할 리 없는 문을 열고, 존재할 리 없는 교실로, 나는 들어갔다.

"야아—아라라기 선배. 정말 오래간만에 뵙네요."

텅 빈 교실의 교탁 위에 걸터앉아 책을 읽고 있던 사람은, 말할 것도 없이 오시노 오기였다. 내가 나오에츠 고등학교 3학년이었을 무렵에 1학년으로 전학왔던 그녀는, 하지만 지금도 여전히 나오에츠 고등학교의 교복을 입고, 지금도 여전히 수상쩍은 미소를 띠고 있었다.

그 이후로 계속, 오기는 고등학생이었던 것이다….

나와 헤어진 뒤에는 잠시 칸바루와 붙어 지냈다고 했는데, 그러나 칸바루가 졸업한 뒤에는 결국 고등학교 자체에 눌러살게 되어 버린 모양이다.

실재인가 비실재인가.

오시노 메메의 조카로서, 지금은 나오에츠 고등학교에서 길을 잃은 학생을 더욱 헤매게 만드는 것을 생업으로 삼고 있는 모양이다. 문자 그대로 학교의 괴담으로서, 7대 불가사의 중 하나를 담당하고 있다는 이야기다

어찌 되었든 스타트 지점이 나이므로 키자시마 선배가 알 리도 없는 오기이지만, 만약 풍설과가 이 교실의 존재(비존재)를 포착했다 한들, 분명 어쩌지 못할 것이다.

무해인정조차 능가하는, 학교의 심벌 같은 것이 되어 버린 오기를 어떻게 할 수 있는 전문가 같은 건 없으니까—가엔 씨가 그렇게 판단했으니 언터처블에도 정도가 있다.

그러므로 나도 고등학교 졸업 이후로는 거의 내버려 두었지만, 그 사이에 영문 모를 성장을 이뤄 버렸다. 겉모습은 열다섯 살 그대로지만 그 내실은 극적인 진화를 이루었다. 감당할 수 없을 성노도, 끝나 버렸나.

형사 주제에 자백하자면 그것이 고향으로부터 발길을 멀어지게 만든 이유 중 하나이기도 했지만, 그러나 어떤 종류의 생산자 책임으로서 이렇게 만나러 오지 않을 수 없었다.

"…뭘 읽고 있어? 오기. 미스터리? 밀실물?"

"아뇨아뇨. 활자조차 아니에요. 최근에는 저도 만화를 꽤 읽고 있거든요."

그렇게 말하며 오기는 들고 있던 책의 표지를 나에게 보였다.

윽, 하고 생각했다. 순식간에 기세가 꺾였다.

마치 내가 오는 것을 기다리고 있었나 싶은 작가명이었다—'千石撫子'.

"센고쿠 '나데코'가 아니라 '나데시코'라고 읽는대요. 펜 네임이죠. 정말 이상한 이름이라고는 생각했는데, 역시 본인도 신경 쓰고 있었던 걸까요."

"…데뷔한 이후의 세 번째 작품이었지? 굉장하네."

우선 그렇게 무난한 코멘트를 했다.

"잘 안 팔리는 모양이지만요."

오기는 무난하지 않은 코멘트를 했다.

이런 아이다.

"하지만 컬트한 인기를 끌고 있어요. 귀여운데도 어둠이 있다고. 아, 어둠이 있다고 해도 저는 더 이상 그 아이에게 손대지 않고 있어요—어둠은, 어디까지나 센고쿠의 어둠이에요."

이 작품은 좋아하지만요, 라면서 오기는 책을 살짝 옆구리에 꼈다.

조심스럽게 다루는 취급을 보면 허언은 아닌 모양이다.

"괜찮아요. 센고쿠는 중학교를 졸업하는 것과 동시에 이 마을을 떠났으니까요. 길에서 아라라기 선배와 딱 마주쳐서 러브 로맨스가 다시 불타오를 걱정은 없어요."

"그런 걱정은 하지 않았는데…."

하지 않았을까? 이제는 모르겠다.

그때도 잘 알지 못했다.

"지금은 가엔 씨와 연결되어 있지 않았던가? 그런 이야기를 들었던 것 같은데… 아니, 가엔 씨가 아닌가. 오노노키짱이…."

"네. 아라라기 선배와 마찬가지로—아라라기 경부보와 마찬가지로, 만화가로서 가엔 씨에게 이리저리 부려 먹히고 있는 모양이에요. 가엔 씨의 프로젝트는 그런 엔터테인먼트 방면으로도 착실히 진행되고 있다는 얘기죠."

"여전히, 오기는 뭐든지 알고 있구나."

"저는 아무것도 몰라요. 당신이 알고 있는 거예요—아라라기 경부보."

새까만 눈동자로 나를 바라보며 오기는 그렇게 말했다.

…그랬던가.

"하지만 경부보란 말은 붙이지 마. 너에게는 언제까지나 선배라고 불리고 싶다고."

"그런 건 칸바루 선배의 역할입니다만, 그걸 바라신다면 그러기로 하지요. 하지만 아라라기 선배는 풍설과의 형사로서 이 학교에 개선하셨던 거 아닌가요? 센고쿠 나데시코 선생님의 근황을 알고 싶은 것뿐이라면 연재하는 잡지의 목차 페이지를 읽으면 알 수 있어요. 상담하실 게 있다면 들어 드릴게요."

"상담이라고 할지…."

여기까지 와서 만나지 않을 수는 없었기 때문에 이 환상의 1

학년 3반을 방문한 것뿐이지만, 키자시마 선배에게 그렇게 말한 이상, 여기에서 수사상의 비밀을 밝히지 않을 수는 없다.

미스터리 마니아에게 수사상의 비밀을 밝힌다는 미스터리적인 전개다.

오기를 상대로 비밀 따위, 가지고 있어 봤자 소용없고 말이야.

"네, 그렇지요. 지금 나오에츠 고등학교의 통학로에서 일어나고 있는 '토오리마' 사건에 대해서는 저도 마음이 아파요. 제가 현재 간섭하고 있는 학생도 몇 명인가 피해를 입고 있거든요."

…조금 전에 면담했던 아이들 중 몇 명이 오기의 독니에 걸려든 모양이다.

그야말로 '토오리마'라든가 '카마이타치' 정도로는 끝나지 않을 피해지만, 그러나 그쪽은 손을 댈 수 없다… 결국, 오기와 엮이면 마지막엔 스스로 어떻게든 할 수밖에 없는 것이다.

내가, 칸바루가, 그리고 센고쿠가 그랬던 것처럼.

"오기의 소행은 아니지?"

"어라라. 저를 의심하셨나요? 핫하~ 신용이 없네요."

농담하는 것이 아니라, 그런 걱정도 없지는 않았다—나오에츠 고등학교의 학생이 피해자라는 시점에서. 다만, 죄 없는 고등학생을 등 뒤에서 갑자기 벤다는 폭력성은 그리 오기답지 않지….

"죄 없는 고등학생이라. 있으려나요, 그런 것이."

"응? 무슨 소리야, 그거. 무슨 의미야?"

"아뇨아뇨. 깊은 의미는 있어요."

"있는 거냐."

"사랑하는 아라라기 선배에게 엉뚱한 의심을 받는 것은 바라던 바가 아니니, 여기서는 작은 힌트를 드리도록 할까요. 아라라기 선배에게 도움이 되는 것이 제 삶의 보람이니까요—아뇨, 삶의 보람이었으니까요."

과거형으로 고쳐 말하니, 찌릿찌릿 통감된다.

오기는 더 이상 나에게 묶여 있지 않다는 것을—오시노 오기라는 이름을 대면서도, 지금의 그녀는 오시노 메메의 조카라는 입장도 아닐 것이다.

어둠은 성장하고, 어둠은 둥지를 떠났다.

그런 의미에서는 아직 내 그림자에 서식하고 있는 오시노 시노부보다 훨씬 앞서가고 있다.

정체되지 않았다—그녀를 낳은 부모인 나보다도.

"힌트야? 답을 말해 주지 않는 거야?"

"제가 그런 친절한 후배처럼 보이나요?"

"놀라울 정도로 보이지 않지."

"그렇다면 그 놀라움이 답이에요. 왜냐하면 저는 아라라기 선배의 거울이니까요. 아라라기 선배 역시, 좋은 후배는 아니겠죠."

"그건 그래."

"힌트는 말이죠."

어째서 '토오리마'는 하교 중인 학생의 등만을 노리는가, 라는 점이에요—라고 오기는 말했다.

그다음은 내가 말했다.

"—등교 중일 때를 노려도 괜찮을 텐데."

006

"흐음. 확실히, 그건 그러네요. 갈 때도 올 때도 이용되는 통학로니까요. 피해가 하교 중일 때에 집중되어 있다는 것은 조금 위화감이 드네요."

상당히 날카로운 학우분을 두셨군요, 라고 현장에서 합류한 키자시마 선배에게 칭찬받았다.

학우는 전혀 아니고, 그러니까 그게 어쨌는데? 라는 말을 들으면 대답할 말이 전혀 없는 힌트이고, 수수께끼를 더욱 수수께끼로 만들었을 뿐이라고도 할 수 있는 오기다운 힌트였지만.

키자시마 선배는 딱히 나의 '학우분'의 정체에 대해서는 추궁하지 않고, "저는 교무실에 들렀다 왔습니다."라고 말했다.

키자시마 선배의 '비밀의 장소'는 교무실인가.

확실히, 나는 그곳에는 동행할 수 없다.

지난날의 좋지 않은 소행 때문에 너무 뒤가 켕긴다.

"네. 그쪽은 사전연락 없이 밀고 들어갔지만요. 현장 판단이라는 거죠. 당시의 선생님도 계셔서, 잡담으로 이야기꽃을 피웠어요. '너는 변한 게 없구나'라는 말을 들었어요. 당연하겠지만요."

"…흥미 본위의 질문이 되겠는데요, 키자시마 선배. 지금은 그렇다 치고 장래에는 어떡하실 건가요? 여든 살의 할머니가 되어도 베이비 페이스로 있을 수는 없잖아요?"

"배려심 없는 질문이네요."

그 이야기를 하자면 아라라기 경부보도 마찬가지 아닌가요, 라는 지적을 들었지만, 나의 불사신은 엄밀히 말하면 불로불사는 아니므로 좋은 의미로도 나쁜 의미로도 경년변화經年變化는 피할 수 없을 것이다.

하지만 진흙 인형이라면 이야기가 다르다.

토우土偶니는 진 몇 천 년이나 그대로 남아 있잖아?

"그때는 뭐, 화장을 해서 얼버무릴 수밖에 없겠네요. 젊게 보이는 화장의 반대로… 피부에 주름을 만들거나 해서."

"가엔 씨에게 부탁해서 새로운 인형으로 영혼을 옮길 수는 없나요?"

"테오리 씨라는 분을 통해서 말인가요? 그런 일이 가능하면 고생할 것도 없겠지요. 할아버지와 할머니가 손녀를 현세에 묶어 두기 위해 사용한 것은, 거의 금주였으니까요."

"금주."

"거문고 현을 괴는 받침대를 말하는 게 아니에요. 금지된 주술이란 뜻의 금주禁呪—강력하지만, 그렇기에 융통이 불가능하죠. 뭐, 그것도 10년 20년 뒤에는 해결법이 발견될지도 모르니, 느긋하게 마음먹고 기다리고 있어요. 다행히 불사신이기도 하고."

마치 신약의 개발을 기다리는 난치병 환자 같은 소리를 하고 있는데, 뭐, 원래 키자시마 선배는 큰 병을 앓아 요절했었으니,

심경은 비슷할 것이다.

쓸데없는 질문을 했다. 업무 이야기로 돌아가자.

“그래서 키자시마 선배. 교무실에서 수확은 있었나요?”

“진척은 거의 없었지요. ‘토오리마’ 사건의 진상을 알아내려 하기보다는 그런 소동을 은폐하려는 경향이 엿보였습니다. 입시를 중요시하는 사립 진학교니까 사정은 알겠지만, 사건 해결에는 뒷걸음질을 치고 있어요.”

“나오에츠 고등학교의 그 체질은, 예나 지금이나 변함이 없네요.”

다만 나같은 경우에는 그것이 좋게 작용한 부분이 많았으므로 뭐라고 할 수 없다… 재학 중에, 밤의 학교에서 얼마나 날뛰었던가.

잊고 있었지만, 옥상에 숨어들거나 한 적도 있었지.

다만, 그런 폐쇄적인 환경이 어느 학생을 등교거부하게 만든 것도 사실이다. 간단히 해결할 수 있는 문제는 아니겠지만, 언젠가는 어떻게든 해 주었으면 하는 부분이다.

“그러네요. 그렇다고는 해도 당분간 우리들은 우리가 안고 있는 안건들을 해결하도록 하죠—이렇게 되면 현행범 체포를 꾀할 수밖에 없을 것 같아요.”

괴이라면 체포는 할 수 없겠지만, ‘카마이타치’라고 한다면 꼬리를 붙잡을 수 있겠죠—라고 말하는 키자시마 선배.

“마침 이제 곧 하교 시간이니까요. 여기서 감시하며 학생의 등이 베이는 장면을 지켜보도록 하죠. 목격자가 없으면, 목격자가 되면 돼요."

액티브한 자세다.

하지만 어린아이가 베이는 것을 옆에서 바라보자는 말에는 동의할 수 없다—함정수사나 다름없다. 풋내기 같은 소릴 하는 것 같지만, 가능하다면 범행은 미연에 방지하고 싶다.

"그건 저도 같은 생각입니다만, 하지만 현실적으로 피해자는 상처 하나 입지 않으니까요. 물론 교복의 변상 정도는 받아 내겠습니다만, 피해자는 거의 노 리스크라고요."

으음, 하고 신음할 수밖에 없다.

그건 그렇지만, 만에 하나를 생각하면 역시 주저하게 된다. 잠복수사라니, 이것도 참으로 형사 같은 행위이긴 하지만, 고등학생이 습격당하는 것을 그저 보고만 있을 뿐이라는 건….

"정신 바짝 차리세요. 그 '보고만 있는 것'도 실제로는 난이도가 높으니까요."

나를 고무시키듯이 키자시마 선배는 팡! 하고 손뼉을 쳤다.

"스오 씨와 담당했던 하천 때와는 달리, 이 경우에는 관측자 효과가 작용할 가능성이 커요. 우리가 아무리 교묘하게 잡목림에 숨는다 해도, 그 시선을 느껴 버리면 '토오리마'가 나타나지 않을지도 모른다고요."

관측자 효과.

관찰하는 행위 자체가 관측 대상에게 영향을 주고 만다는 그건가…. 초능력의 검증에서도 적용되는 로지이다.

트릭을 간파하겠다는 적대적인 자세로 보고 있으면 점이 맞지 않게 된다든가… '믿는 자는 구원받는다'라는 이야기는 아니어도, 조금 오컬트 측에 유리한 이론이기는 하지만, 다소의 진실감은 있다.

신약이기는 커녕, 옛날부터 이야기되는 '시간이 약'.

말하자면 플라시보 효과다.

"그래요. 저 같은 경우, 괴이의 실재를, 혹은 부재를 의심하지는 않습니다만—그렇다고는 해도 '목격당하지 않는 것'이 '토오리마'의 발동조건이라고 한다면, 피해 학생들이 다들 등 뒤를 베였다는 것에도, 억지스러우나마 어느 정도 설명이 됩니다."

"되지요."

목격자가 없는 괴이 현상이 아니라, 목격자가 없기에 발생하는 괴이 현상… 그렇다면 잠복수사는 역효과라고도 할 수 있다.

아니, 우리가 지켜보는 것으로 '토오리마' 사건이 스톱된다면, 그것은 그 나름대로 효과적인가?

"바보. 저희가 언제까지나 이 통학로를 지켜보고 있을 수는 없잖아요. 소문 레벨의 괴담을 이 잡듯이 철저히 수사하는 것이 풍설과의 업무입니다. 이 한 마리를 소중히 키워서 어쩌려는 건가요."

이를 키운다는 발상이 특허감이지만, 그건 말씀하시는 대로다.

눈앞의 일밖에 보이지 않는 것은 옛날부터 이어지는 나의 나쁜 습관이다.

봐야 할 것은 이 경우에는 등 뒤, 배후 관계인 것이다.

"그러면 어떡할까요? 들키지 않도록 잠복한다 해도, 역시 잡목림 정도밖에 숨을 곳이….”

다만 유일한 사각에 숨더라도, 그렇기에 그곳에서의 시선이 가장 먼저 체크될 것이라고 생각된다.

애초에 이쪽의 시선이 통한다면, 그쪽으로부터의 시선도 통하는 것이다.

심연을 들여다보면, 심연 또한 나를 들여다본다.

…라고 했던가?

“사각이 없다면 사각을 만들면 돼요. 아라라기 경부보, 우리는 죽음의 엑스퍼트잖아요?”

아무래도 키자시마 선배는 ‘어떤 것이 없다면 그 어떤 것이 되면 된다’, ‘어떤 것이 없다면 그 어떤 것을 만들면 된다’라는 사고방식을 좋아하는 것 같다. 나라고 하는 퍼스널리티의 어디를 어떻게 살펴봐도 찾을 수 없는, 포지티브한 발상력이다.

그것도, ‘발상력이 없다면 발상력을 가지면 된다’는 것일까.

“여기서 불사력을 발휘하지 않고 어디에 발휘할 건가요, 아라라기 경부보.”

“되도록이면 불사력은 어디에서도 발휘하고 싶지 않은데요… 어, 키자시마 선배, 그건 무슨 말씀이신가요?”

우리가 죽음의 엑스퍼트라는 전제와 ‘도오리미’의 목격자가 된다는 목표가 도무지 잘 연결되지 않는다.

이 골렘은 대체 무슨 말을 하고 있는 걸까?

“둔하네요. 그러니까— 그렇죠. 아라라기 경부보는 저기에 설치된 커브 미러를 이용해 주세요.”

"네?"

"조금 떨어진 곳에서, 이 거울을 통해 통학로를 지켜봐 달라고 말하고 있는 거예요. 유례없는 흡혈귀의 시력이 있다면, 그 정도는 식은 죽 먹기겠죠?"

아아—그런 이야기인가.

거울을 통해 감시하게 되면 전혀 간단하지 않아 보이지만, 그러나 확실히, 내 몸에 남아 있는 흡혈귀의 후유증은 스코프 없이도 먼 거리를 볼 수 있게 만들고 있다.

게다가 모습이 보이지 않는, 모습을 봐서는 안 되는 괴이를 거울을 통해 목격한다는 것은 신화시대부터의 전통이다.

유명한 것으로는 메두사가 그렇다.

그것은 거울을 사용해서 퇴치했다고 했던가?

어쨌든 오기가 보란 듯이 센고쿠 나데시코 선생님의 만화를 읽고 있었던 것은, 그런 복선이었는지도 모른다—아니, 역시 단순히 빈정댄 건가?

빈정대기를 좋아하는 오기다.

"맞아요. 그리고 흡혈귀는 거울에 비치지 않으니까요. 이쪽에서는 볼 수 있지만, 저쪽에서는 볼 수 없다는 거죠."

의기양양한 얼굴로 키자시마 선배가 플랜의 핵심을 말했지만, 죄송합니다, 거기엔 지적을 하지 않을 수 없다.

"죄송합니다, 저는 거울에 비치는 타입의 흡혈귀라서…."

"뭐라고요? 그 정도는 근성으로 어떻게든 해 주세요."

근성으로 어떻게 되는 일인가?

그 옛날, 거울에 비치지 않게 되었을 때는 정말 큰일이었는데… 설마 그 5년 뒤에 거울에 비치지 않기 위한 노력을 해야 하게 되다니, 어떻게 이럴 수가.

하지만 뭐, 만약 그것이 가능하다면 이번 케이스뿐만 아니라 앞으로의 연수기간 중에 상당한 우위를 확보할 수 있다는 것은 틀림없다. 흡혈귀성을 편리하게 사용한다는 것은 전혀 칭찬받을 일이 아니지만(큰일을 겪었던 것은 그 때문이었다), 그러나 풍설과 한정으로는 그렇지 않을 것이다.

물론, [illegible] 설과에서도 한[illegible]는 있겠지만

"윗사람께서 명령하신다면 저도 할 수 있는 최대한 해 보겠지만요… 저는 그렇다 쳐도, 키자시마 선배는 어떡하실 건가요? 감시에 어드밴티지가 있는 골렘의 특징이란, 뭐가 있었더라…."

공부가 부족해서, 잘 모른다.

골렘의 어딘가에 문자가 새겨져 있어서 그 각인이 유일한 약점, 같은 정보는 어딘가에서 들어 본 적이 있지만… 그 정도밖에 그 괴이의 특징이 떠오르지 않았다.

그런 나를 곁눈질하며,

"골렘의 특징은 말이죠, 아라라기 경부보. 결국 몸 전체가 '흙'이라는 점입니다. 그것 말고는 없어요."

그렇게 말하며 키자시마 선배는—다시, 작은 물통을 꺼냈다.

007

결론부터 말하면, 감시한 성과는 없었다.

나는 몇 백 미터 단위로 떨어진 산 중턱에서 눈을 접시만하게 뜨고 커브 미러를 주시했고(상당히 기합을 넣긴 했지만, 거울에 모습이 비치지 않았는지 여부는 모른다. 해 보니, 역시 근성으로 어떻게 될 일이 아니라는 기분이 든다), 키자시마 선배에 이르면 온몸이 흙투성이가 되어서 해질녘까지 감시를 계속했는데도.

온몸이 흙투성이, 는 고사하고

온몸이 흙으로 변해서—계속했는데도.

닌자가 쓴다는 토둔土遁의 술—같은 것이 아니다. 키자시마 선배는 물통의 물을 머리 꼭대기부터 뒤집어써서, 진흙으로 된 몸을 흐물흐물하게 만들었다.

물에 대한 어프로치가 인어인 스오 씨와 정반대란 이야기를 했었는데, 어떤 의미에서는 마찬가지라고 할 수 있는지도 모른다.

수분이 없으면 말라서, 버석거리며 금이 가는 그녀의 육체는—'흙'으로 된 몸은 역시 늘 수분을 보충할 필요가 있지만(그리고 부서진 부분을 보수할 수도 있는 불사신), 그러나 과도하게 보충하면 오히려 형상을 유지하기가 어려워진다.

흐물흐물—하게 변하는 것이다.

"그래도 혼이 빠져나가지는 않아요. 온몸이 진흙처럼 되어도 혼이 빠져나가는 일은 없어요—그러니까, 전 잡목림에 숨는 것이 아니에요. 그 바로 아래의 흙과 동화하는 거예요."

흙바닥에 구르는 상황 같은 거라고나 할까요—라고, 키자시마 선배는 천연한 얼굴로 말했다.

흙으로 만든 골렘이니 천연인 것은 당연하겠지만, 그러나 나는, 일이란 그렇게까지 해야만 하는 것일까, 하고 파랗게 질리지 않을 수 없었다—분골쇄신하는, 키자시마 선배는 몸이 가루가 되는 정도가 아니라 몸을 흙으로 만들었다.

잡목림은 고사하고, 그녀는 통학로에도 '자신'의 파편을 흩뿌렸다

요컨대 하교하는 학생들에게 밟히게 된다.

지키려고 하는 학생들에게 짓밟히게 된다.

감시 같은 건 거의 함정수사 같아서 내키지 않는다는 참으로 물러 터진 소리를 했던 나였지만, 그러나 하교하는 학생이 노리스크인 건 고사하고 가장 커다란 리스크를 짊어지고 있는 것은 키자시마 선배였다.

엉망진창이다.

본인에게는 그것이 당연할지도 모르지만, 그것이 당연하다는 것이야말로 엉망진창이다—원래대로 돌아올 수 있을지 없을지, 그 한 번 한 번이 운을 시험하는 것 같은 상황이고, 아무리 통기이 없다고 해도 그렇게까지 사람의 형태를 잃었는데 혼에 아픔이 없다니, 도저히 생각하기 어려웠다.

지키려는 상대에게 밟힌다는 것이.

고통이 아닐 리 없다.

“잘 모르겠어요, 키자시마 선배. 어째서 당신이 그렇게까지 하지 않으면 안 되는 건가요—제가 제대로 감시할 테니까, 그걸로 끝내죠.”

“풍설의 검증에, 절대라는 것은 없습니다. 그렇기에 최선을 다하지 않으면 자신 있게 ‘이 잡듯이 철저히 수사했다’라고 단언할 수 없어요—오해하지 말았으면 좋겠는데요, 아라라기 경부보. 이건 당신의 눈을 신뢰하지 않는다는 말이 아닙니다.”

“하지만—죄송합니다, 저야말로 오해하지 않으셨으면 좋겠어요. 키자시마 선배의 신념을 부정하고 싶은 건 아니에요. 직업의식이 높은 건 본받고 싶다고 생각합니다. 진심으로 그렇게 생각해요. 하지만 모든 일에는 한도가 있어요.”

당연히 이 ‘후배로부터의 반역’에 있어 염두에 두었던 것은 고등학교 시절의 동급생, 하네카와 츠바사였다. 그 봄방학으로부터 해를 거듭하면 거듭할수록, 그 녀석이 그때 나에게 해 주었던 것들이 얼마나 되돌릴 수 없는 일들이었는지를 뼈저리게 느끼게 된다.

그 뒤, 악몽을 거쳐 그 녀석의 삶은 달라졌다.

하네카와도, 더 이상 그때의 하네카와가 아니다.

그래도, 지금도 여전히 그녀는 박애적으로 살고 있다—상식을 벗어나서.

진로가 나뉘어져서, 더 이상 나는 하네카와를 멈추게 할 방법이 없다.

그렇기에 조금이라도 하네카와를 떠올리게 만드는 행동을 보면, 나는 누구든 상관없이 멈추게 하고 싶어진다—그리고 키자시마 선배가 상기시킨 것은, '조금' 정도가 아니었다.

어떤 의미에서는 하네카와보다도 몸을 던지고 있다.

이제 와서 생각하면 스오 씨에게도 그런 경향은 있었지만….

"세상과 이어질 수 있다는 것이, 우리에게는 중요하다고요. 아라라기 경부보에게도 그렇듯이. 가엔 씨는, 과장님도 그러려나요, 그 부분을 잘 파고들고 있어요—지금까지 계속 숨겨 왔던 자신의 프로필을, 사람을 구하는 일이나 정의를 위해 사용할 수 있다는 것은 최고로 기쁜 일이라고 생각하지 않나요?"

정의란 무엇인가 하는 질문 같은 건 하지 마세요, 라고 말하며 논의를 억지로 끊고, 그 뒤로 키자시마 선배는 다짜고짜 잠복을 준비했다… 구체적으로는 재킷을 벗었다. 신발까지 포함해서 전부 벗었다.

아아, 그렇고말고.

나는 또, 갓 알게 된 여성의 반라를 보는 운명에 처하고 말았다. 이 운명은 언젠가 나를 파멸로 인도할 테니 어딘가에서 결판을 내야만 하겠지만, 뭐, 키자시마 선배도 몸을 흙투성이로 만들지언정, 명품 재킷이나 실크 스타킹이나 특별 주문 로퍼를 더럽히는 것은 참을 수 없었던 것 같다.

아무래도 그 부분에서 그녀의 공과 사를 가르는 선이 그어져 있는 듯했다.

뭐, 갑자기 벗는 모습을 보는 데 익숙하다 해도, 그런 구분이 가능하다면 신입 후배가 억지로 저지하는 것은 아직 이르다며,

나는 자제할 수밖에 없었다.

나에게 가능한 것은 그녀에 필적할 정도의 진지한 자세로, 아득히 먼 곳에서 커브 미러를 지켜보는 일뿐이었다.

그것은 동시에, 얄팍한 진흙이 되어 마치 카펫처럼 통학로에 깔린 그녀의 무사함(그런 모습이 된 시점에서 무사고 뭐고 없었지만)을 지켜보는 일이었으므로, 어쩔 수 없이 최선을 다했다.

고등학생이 통학로를 다닐 때마다 그 애들이 베이지는 않을까 하고 생각하는 동시에, 그 애들의 발밑에도 시선이 가게 되어서 나는 안절부절못하는 시간을 보냈지만,

"조금은 다시 보았다."

그런 목소리가 그림자 속에서 가만히 들려온 것을 보면, 시노부는 아무래도 골렘의 수사법이 마음에 들었던 모양이다—공교롭게도 조언을 줄 정도는 아니었지만.

내가 누군가가 시키는 대로 일하는 것이 그렇게나 마음에 안 드는 걸까.

이 얼마나 충성심이 강한 종복인가.

그런 만큼, 아무런 성과도 올리지 못했던 것이 너무나도 아쉬웠다—'토오리마'의 현행범 체포는 하지 못했고, 그럴싸한 현상도 일어나지 않았다. 하교 시간도 지나서 주위는 새카맣게 어두워지고, 통학로에서 모든 인기척이 사라졌다.

나는 현장으로 뛰어가서 지면을 향해, "괜찮으신가요? 키자시마 선배."라고 물었다.

"괜찮아요. 아무런 문제도 없어요. 죄송합니다만 맡겨 두었던

물통으로 주위를 적시고 나서, 대강이라도 좋으니 제 몸의 부위를 긁어모아 주세요, 아라라기 경부보. 설마 그 나이에 흙장난을 하게 될 거라고는 생각하지 않으셨겠지만, 그것도 업무입니다."

업무인가, 이게.

그렇게 생각했지만 반론하지 않고 시키는 대로 하자, 질퍽거리는 진흙이 자율적으로 모여들면서, 마치 형상기억합금인지 뭔지 하는 것처럼 조합되기 시작했다.

"습격을 들키지 않았다는 자신은 있어요…. 절대적인 자신감을 갖고 단언할 수 있어요. 요괴스러움의 편린조차 없었습니다. 그렇다면 괴이 현상이 아닐지도 모르겠네요."

대체 어디로 말하는 건지, 흙 전체가 진동해서 스피커처럼 소리를 발하고 있는 건지, 아직도 흙덩이인 상태로 키자시마 선배는 그렇게 분석했다.

"제 감상도 마찬가지예요. 하지만, 그렇다면 범인은… 리얼한 '토오리마'는 대체 어떻게 아무에게도 들키지 않고 하교하는 학생의 등을 베었던 걸까요?"

달인이 있는 걸까.

그렇다면 나나 키자시마 선배가 아니라, 미노메みとめ 씨의 행차를 부탁해야 할지도 모르는 상황이지만… 응? 아니, 잠깐? 그게 아니다. 의문을 가져야 할 부분은 거기가 아니다.

어떻게 아무도 눈치채지 못하게—**가 아니다**.

그것은 범인 측의 시점이다. 혹은 관찰자 측의 시점이다.

만약 괴이 현상이라면, 궁극적으로 말하면 정말 뭐든지 가능하다—요도는 제쳐 두고서라도, 전성기의 시노부였다면 상대가 눈치채지 못하게 교복은커녕 목을 베어 버리는 것도 가능할 것이다.

그러니까 생각해야 하는 부분은, 어떻게 눈치채지 못하게—가 아니다.

어떻게 해서 눈치챘는가, 이다.

피해 학생들은, 베였을 때에는 눈치채지 못했지만, **베인 뒤에** 어떻게 알아차린 걸까? 한겨울이라면 몰라도 지금은 아직 따스한 계절인데—어떤 계기가 있었지?

등이라니까? 눈치챌 수 있을까?

베였을 때 말고, 눈치챌 수 있나?

흡혈귀의 시력이 있다고 해도, 자기 등 뒤는 볼 수 없다니까?

주변 사람이 알려 줬다? 아니다, 피해자는 모두 혼자 하교하고 있었다. 그렇다면….

"좋아요, 좋아. 대강 형성되었습니다. 아라라기 경부보, 옷을 돌려주세요."

"아, 네. 여기 받으세요."

전체적인 형태는 형성되었지만, 아직 표층부는 진흙 그대로였기에 그야말로 피겨의 원형 같았다.

흡혈귀의 육체 재생 같은 그로테스크함은 없지만, 보다 투박하다는 인상이다—하긴 그럴 만한가. 피겨는 뼈가 없다. 어색하게 움직이는 팔로 옷을 받아 든 키자시마 선배는, 그대로 비틀거리며 커브 미러 쪽을 향했다.

그 모습 그대로 큰길 가까이 가는 것은 위험하다는 기분도 들었지만(별개의 괴이담이 생겨나 버린다), 얼굴이나 머리카락 등등 세세한 조형은 화장을 고칠 때처럼 거울을 보지 않으면 불가능할지도 모른다—그렇지 않더라도 옷을 입으면 전신거울을 보며 확인하고 싶어지는 법일까. 몸은 골렘이지만, 영혼은 여성이다.

골렘은 거울에 비치니 다행이다. 게다가 커브 미러는 마주 보는 위치에 두 개가 설치되어 있으니, 그러면 뒷머리 세팅도 용이하게….

마주 보는 거울?

—그렇다면 그 놀라움이 답이에요.

—저는 아라라기 선배의 거울이니까요.

"…너야말로 후배의 귀감이야, 오기."

나는 중얼거렸다.

왜냐하면 오기는 선뜻 답을 알려 줬던 것이다.

수수께끼처럼 만들지도 않았다.

그것은 뒤집어 말하면, 나는 더 이상 그녀에게 그리 진심으로 놀리고 싶은 상대가 아니게 되었다는 결별의 증거이기도 했지만—그것도 역시, 그녀가 존재하는 모습이었다.

마주 보는 거울—맞거울.

뒷머리가 보인다면—그야 등 뒤도 보일 것이다.

그렇다.

이 진상은 '내가 알고 있는 것'이었다.

"키자시마 선배. 잠깐 괜찮으신가요."

세팅 중인 키자시마 선배에게 나는 말을 걸었다. 오기를 본받아서.

"이런 표현을 쓰면, 정말 바보 같지만요—"

008

후일담이라고 할까, 본 사안의 결말.

실제로, 어리석었다. 확실히 맹점이었다. 그렇지만 만약 이것이 나에게 있어 인생 최초로 풀어낸 수수께끼였다 하더라도 우쭐해지는 것은 허락되지 않을 것이다.

이 통학로는 **사건 현장**이 아니라, 어디까지나 사건의 **발견 현장**이었던 것이다—피해자는 여기에서 피해를 입은 것이 아니라, 여기에서 피해를 알아차렸던 것뿐이었다.

거울을 보는 것으로.

맞거울을 보는 것으로.

강제로 자신의 등을 보는 것으로. —**알아차리게 되었다**는 이야기일 뿐이다.

그것을 알게 되면 남은 수수께끼 풀이는 고구마 줄기처럼 줄

줄이 튀어나오게 된다.

여기가 사건 현장이 아니라면 피해자의 교복은 어디에서 찢겨진 걸까?

만약 등교 중인 학생도 피해자에 포함시킨다면 특정하기는 어렵겠지만, 피해자가 하교 중인 학생에 한정된다면 이렇게나 알기 쉬운 이야기는 없다—사건 현장은 학교다.

나오에츠 고등학교다.

그렇다, 폐쇄적인 교내에 '토오리마'가 출현했다—그리고 동시에 용의자도 특정되었다. 경찰관마저도 소정의 수속을 밟지 않으면 그리 간단히 들어갈 수 없는 곳이 범행 현장이라면, 범인은 내부자가 당연하다.

괴이에 원인을 찾을 것까지도 없다.

하교 중, 요컨대 대상이 걷고 있는 동안이 아니라면 본인에게 들키지 않고, 그리고 본인이 다치지 않도록 교복만을 베는 것은 쉽다—어쨌든 고등학교에는 체육 수업이 있으니까.

나는 소속된 적이 없지만, 동아리 활동도 있다.

벗어 둔 교복이라면, 요도 같은 것이 없다 해도 커터 칼로도 가위로도, 무리를 하면 손톱깎이로도 자를 수 있을 것이다.

"요컨대 학생들 사이의 장난이라는 건가요? 그것이 시기가 안 좋아서 이렇게 큰 사건으로 번졌다는 건가요? 저도 고등학생 시절, 등 뒤에 'KICK ME'라고 적힌 종잇조각이 붙어 있던 적이 있습니다만, 그것과 같은 건가요?"

"…키자시마 선배, 하이스쿨 출신이었나요?"

"나오에츠 고등학교 출신이에요."

"그랬던가요."

뭐, 'KICK ME'도 그렇겠지만, 교복이 베였으면 단순한 장난으로 수습되지 않는다—'토오리마' 같은 이야기가 되지 않는다 해도 충분히 큰 사건이다. 하물며 피해자가 혼자 하교하는 타입의 고등학생이었다는 정보를 덧붙이면, 참으로 꺼림칙한 의도가 떠오른다.

장난이 아니라 괴롭힘. 단순한 괴롭힘 수준을 넘은, 거의 집단 따돌림이다.

본인들이 키자시마 선배와 이야기하고 있을 때의 인상으로 보기로는, 그런 지독한 짓을 당했다는 자각은 없어 보였으므로 아슬아슬하게 집단 따돌림 일보 직전이라고 해야 할지도 모르겠지만….

오기는 '현재 간섭하고 있다'라고 말했다.

즉 그것은 그런 아이들이라는 말일 것이다.

어둠에 삼켜질 것 같은 아이들—'몇 명'은 고사하고, 어쩌면 전원이 오기에게 '간섭'을 받고 있는지도 모른다.

그녀는 마치 학교의 수호신처럼—혹은 길을 잃은 학생의 배후령처럼, 피해를 미연에 없애고 있었는지도 모른다.

그렇다, 밝혀진 케이스만이 픽업되어 이렇게 '토오리마'라는 소문이 되었지만, 평범하게 생각해서 다른 형태로 깨닫거나, 집에 돌아갈 때까지 알아차리지 못했고, 영문을 알 수 없어 울다 잠든 피해자도 있을 것이다.

에스컬레이트된다면, 이 아니다. 에스컬레이트는 이미 되어 있다.

현재 상황으로 충분히 임계점이다. 사태가 이 이상 악화될 여지가 없다.

키자시마 선배는 이맛살을 찌푸리며,

“그렇다면 피해자에게는 진상을 알려 주지 않는 형태로, 이 잡듯이 수사할 수밖에 없겠네요…. 선생님들께 정식으로 통고하면 이후의 피해는 미연에 방지할 수 있겠죠.”

그렇게, 어려 보이는 얼굴로 험상궂은 표정을 하며 말했다

응, 그렇게 생각한다.

은폐공작은 식은 죽 먹기다, 피해자에게 알리지 않고 가해자를 구슬려서 정리해 주겠지—그것이 최고의 해결책이라고는 생각하지 않지만, ‘거의 집단 따돌림’ 일보 직전인 상황에서 집단 따돌림 그 자체가 되기 전에 사태를 수습할 수 있다면, 그보다 나은 방법은 있겠지만 그것으로 됐다고 넘어갈 수밖에 없다. 피해자를 보호하기 위해 가해자를 없었던 것으로 만들다니, 보기에 따라선 말도 안 되는 편파판정이지만, 이것이 풍설과의 일이다.

가해자 부재.

괴담을, 그리고 사건을 없었던 일로 만든다.

물에 흘려보내는 것이 아니라—바람에 흘려보낸다.

하지만, 그렇다고 해도….

“명문 진학교 특유의 딱딱하고 긴장된 분위기 문제로 정리하

기에는 조금 무거운 풍설이네요. 아무래도 노스탤지어에 사로잡혀 있던 것은 저인 것 같습니다, 아라라기 경부보. 사과드립니다."

키자시마 선배는 완전히 건조되어서 원래의 헤어스타일로 형성된 머리를 나를 향해 깊이 숙였다. 사과라기보다, 그것은 참회 같은 자세였다.

"애교심에 사로잡혀서 완전히 추억을 미화하고 있었습니다. 그랬습니다, 학교는 스트레스 공간이었습니다. 'KICK ME'는 장난이었다고 쳐도, 저의 고등학교 생활도 꼭 좋은 일만 있었던 것은 아니었습니다—좋은 추억만 있었던 것은 아니었습니다."

"…하지만 좋은 추억도, 즐거운 청춘도, 틀림없이 있었을 거예요."

있었을 것이다.

분명 반짝반짝 빛나고 있었을 것이다. 아무리 질척해지더라도.

제3화 미토메 울프

HANEKAWA TSUBASA

001

사이사키 미토메再埼みとめ는 인랑人狼의 후예다. 일본에서는 일반적으로 인랑이라기보다는 오오카미오토코狼男라고 부르는 쪽이 익숙할 텐데, 그럴 경우, 그녀는 여성이므로 오오카미온나狼女라고 해야 할 것이다. 어쨌든 사람이면서 늑대이며, 늑대이면서도 사람이다. 내가 흡혈귀가 되었던 것처럼, 혹은 스오 젠카가 인어가 되었던 것처럼, 아니면 키자시마 노조미가 골렘이 되었던 것처럼 인생을 살던 도중부터 괴이가 되었던 것이 아니라, 태어나면서부터, 혹은 태어나기 전부터 그녀는 늑대의 자질을 갖추고 있었다.

덤벙거리는 성격이라서 그녀 자신도 제대로 파악하고 있지 못한 모양이지만, 아무래도 그런 일족 출신인 모양이다…. 그녀의 부모님도, 조부모도, 숙부숙모도, 사촌형제도, 다들 많든 적든 그런 체질이었다고 한다—보름달이 뜬 날에, 사람에서 늑대로 변모하는 체질이었다고 한다.

그중에서도 사이사키 미토메는 늑대의 유전자가 강한지, 달빛을 뒤집어쓰지 않아도 그것과 비슷한 둥근 물체를 보면 변신할 수 있다고 한다. 그와 반대로, 이를테면 슈퍼문이 뜨는 날이라 해도 늑대화를 자제할 수 있다는 모양이다.

완전히 체질을 컨트롤하에 두고 있다.

“내 입장에서는 ‘변신할 수 없다’는 감각 쪽을 도통 모르겠지만 말이야. 계속, 30년 이상 이렇게 살아왔으니까.”

다만 ‘늑대로 변신할 수 있다’라는 점 이외에는, 사이사키 미토메는 거의 평범한 인간이다. 다른 사람보다 조금 힘이 세고, 다른 사람보다 조금 발이 빠르고, 다른 사람보다 조금 냄새를 잘 맡고, 다른 사람보다 조금 날고기를 좋아하는 평범한 인간이다.

그런 그녀가 경찰관의 길을 선택한 것은, 극히 자연스러운 일이었다.

자신의 능력을 최대한으로 살릴 수 있는 사회공헌이라고, 단순히 그렇게 생각했기 때문이다—그렇다고는 해도 그녀가 그렇게 결심했을 그때는, 아직 풍설과는 가엔 씨의 머릿속에만 있었다.

그래서 그녀가 걸으려 했던 것은 어디까지나 진정한 경찰관의 길이었다.

“경찰견이 되고 싶었어. 그건 멋지니까 말이야. 늑대가 늑대로서 살 수 있는 시대는 이미 끝났어.”

나는 라스트 울프야, 라고, 자학적이 아니라 오히려 우쭐하듯이 그녀는 자랑했던 것이다—실제로 경찰관으로서의 그녀의 경력은 사랑스러워할 만해서, 몇 번이나 표창을 받았다.

늘씬한 몸매이면서도 굳센 남자들을 가볍게 능가하는 그 신체능력을 높이 평가받아, 취임 직후부터 다양한 특수부대에 편입되었나—는 정도를 넘어서, 나와 같은 나이일 무렵에는 한 부대를 통솔하며 대규모 범죄수사나 전국 각지에서 재난 구조를 담당했었다고 한다.

그런 영웅을 빼돌린 것이니, 가엔 씨도 정말 어지간하다….
다만 가엔 씨로서는 풍설과에 사이사키 미토메라는 멤버가 불가결했다고 한다.

그 이야기를 들었을 때 나는 완전히, '하하~ 요컨대 전투요원이 필요했다는 의미구나'라고 이해했다—설령 소문 단계라 해도 무방비하게 괴이를 상대하는 것은 현명하다고는 말할 수 없다.

최소한, 자신의 몸을 지킬 수 있을 만한 대비는 해야 한다.

다만, 이것은 나의 지레짐작이었다.

가엔 씨가 원했던 것은, 인랑의 피지컬이 아니라 멘탈이었다.

받은 명령은 반드시, **절대** 수행한다는, 덤벙거리는 성격으로는 도저히 생각하기 힘든 강철 같은 의지를 견본으로서 원했던 것이다.

천성적인 라스트 울프를 자처하는 그녀의 삶을, 비밀을 서로 소통할 수 있는 팀에 반영시키려 했다. 사라져 가는 인랑의 의지를, 세계에 번영시키려 했던 것이다.

그리고 그 중심인 늑대는.

이번에 고양이를 포위한다.

002

그날, 일본 내의 공공기관이 동요하고 있었다. 바로, **그** 하네카와 츠바사가 3년 만에 귀국하게 된 것이다. 온갖 조직이 온갖 방책을 짜내서 그 비행을 제지하려 헛된 저항을 꾀했지만, 모든 플랜이 산산조각 났다. 그래도 정부는 마지막까지 버텼지만, 그러나 그녀의 목적이 이 나라에서 자신의 흔적을 완전히 말소하는 것이라는 게 판명되자, 떨떠름하게 포기했다. 국가의 치안 레벨이 바뀌어 버릴 리스크를 감수하더라도, 이곳이 그 평화주의자의 출신국이라는 불명예를 불식시킬 수 있는 기회를 선택했던 것이다.

당연히, 내가 연수 중인 나오에츠 경찰서도 어수선한 것으로는 이보다 더할 수 없었다. 그러기는커녕 이곳이야말로 폭풍의 중심이었다—왜냐하면, 본 서의 관할지구가 하네카와 츠바사가 십 대 시절 대부분을 보냈던 장소이기 때문에.

그렇다고는 해도, 풍설과는 폭풍이 아닌 바람을 담당하는 부서이므로 그런 소동에서는 배제되어 있었다—한 마리의 경찰견, 자칭 '강아지 순경'을 제외하면.

"코요미 군, 코요미 군. 하네카와 츠바사에 대해서, 뭐든지 좋으니까 좀 알려 주라. 나, 경호를 담당하게 되었거든."

스오 씨와 함께 다음 소문의 싹을 뽑기 위해 외출하려니까 제지당했다. 참고로 그녀는 거리를 좁히는 방법이 독특해서, 처음 만났을 때부터 나를 '코요미 군'이라고 부른다. 자신도 '미토메 씨'라고 부르도록 선배의 압력으로 강요해 왔다.

스오 씨는 눈치 빠르게, "그러면 아라라기 군. 현장에서 봐."

라고 말하며 재빨리 먼저 가 버렸다. 정말로 눈치가 빠르다면, '미안해, 내 파트너거든' 정도의 말을 하며 억지로라도 나를 데리고 나가 줬으면 했지만, 뱀 앞의 개구리가 아닌 늑대 앞의 인어에게 그런 행동을 바라는 것은 무리가 있을까. 이건 진짜인데, 괴이에게 온몸이 맛깔스런 음식인 스오 씨에게, 안심하고 사귈 수 있는 동료라는 것은 살아가는 데 음식을 먹을 필요가 없는 골렘인 키자시마 선배뿐일지도 모른다. '축축하다'라는 문제는 있지만, 잡아먹히는 것보다는 낫다.

이렇게 말하는 나도, 미토메 씨에게 거스르려고 생각하지는 않는다.

단순히 본능적으로 늑대가 무섭다는 것도 있지만, 옛날에 익힌 솜씨로 부서의 벽을 초월해 요인 경호 임무에 참가하게 된 미토메 씨에게 협력하고 싶다는 마음도 있는 것이다—하물며 미토메 씨의 경호 대상이 고등학교 시절의 커다란 은인이라면 말할 것도 없다.

"하지만 제가 알고 있는 것은 어디까지나 예전의 하네카와인데요…. 이번에 그 녀석이 존재를 완벽하게 말소하려고 하는, 말하자면 과거의 프로필이에요. 노이즈가 되는, 쓸데없는 정보가 될지도 몰라요."

"쓸데없는 정보 따윈 없어. 노이즈도 오보도 전부 포함해서 알 수 있는 건 전부 알고, 모든 가능성에 대응할 수 있게 해 두고 싶어. 부탁할게, 협력 좀 해 주셔."

공갈하는 듯한 어조였지만, 하지만 그 물샐 틈 없는 자세는 몹시 든든했다.

"내가 지켜야 하는 건 하네카와 츠바사뿐만이 아니야. 과장하는 게 아니라, 이 나라이며 세계 전체이기도 하니까. 만전을 기하고 싶어. 서서 이야기하는 것도 뭣하지, 코요미 군. 카페에 가자고. 음료만이라면 내가 쏘지."

미묘한 선배 행세다.

연수기간도 석 달째에 접어들고, 간신히 나도 선배에게 어리광(사회적으로는 이런 행위를 '뜯어먹기'라고도 부른다) 부리는 법은 익혔는데… 뭐, 됐어.

"혹시 미토메 씨, 경호의 진두지휘를 하시는 건가요?"

"설마, 설마. 말단의 말단의 말단이라고. 구석의 한 귀퉁이의 말석이야. 벌써 한참 전에 일선에서 발을 뺀 몸이니까… 하지만, 그렇기에 신참에게 가르쳐 줄 수 있는 것이 있지. 늙은 늑대에게는 늙은 늑대 나름대로 역할이 있다고."

늙은 늑대라고 불릴 만한 나이도 아닐 텐데.

개의 나이를 세는 방법으로 센 걸까.

"다만, 우리 일족이 어떠한 형태로 경호태세에 가담하는 거니까, 그 녀석들의 지휘는 맡고 있어. 기동대 같은 곳에 소속되어 있는 녀석은 물론, 경찰청 밖에서 지내는 녀석도 초법규적 조치로 끌어냈으니까… 정말 말도 안 되는 상황이지. 하마터면 자위대도 움직이려 했다고."

"…여자 한 명의 귀국을 마중 나가기에는, 상당히 호화로운 태세네요."

"태산명동서일필*이라면 좋을 텐데 말이야."

쥐 한 마리가 아니라 고양이 한 마리다.

하지만 그 고양이는, 지금 세계의 가치관을 흔들 수도 있다는 의미에서는 슈뢰딩거의 고양이와 쌍벽을 이루는 고양이다—딱딱한 조직의 영역 따위, 의식하고 있을 상황이 아니다.

영역의식.

그것을 없애는 것이 지금의 하네카와의 대의이므로, 현재 국가가 이렇게 한 덩어리가 되어 있다는 것은 참으로 얄궂으며, 어쩌면 다 손바닥 위에 있다고도 할 수 있다—고양이니까, 동그란 발바닥 위인가?

"하지만 처음 알았어요. 미토메 씨의 일족, 이쪽저쪽에 있군요."

"인랑족은 동굴에서 몰래 살고 있을 거라는 생각이라도 했냐? 뭐, 나처럼 마음대로 변신할 수 있는 진짜배기 녀석은 젊은 애들 중에는 이제 없지만 말이야… 기껏해야 목을 빼고 길게 잘 운다든가 하는 정도지."

나의 흡혈귀 체질 같은 것일까.

풍설과의 설립과는 다른 형태로, 세계는 괴이와 관련되어 있다는 것이다—나오에츠 고등학교의 졸업생 중에도 키자시마 선배가 있는 것처럼, 의외로 일상은 비일상과 가까이 있는 것이다.

※태산명동서일필(泰山鳴動鼠一匹) : 태산을 울리며 세상을 요란하게 했으나 나타난 것은 쥐 한 마리. 요란하게 일을 벌였으나 결과가 신통찮음을 이르는 말.

좋은 의미에서도 나쁜 의미에서도.

다만, 그런 나오에츠 고등학교의 졸업생 중에서도 하네카와는 역시 특출한 존재였고, 유일했다. 재학 중에 센조가하라 히타기는 그녀를 '진짜 괴물'이라고 부르고 있었는데, 그건 굳이 말하자면 예언이었다.

지금 현재.

스물세 살의 하네카와 츠바사야말로 진정한 괴물이다.

003

고등학교를 졸업하고 그날 중에 세계일주 여행에 나섰던 시점에서, 아직 그녀는 그 지식욕에 근거하여 견문을 넓히려 하는 틴에이저 여자아이였다. 3학년 2학기부터 이미 사전답사를 마쳤다는 플래닝의 기묘함만 제쳐 둔다면 아직은 상식의 범위 안에 아슬아슬하게 들어가는 십 대였다고 말할 수 있다—백패커 같은 것으로, 분명 1년 정도 있다가 일본으로 돌아올 것이라고, 나는 태평스럽게 생각했다. 자기 분수도 모르고, 그때는 은인에게 부끄럽지 않은 나 자신이 되자고 결의했던 것이다.

다만, 하네카와의 세계일주는 유명한 관광 스폿만을 망라하는 여행길이 아니었고, 게다가 백패커 같은 것조차도 아닌, 진정한 의미에서의 '세계일주'였다—아무래도 지구상에 존재하는 모든 국가를 돌아보려고 하는 모양이었다. **모든**, 이다. 여권으로 스탬프 랠리라도 할 생각인가 하고, 나는 그 이야기를 들었을 때에 딴죽을 걸었지만, 여권만으로는 들어갈 수 없는 거의 쇄국 상태의 국가에도 어떻게든 잠입했다는 이야기를 들었을 때에는 입을 다물 수밖에 없었다.

딴죽 담당이 딴죽을 걸 수 있는 범위를 넘어섰다.

그림엽서로 근황을 전해 왔지만, 이렇게나 전해지지 않는 커뮤니케이션이 있을까 싶을 정도로, 추상화 쪽이 그나마 알기 쉬울 정도로 일본과는 다른 풍경이 그려진 편지였다—머지않아 그런 동급생의 근황을 나는 텔레비전에서 알게 된다.

젊은 나이에 자원봉사 활동이나 NGO에 참가하여, 이쪽저쪽에서 지뢰 제거를 거들거나 우물을 파거나, 인프라를 정비하거나 학교를 세운다거나, 다양한 형태로 사람을 돕는 젊은 일본인 여성으로서 화려하게 언급되었던 것이다. 이것으로 그녀는 단숨에 일본판 잔 다르크로서 인기를 얻었다.

보도 내용은 둘째 치고 TV에 나오다니, 눈에 띄는 것을 싫어하는 하네카와답지 않다고도 생각했지만, 아무래도 자신을 광고탑으로 삼는 것을 통해 재빨리 활동자금을 모으려 했던 모양이다(하네카와와 친한, 서로를 이름으로 부르는 센조가하라 히타기의 해설).

상상 이상으로 인기를 얻게 되어 일본에서도 폭발적으로 자선행위의 기운이 높아졌지만, 그러나 그런 움직임은 오래 이어지지 않았다.

쉽게 질리는 일본인이 다음 아이돌을 찾아냈다는 것이 아니라… 지금 와서 생각하면 그녀를 '잔 다르크'에 비유했던 미디어는 대단한 선견지명을 가지고 있었다고 말해야 할 것이다.

스무 살을 맞이했을 즈음에 하네카와 츠바사의 활동은, 전쟁 피해자의 구제나 전쟁 피해로부터의 회복지원이라는 것에서, **전쟁 그 자체의 중재**라는 것으로 성격을 바꾸어 갔다.

중재라고 해야 할지, 중개라고 해야 할지—중립의 밸런스주의자였던 떠돌이, 오시노 메메에게 강한 영향을 받아 세계를 방랑하는 여행이었어야 했는데, 그녀는 터무니없는 착지점을 맞이하고 말았다.

전쟁 중재인이라니.

오락으로서 아이돌 취급하기에는 지나치게 무거운 유명인사가 되었다. 한층 더 성가셨던 것은, 그런 활동이 그녀에게 **아주** 어울렸다는 점이다. 세계 이쪽저쪽에서, 그녀는 평화조약이나 정전강화를, 오월동주나 삼국동맹을 닥치는 대로 척척 체결해댔다.

지구상의 온갖 국경선에, 한 줄도 남기지 않고 지우개질을 했다.

그것이 그녀의 목표가 되었다. 과연, 언뜻 보기에 그녀다운 비전주의非戰主義의 귀착점 같기도 했지만, 그러나 그것은 거의 세계정복을 꾀하는 것과 비슷한 위험사상이기도 했다. 아이돌 취급을 넘어서, VIP 취급도 지나, 거의 국제 지명수배의 영역에 도달했다.

올림픽의 오륜을 언젠가 일륜의 꽃으로 만들고 싶다고 전쟁터의 라디오 방송에서 말했던 그녀는, 이미 광고탑이 아니라 어떤 종류의 카리스마였으며, 이렇게 말해도 된다면 일종의 혁명가 같았다.

지금 와서는 그녀에 대해 공공연히 말하는 것조차 허락되지 않는다—'Tsubasa Hanekawa'라는 이름이 포함된 메일을 전송한 것만으로도 범죄가 되는 나라도 있다는 모양이다(그런 나라가, 그 후 옆 나라와 합병되어 지금은 이름도 남아 있지 않다는 점은 이야기되어야 할 역사적 사실이다). 일본은 아직 그 정도까지는 아니지만, 그러나 공공기관은 항상 그녀의 '인명구조'에 눈을 번뜩이고 있었다.

'■■■■■■(어딘가의 언어로의 인사). 아라라기 군, 잘 있나요? 오늘, 저는 열여섯 번째의 국경을 없앴습니다.'

그런 내용의 그림엽서가 한동안 나의 하숙집에 도착했었지만, 이윽고 오지 않게 되었다. 이런, 무슨 일이 생긴 건가 하고 초조해 했지만, 아무래도 하네카와는 그 무렵부터 민폐를 끼칠지 모른다고 생각한 것인지, 활동의 방해가 될 거라고 생각했는지, 인연을 끊기 시작한 모양이었다.

그것도 하네카와이므로, 소프트랜딩으로 천천히 완만하게, 우리를 상처 입히지 않도록 계획적으로 소원해져 간다는 느낌이었지만—어쩌면 이번 귀국은 그 집대성인지도 모른다.

집대성이라고 할까, 종대성이라고 할까.

마치 증인 보호 프로그램처럼 자신의 존재를 완전히 소거하고, 하네카와는 평화를 위한 장치가 되려 하고 있다—세계에서 어떤 광경을 본 것이 그녀에게 그런 결의를 하게 만들었는지, 나는 전혀 알 수 없었다.

세상은 평화롭다고 아무렇지도 않게 말하는 나로서는 그녀가 하는 활동의 의의, 그 진정한 부분은 이해할 수 없다—나나 히타기하고 즐거운 캠퍼스 라이프를 보내면 안 되었던 것일까.

안 되었던 것이겠지.

나로서는 그 괴물의 친구가 되는 것은 가능해도, 동지가 되는 것은 불가능했다. 결과적으로 보면 우리는 나오에츠 고등학교를 졸업하는 것과 동시에 헤어진 아주 흔한 친구관계였겠지만, 그러나 그런 하네카와 츠바사가, 내가 4년 만에 고향으로 돌아와 있는 와중에 나오에츠 경찰서의 관할지구로 귀환한다는 것은 참으로 기묘한 만남이다.

다만, 만나는 일은 없겠지만.

없다기보다는 불가능하다.

미토메 씨가 요인 경호에 동원되는 일 자체는 그리 드물지도 않은 모양이지만, 반대로 나에게는 하네카와가 머무르는 호텔에 절대 다가가지 말라는 지령이 내려졌다. 나뿐만 아니라, 하네카와의 옛 지인에게는(길러 준 부모도 포함해서) 그런 연락이 갔을 것이다.

호텔에 들어갈 수 있는 것은 경호 담당뿐이다. 종업원조차 그날은 강제로 유급휴가를 받게 되었다—아니, 실제로 궁극의 평화주의자가 며칠을 머무른다는 것은, 습격이나 암살로는 끝나지 않을 긴급사태를 부를지도 모르는 것이다.

하네카와가 거점으로 삼고 있던 지역이, 하네카와만을 노린 공습을 당했던 적도 있다—공황상태가 일어나지 않으리라는 보증만 있다면, 정부는 이 마을에 대피 명령을 내리고 싶을 것이다.

하네카와가 있는 장소는 궁극의 평화지대임과 동시에, 세계 유수의 위험 스폿이 되는 것이다—그 녀석이 이동하는 것만으로도, 국제정세에 영향을 줄지도 모른다.

자칫하면 나는, 국외 퇴거를 해야 하는 것이 아닌가 하는 우려를 했을 정도다. 결국 현실적인 노선으로 '평소대로 업무를 하는 것'으로 결론이 났지만(이것에는 가엔 씨의 노림수도 있었다고 생각된다—가엔 씨도 하네카와와는 인연이 없지 않다), 그러나 세계 규모로 활동범위를 넓혀 온 옛 친구에 비해, 내가 지금 스오 씨와 담당하고 있는 업무는 중학생 사이에 유행하는 '주술'의 출처를 밝혀내거나 하는 일이다.

그렇게 보면 고등학생 시절부터 하는 일이 달라지지 않은 나였다.

은인에게 부끄럽지 않은 나 자신, 정도가 아니다.

설령 미토메 씨가 경호하고 있지 않더라도, 나는 하네카와를 볼 낯이 없었다.

004

"흐응. 고양이라. 블랙 하네카와—라는 이름을 붙였다고. 하지만 그 고양이는, 이제 하네카와 츠바사 안에는 없겠지?"

"아뇨, 없는 게 아니에요. 오히려 정착했다고 할지… 들고양이에서 집고양이가 된 것뿐이고—그리고, 호랑이라는 것도 있었어요. 그쪽은 사와리네코처럼 옛날부터 있었던 괴이가 아니라, 하네카와 자신이 만들어 낸 신작 괴이였어요."

"신작 괴이? 놀랄 노자네. 그런 걸 개인이 만들어 내다니…."

그야말로 옛날부터는 고사하고, 괴이사怪異史 개벽 이래라고 말해야 할 인랑의 후예는, 놀랐다기보다는 질려 버린 모양이었다.

미토메 씨는 겉으로 보기에 가죽 점퍼 같은 것을 입고, 선글라스 같은 것을 쓰고 스타일리시하게 거친 분위기를 풍기고 있지만, 나를 데리고 들어온 카페에서 주문한 음료는 핫 밀크였다.

늑대인데도, 강아지 같은 초이스다.

참고로 가죽 점퍼는 인조가죽인 듯하다. 채식주의자는 아니지만, 미토메 씨는 동물애호가다.

"그런 카코苛虎도, 이제는 하네카와의 머릿속에만 존재하지만요."

"카코?"

"아, 하네카와가 그 화이트 타이거에게 붙인 이름이에요. 하네카와에게는 블랙 하네카와와 마찬가지로, 카코도 귀여운 여동생 같은 존재예요. 호랑이굴에 들어가서 호랑이 새끼를 얻은 것이라…. 그때 그 녀석은 두 마리의 괴이를 보호하기 위해 많은 희생을 치를 생각이었던 모양인데요, 그렇다고는 해도 결과적으로 보면 얻은 것이 더 많았던 것이 아닐까요….”

그때, 하네카와는 **약함을 손에 넣었다**. 네거티브한 감정을, 괴로운 추억을 자신의 것으로 했다. 그것이 나빴던 것은 아니다. 그러지 않았더라면 머지않아 '완전무결한 반장'으로서의 하네카와 츠바사는 파탄 났을 것이다. 세계에 변혁을 가져오는 카리스마가 되기는커녕, 어떻게 되어도 상관없는 녀석(그렇다, 예를 들면 나 같은 녀석)을 몸을 던져 구하려 한 끝에 덧없이 목숨을 잃었을 것이다.

그 봄방학 동안만 해도, 그 녀석은 몇 번을 죽을 뻔했던가.

“연약함을 얻는 것으로 보다 강해진다, 인가… 철학적이라기보다는 무도의 진리 같네. 다만 모처럼 얻은 그 '인간다움' 같은 것을, 지금 와서 다시 없애려고 하는 것은 기묘하지만….”

미토메 씨는 그 점에 회의적인 모양이었지만, 유감스럽게도 그 의문에 대한 답을 나는 가지고 있지 않았다. 자신의 경력을 말소하기 위한 귀국 — 그렇게나 생각을 하고 겨우 손에 넣은 인간으로서의 약함을, 어째서 지금 와서 없었던 것으로 하려는 걸까.

'하네카와 츠바사'라는 개인명이 평화 활동을 하는 것에 방해가 된 걸까…. 다만, '츠바사'는 어떨지 몰라도 '하네카와'라는 성씨는 그녀에게 있어 절대적인 것은 아니다.

몇 번이나 변화했을 것이다.

그건 내가 동급생으로서 알고 있는 하네카와가 아니라, 어쩌다 하네카와가 털어놓아서 들은 이야기지만, 그 부분도 남김없이 전해야 할까… 프라이버시를 배려하고 있을 국면은 아니다.

친구의 비밀을 퍼뜨리는 것 같아서 그리 유쾌한 기분은 아니지만, 미토메 씨는 흥미 본위가 아니라 프로페셔널로서 정보를 수집하고 있는 것이다—청취하는 대상은 나뿐만이 아닐 것이다.

블랙 하네카와나 카코라는 괴이에 관련된 정보는 나밖에 모를지도 모르지만, 지극히 복잡한 가정사정에 대해서는 이미 한참 전에 어딘가에서 입수했을 것이다.

…하네카와는 그런 정보를 입수하지 못하도록 하고 싶은 것이겠지만.

"아, 맞다. 괴이에 대한 이야기라고 하면… 저는 몇 번인가, 그 녀석을 치료했던 적이 있어요."

"? 상처의 응급처치를 했다는 얘기야?"

"그렇게 말할 수도 있겠지만, 흡혈귀의 불사력을 이용한 치료였어요. 이제 와서 생각하면 칭찬받을 행동은 아니죠. 반성은 하고 있지 않지만요."

"하지 않는 거냐."

쓴웃음을 짓는 미토메 씨.

"뭐, 공소시효는 지났겠지. 어서 얘기해. 요컨대, 철혈이자 열혈이자 냉혈의 흡혈귀의 혈액을 하네카와 츠바사에게 바쳤다는 수리야?"

"예. 그것도 꽤 대량으로… 타액으로 치료한 적도 있지만요,

그쪽은 미미한 수준이에요."

"타액으로 치료… 그건 공소시효가 안 지난 게 아닐까?"

인랑의 기준은 엄격했지만, 일단 나는 이야기를 진행했다.

"혈액 치료 쪽은 역시, 그 이후의 하네카와에게 좋지 않은 영향을 주고 말았던 모양이에요. 그 녀석, 한때는 드라마트루기라는 흡혈귀 헌터와 행동을 같이했었거든요. 그건 알고 계신가요?"

"아니. 하지만 드라마트루기라는 이름은 들은 적 있어. 처형인으로서는 일류다—너무 일류인 구석이 있지만. 그렇군. 오시노 메메뿐만 아니라 하네카와의 제2의 스승은, 그 흡혈귀를 살해하는 흡혈귀란 말이지…."

제2의 스승이라는 표현은 좀처럼 와닿지 않았지만, 뭐, 드라마트루기의 업무처리 방식이 지금 하네카와의 스타일에 응용되고 있다는 점은 틀림없을 것이다.

프로의 일.

인생, 어디에서 뭐가 도움이 될지 모른다.

다만, 지금 이야기하려는 본제는 그런 교훈이 아니었다.

"드라마트루기에게 불사력을 극적으로 활성화시키는 가시 아이템을 받은 하네카와는, 그 무렵에 몇 번인가 의사적으로 흡혈귀화 했다고 해요. 그러니까… 화분증 같은 것이라고 말했지만요. 치료에 사용되고서 몸 안에 남아 있던 흡혈귀성이, 흡혈귀 퇴치 아이템과 반응해서 방호작용이…."

그쪽 방면은 내가 잘 모르는 영역이라 아무래도 설명을 더듬

거리게 된다. 그 알레르기 인자는 이제 다 써 버렸다는 이야기였고….

“어쨌든 고등학교 3학년 때, 하네카와는 한 번이 아니라 꾸준하게, 금발금안의 흡혈귀 상태를 체험했을 거예요.”

“그때 체험했던 만능감이, 지금의 영웅인 하네카와 츠바사를 형성했다고 생각하는 거야?”

“드라마트루기가 사는 방식은 둘째 치고… 흡혈귀 체험은 별로 관계없다고 생각해요. 그건 굳이 말하자면, 하네카와에게는 괴로운 체험이었던 모양이니까요.”

그 녀석은 나처럼 경박하게 흡혈귀성을 이용하지는 않았다.

게다가 흡혈귀가 되었을 때의 만능감은 인간으로 돌아왔을 때의 무력감과도 이어진다.

“그 반동이라는 것은 있을지도 모르지만요. 뜻하던 바와 달리 폭력적으로 일을 해결해 버린 경험이 지금의 극단적인 평화주의자를 낳았을지도… 뭐, 저는 하네카와가 졸업한 이후의 방랑생활 쪽은 제대로 파악하지 못하고 있으니, 중요한 부분은 모르겠어요.”

“그렇구나. 굳이 말하자면 지금의 하네카와 츠바사를 형성하고 있는 것은, 미오에츠 고등학교 졸업 후의 체험일 테니 말이야—응. 하지만 참고가 됐어, 코요미 군. 많이.”

미토메 씨는 그렇게 말하고, 핫 밀크를 단숨에 비웠다. 아니, 생각 이로 긴 이야기가 되어 버렸으니 이미 완진히 식어 있있겠지만.

"도움이 되었다니 기쁘네요. 하네카와를 잘 지켜 주세요."

"맡겨 둬. 일이니까. …세계의 현행 체제를 유지하기 위해서는, 목숨이나 몸의 안전은 둘째 치고 그 아이의 사상을 지켜야 할지 어떨지는 나는 뭐라고도 할 수 없지만."

나도 뭐라고도 할 수 없다.

적어도, 내가 현재 종사하고 있는 사회 정의와 그녀의 신념은 크게 어긋나 있다…. 지금은 아직 상상화 같은 단계이지만, 만약 이대로 활동이 계속 결실을 맺게 된다면 일본이라는 나라 역시 조만간 사라지게 될 테니까.

국적을 시작으로 하는, 이 나라에 남아 있는 모든 경력을 말소한다는 목적은 '인간다움'을 버리는 것이 아니라 그때를 위한 복선일지도 모른다고 생각하지 못할 것도 없다.

"평화주의에는 찬성하지만, 선행에도 한도가 있다고 생각해."

"네. 그건 저도—늘 가슴에 새겨야 한다고 명심하고 있어요. 하네카와도 그것은 고등학교 시절에 배웠을 테지만요."

분명 다음 배움이 있었을 것이다.

내가 모르는 다음 배움이.

그리고 이 부분을 혼동하면 안 되지만, 결코 그것이 틀렸다고만은 할 수 없다….

십 대 시절에 도달했던 '진실'이 그 뒤에도 계속 진실로 존재한다면, 그쪽이 오히려 이상하다.

상식의 상태도, 주위의 환경도, 시간에 따라 변화하니—지금 하네카와 곁에 있지 않은 내가, 그 녀석을 이러쿵저러쿵 평가하는 것도 웃기는 이야기다.

"그렇지. 미토메 씨가 경호를 담당해 주시는 건 든든하지만요, 하네카와 본인은 해외에서 호위를 데리고 오지는 않았나요? SP라고 할지, 보디가드라고 할지."

"하네카와 츠바사는 조직이나 그룹에 속해 있지 않으니까 말이야. 활동할 때마다 여기저기에서 사람을 모으고, 목적을 달성하면 해산. 그 바탕에는 '집단은 오래 유지되면 부패한다'라는 사고방식이 있는 모양이라고, 심리학 팀은 분석하고 있어—반反권력은 아니라 해도, 반체제 인간이니까 말이지."

하긴, 그 경향은 고등학생 무렵부터 있었던가.

우등생이기는 했지만, 이러니저러니 해서 고등학교 3학년 후반에는 거의 학교에 나오지 않았고 말이지—그 부재를 부반장인 내 탓으로 돌리거나 했었지.

"뭐, 그렇다고는 해도 바보는 아니니까 완전히 무방비하게 현지 경호에 몸을 맡기는 어리석은 짓은 하지 않겠지. 안전 대책은 충분히 세우고 있을 테고… 내가 불려 온 건, 어디까지나 만일을 위해서야. 인랑으로서 활약할 자리는 없다고 생각해야겠지. 그럴 자리가 생겼을 때는, 이 마을이 소멸하는 때라고 해도 좋아."

"무서운 소리 하지 마세요."

"키스샷 아세로라오리온 하트언더블레이드가 그 그림자에서 불쑥 나와서 경호를 도와준다면 아무 걱정도 필요 없겠지만."

"아쉽지만, 그건 무리한 요구예요. 힘을 잃어버린 건 물론이고, 흡혈귀하고 고양이는 상성이 그다지 좋은 것도 아니라서… 이 야단법석이 끝날 때까지는, 제 업무를 도와줄 생각도 없어 보여요.”

“고양이 알레르기 같은 소릴 하시네. 오케이, 그럼 유사시에는 인랑만으로 마을을 구하도록 하지. 그러니까 이건 경찰관이라기보다는 경찰견으로서 묻는 건데, 하네카와 츠바사에게서 당시에 받은 선물이라든가, 지금도 소중하게 가지고 있는 물건 같은 거 없어?”

“음….”

깊이 들어오는 질문인 것치고, 의도를 모르겠네.

하네카와에게서 받은 물건?

“프라이버시를 침해하고 있다는 자각은 있지만, 나는 ‘강아지 경찰관’이니까. 냄새가 배어 있는 물건이 있다면 고맙겠어.”

“경호를 위해서?”

“만일을 위해서지. 다만, 조력자인 내 위치로서는 본인에게 다가갈 기회도 없으니까, 냄새를 알아 두면 여차할 때 추적할 수 있지… 짚이는 건 없나?”

“아뇨, 글쎄요. 그야 선물을 주고받은 적은 있다고 생각하지만, 어쨌든 벌써 5년도 더 된 일이라… 저도 이사다 뭐다 해서 물건을 오래 가지고 있는 편이 아니었고….”

우물우물 말했지만, 실은 마음에 짚이는 ‘선물’도 있었다.

다만, 그것은 프라이버시의 영역에서도 큰 폭으로 일탈되어 있었다…. 하숙집까지 가지고 가지는 않았으니 아마도 아직 본가의 내 방에 그대로 있겠지만, 그건 하네카와 츠바사의 브래지어와 팬티 같은 언더웨어와, 학교 축제 전후에 잘렸던 땋은 머리였다.

간신히 마음을 터놓기 시작한 선배에게 변태라고 여겨지고 싶지 않다.

버리지도 옮기지도 못하고, 이제 와서는 처치곤란이라고밖에 말할 수 없는 아이템들이다—그야말로 시간도 많이 지나서, DNA 감정에는 도움이 될지 모르지만 아무래도 냄새는 사라져 있을 것이다. 지금 생각하면 정말 제정신이 아니었던 고등학교 시절의 나도, 아무리 그래도 지퍼 백에 넣어서 냉동고에 숨기고 있던 것은 아니다… 보존 상태는 최악으로 열악하다.

"그렇구나."

그렇게 반응하는 미토메 씨.

이것에 대해서는 처음부터 기대하고 있지 않았다는 느낌이지만, 그러나 아무래도 그것에 이어진 질문이 본론인 듯했다.

"그러면 코요미 군. 마지막으로 하나만 알려 주지 않을래? 하네카와 츠바사가 일본에 머무르는 동안 너를 만나러 올 가능성은, 어느 정도라고 생각해?"

"면회는 금지되어 있어요."

"응, 하지만 그건 네가 만나러 가는 것을 금지당했다는 의미잖아? 저쪽이 너를 만나러 올 가능성을 묻는 거야."

곧바로 대답할 수 있는 질문이기는 했지만, 그러나 겸사겸사 던진 질문은 아닌 듯했기에 나는 제대로 고찰하기로 했다—그

사이에 미토메 씨는,

“너는 그 부분을 애매하게 설명했는데, 괴이에 대한 정보를 공유하고 있었다는 것을 제외하더라도, 단순한 친구이거나 평범한 동급생 사이였던 것도 아니잖아? 저쪽이 너에게 특별한 감정을 가지고 있던 건 아니었어?”

라며 다시 한번 확인했다.

“…….”

나는 그것도 포함해서 생각하고, 대답했다.

하네카와가 나를 만나러 올 가능성은.

“제로네요. 그럴 걱정은 없어요.”

“그렇구나. 알겠어. 쓸데없는 걸 물어봐서 미안해.”

그 사죄 쪽이 쓸데없다고요.

005

나쁜 뉴스가 두 가지 있다.

이럴 경우, 보통은 좋은 뉴스와 나쁜 뉴스가 하나씩 있다고 이야기를 꺼내야겠지만, 나에게는 나쁜 뉴스밖에 준비되어 있지 않았다. 심지어 둘씩이나.

첫 번째는 스오 씨와 담당했던 ‘주술’ 관련 조사였다. 진전이 없다는 말을 듣더라도, 그것은 이 마을에서 예전에 일어났던 일련의 사건을 방불케 하는 사건이었지만, 그러나 아무래도 수사는 용두사미로 끝날 것 같았다. 사건성도 없고, 피해도 없고, 확실한 발생원도 없었다. 요컨대 전형적인 아이들 사이의 소문 이야기로, 뭔가를 꾀하는 악인이 있는 것은 아니었다.

사기꾼은 없었다는 이야기다. 카피캣도.

"이 소문은 이대로 놔두는 편이 나아 보여. 외부에서 압력을 가하면 오히려 변질될 우려도 있고. 바람 부는 대로 마음 가는 대로, 될 대로 되는 경과를 관찰하자."

그렇게 스오 씨는 결론을 내렸다.

음, 이거고 저거고 전부 관리 감독하고 있다가는 풍석과도 엄청난 사상경찰思想警察이 되고 말 것이다.

그러므로 헛수고 같은 결과로 끝나 버렸다는 것은, 견실한 수사활동 끝의 성취감이 없기는 해도, 유감스러운 일이기는 해도 나쁜 뉴스는 아니었다—나쁜 뉴스는, 사기꾼을 체포하지 못했다는 것이다.

완전히는 아니라고 해도 카이키 녀석, 의외로 지키고 있는 걸까. 이 마을에는 더 이상 가까이 오지 않겠다는 약속을—성실한 녀석이다, 돌아오면 체포해 버릴 생각인데.

그것이야 어쨌든, 두 번째 나쁜 뉴스는 하네카와 츠바사의 귀국 뉴스가 공공기관을 들썩이게 만드는 그림자에 숨어서, 우리 여동생, 아라라기 츠키히가 몰래 본가로 돌아왔다는 것이었다.

집에 돌아와 보니 거실에서 아이스크림을 먹고 있었다.

아니아니, 물론 사랑하는 여동생과 예기치 않게 만났다는 것은 어쨌든 기뻐해야 할 일이지만, 그러나 이것을 '좋은 뉴스'로

분류할 수 없는 것은, 츠키히가 내가 귀향한 것을 알고, 즉 내 연수기간을 노려서 귀국한 것이 아니라, 하물며 새해가 가까우니까 귀국한 것도 아니라, 다시 입학했던 해외의 대학을 또 중퇴하고 귀국한 것이기 때문이다.

두 번째 중퇴.

나쁜 뉴스 정도가 아닌, 최악의 뉴스였다.

"괜찮아, 괜찮아. 다시 새 학교에 들어갈 생각이니까. 그렇다고는 해도, 이번엔 대학이 아니라 댄스 스쿨이지만."

"뭐가 되려고 하는 거야, 너는. 뭐 하는 녀석이냐고, 내 여동생은."

"너무 그러지 마. 오빠에 대해서는 자랑스럽게 생각한다고, 중앙공무원 양반."

"너 그러다 죽는다."

"고지식한 사람들만 모여 있는 아라라기 일가에, 한 사람 정도 나 같은 녀석이 없으면 재미없잖아. 언젠가 찾아올 가문의 위기에는, 방탕아인 막내가 구원을 가져다줄게."

"네가 일가에 파멸을 가져올 것 같다고. 나하고 카렌, 너 때문에 출셋길이 막혀 버리는 거 아냐?"

"아이고, 싫어라. 출세욕에 사로잡힌 것 좀 봐. 나는 지금, 카지노에서 춤추는 것밖에 생각하지 않는다고."

불안하다.

카렌은 단순하게 사이좋은 여동생의 갑작스런 귀가를 기뻐하며, 지금은 부엌에서 실력을 발휘하고 있는 모양이다. 왠지 모르게, 오빠의 귀가를 기뻐해 줬을 때보다도 신이 난 것처럼 보인다.

부끄러운 생각이구나.

업무에 지쳐서 귀가해 보니, 처음에 보이는 것이 이 전통 복장 차림의 여동생이라니… 그 모습으로 공항에서 돌아온 건가?

하네카와 대책의 엄중한 경계태세를 어떻게 헤치고 온 걸까… 이 녀석도 나름대로 보통내기가 아닌 부분이 있네.

헤어스타일은, 어쩐지, 어깨에 닿는 두 갈래의 땋은 머리였다.

우등생 시절의 하네카와와 비슷한 머리모양이다.

하네카와 츠바사의 존재는 해외에서 더 유명하기에, 츠키히도 하네카와의 귀국을 모르진 않을 테지만….

"그렇지~ 저번에 센조가하라 씨하고 만났을 때 들었어~"

"뭐야, 히타기하고 만났어? 서로 연락을 취하고 있다는 얘기는 들었는데…."

설령 어학능력이 뛰어나더라도 역시 모국어로 대화할 수 있는 상대는 귀중한 모양이라, 국내에서는 그렇게까지 깊은 사이가 아니었던 센조가하라 히타기와 아라라기 츠키히는 현재 메일 친구다.

하지만 살고 있는 지역은 홋카이도와 오키나와의 거리보다 떨어져 있을 텐데….

"응. 대학을 그만뒀다는 메일을 보냈더니, 걱정하면서 잘 지내는지 찾아와 줬어."

"그런 중요한 보고를 메일로 끝내지 마."

"그러니까 오빠한테는 직접 말했잖아."

정말 구김살 없이 자유롭게 자랐구나.

어차피 반대할 거라 생각하고서, 히타기에게 입막음을 해 두고 사후보고로 처리한 것이겠지.

…뭐, 괜찮을까.

확실히 한 사람 정도라면, 집안에 이런 녀석이 있더라도.

"그래서. 얼마나 묵다 갈 거야? 연말연시는 여기서 보낼 생각인가? 그때는 역시 우리 부모님들도 오실 거라 생각하는데."

"으~음. 우리 부모놈들도 오신단 말이지~"

"놈이 아니야. 님이라고 했어."

"오빠가 그렇게나 나하고 함께 시간을 보내고 싶다고 말해 주는 건 기쁘지만, 내일은 출발할 거야."

카렌한테는 이미 말해 뒀지만.

그렇게 말하며 츠키히는 아이스크림 뚜껑을 할짝할짝 핥았다.

이 여동생, 스무 살이 코앞인데 전혀 예의가 없네… 그런데, 내일?

"뭐야, 너. 갑자기 귀국했다가 갑자기 출국이냐. 뭐냐고, 그 깜짝 귀향. 무슨 그런 제트세터가 다 있어. 그 돈은 대체 어디서 나오는 거야. 너를 끔찍이 사랑하는 아빠 엄마도, 너에게 송금만은 끊었을 텐데."

"그렇지~ 오빠는 스물두 살까지 받았었는데 말이야~"

"대답해. 나쁜 일에 손을 대고 있다면, 나는 상대가 여동생이라도 눈물을 흘리며 체포할 거야. 그리고 매일 면회하러 가겠어.”

“멋진 제안이지만, 괜찮아. 나쁜 일에는 손 안 댔어. 아직.”

“아직이라고 하지 마.”

“눈물을 흘리면서 눈물겹게 꾸역꾸역 일하고 있어. 댄스 스쿨 학비도 직접 벌고.”

그 말만 들으면, 의학부 학비를 스스로 변통하는 칸바루와 비슷한 생활환경일 터이지만, 어째서 이렇게나 인상이 다른 걸까… 가족이라서 단점이 눈에 띄는 걸까?

여동생은 언제까지나 걱정이라는 말도 있다지만… 누구라도 이런 녀석은 걱정스러울 거라 생각되는데.

“그리고, 내일 돌아가는 건 아니야. 한동안 도쿄 근처를 어슬렁어슬렁 관광할 예정. 출국하기 전에 한 번 더 들를지도 모르고. 그때는 잘 부탁해.”

근처라니… 상당히 치밀한 플래닝이네.

저래서는, 관광 중에 머물 호텔을 미리 알아보지도 않았을 것이다.

그야 눈물겹다기보다는 씩씩하고, 해외에서 비자를 얻어 생활하고 있는 몸이 보기엔 일본의 수도 같은 곳은 평화의 낙원 같을지도 모르겠지만, 지금 이 나라는 치안 레벨이 한창 대폭으로 갱신되어 있는 참이다.

하지만 그 이야기를 하기 시작하면 이 마을 쪽이 위험할지도 모르므로, 관광 자체는 사기 좋을 대로 하면 된다고 생각하지만, 당일 바로 숙소를 잡을 수 있으리라고는 생각되지 않는다…. 어쩔 수 없지. 여기서는 어른으로서, 호텔 예약 정도는 대행해 줄까.

"그리고 숙박비도 내 주마. 일본에 있는 동안의 활동 자금은 제공해 주겠어."

"오빠, 이러쿵저러쿵하면서 여동생한테 너무 무르다고. 옛날에는 여동생 가슴을 신나게 만진 주제에."

"옛날 일을 인용하지 마. 서로 이렇게 작았을 시절이잖아?"

"아니, 오빠의 키는 지금 정도였는데."

"너의 가슴은 작았어."

"언동도 지금하고 다른 게 없잖아. 내 가슴과는 완전 달라."

활동 자금은 사양하도록 할게, 라고 말하는 (키가) 쪼그만 여동생.

"이봐, 빈궁에 시달리는 주제에 뭘 사양하겠다는 거야."

"빈궁에 시달리지는 않아. 일본어 가정교사는 그럭저럭 돈벌이가 되거든."

"건방진 아르바이트를… 하지만 중앙공무원 양반인 오빠도, 급료는 받고 있다고. 적어도 숙박비 정도는 내가 내 줄게."

"숙박비는 들지 않아. 아무래도 오빠는 내가 아무 생각 없이 관광 코스에 오를 거라 생각하는 모양인데, 친구 집에 머물기로 예정이 되어 있어. 오빠는 이제 기억 못 하려나? 센고쿠 나데코 짱."

이 녀석은 오빠의 기억력을 뭐라고 생각하는 거지.

올바른 지적이라고 말하지 않을 수 없지만… 하지만, 그렇구나.

친구의 집에 머무른다는 것은, 친구가 없는 나에게는 없는 발상이었다…. 그렇다기보다 이 녀석, 아직 센고쿠와 연결되어 있었던 건가. 서로 학생이 아니니까 꽤 민폐일 텐데… 자세히는 모르겠지만, 만화가라는 건 상당한 하드워크잖아?

"괜찮아괜찮아. 일을 거들어 주니까. 센고쿠 나데시코 대선생의 어시스턴트로서. 치프 어시스턴트로서."

"센고쿠의 팀을 통솔하려고 하지 마. 출세욕에 사로잡혀 있는 건 너잖아."

"선으로 명암 넣기 정도라면 할 수 있어."

"그럭저럭 괜찮은 기술을 가지고 있군."

전체 바탕 정도라면 칠할 수 있다는 식으로 말하지 말라고.

여러 가지로 곤란하게 만드는 주제에, 아무 도움도 받지 않으려는 여동생이다.

"알았어, 알았어. 마음대로 해. 마음대로 살라고, 너는. 내 몫까지 자유롭게 살아. 오늘 밤만큼은 느긋하게 보내다 가."

"그렇지. 뭐하면 오랜만에 같이 목욕탕에 들어갈래? 난 아슬아슬하게 십 대니까."

"어떤 십 대라도 안 되잖아."

그렇게 말하던 참에,

"오빠. 츠키히. 저녁 준비 다 됐으니까 그쪽으로 좀 옮겨 줘~"

그렇게 부엌 쪽에서 카렌이 부르는 목소리가 들렸다.

그렇지, 요리는 거들 수 없어도 상차리기 정도는 거들어야겠지… 그렇게 테이블에서 일어선 것은 나뿐이었고 츠키히는 리모컨을 집더니 TV를 보기 시작했다.

정말이지 자유롭다.

“응? 카렌, 이거 역시 접시가 너무 많지 않아? 바보를 환영하고 싶은 마음은 알겠지만, 아무리 세 사람이 달려들어도 다 못 먹을 거 아냐, 이건.”

“무슨 소리를 하는 거야, 오빠. 네 명이라고.”

“뭐?”

그러고 보니 요리의 양이 많은 것뿐만 아니라, 젓가락이나 포크 같은 커틀러리의 수도 3인분보다 한 세트가 많았지…. 혹시 아버지나 어머니가 그 수사력으로 츠키히의 귀가 사실을 듣고, 신칸센을 타고 온 걸까?

“그런 게 아니야, 오빠… 어라? 츠키히한테 못 들었어? 오빠한테는 말해 놨을 거라고만 생각했는데.”

기분 좋아 보이는 얼굴에서 일변해서, 이거 큰일 났네, 라고 말하듯 표정을 흐리는 카렌.

“이건 명령 위반으로 모가지가 잘릴지도 모르겠네. 나도, 오빠도.”

“엉…?”

이봐, 이봐. 이러지 말라고, 설마.

세 번째 나쁜 뉴스가 있는 건 아니겠지?

내가 안 좋은 예감에 얼굴이 파랗게 질렸을 때, 거실 쪽 문이 열리고,

"안녕, 츠키히, 카렌. 침대 빌려줘서 고마워. 아라라기 군은 벌써 돌아왔어?"

그렇게 말하면서 오른손으로 눈을 비비며, 왼손으로 뻗친 머리를 쓰다듬으며, 너무나 졸린 듯한 잠옷 차림의 하네카와 츠바사가 나타났다.

006

평화의 상징. 일본제 잔 다르크. 현대의 젊은 투사. 비전非戰 혁명가. 국가 사이에 피어나는 일륜의 꽃—그런 무수한 캐치프레이즈를 듣는 동안, 내 안에서도 'Tsubasa Hanekawa'의 이미지는 비대화 일로를 걷고 있었지만, 이렇게 느닷없이 만난, 만나 버린 옛 동급생은 그런 말과 동떨어진 스물세 살의 여성이었다.

늠름한 분위기라든가, 굳센 마음이라든가, 정련된 분위기라든가, 그런 것을 말하자면 지금의 내 직장에서 보는 여성들 쪽이 훨씬 그럴싸했다. 뭐, 잠옷을 입고 잠에 취한 모습을 가장 먼저 보고 말았다는 점도 있겠지만, 오히려 고등학교 3학년 시절보다 훨씬 흐리멍덩한 인상이었다.

아~ 부끄럽네, 라고 멋쩍은 미소를 지으며 자리에 앉은 뒤로도, 그 눈은 멍한 상태였다—콘택트렌즈를 아직 끼지 않은 것뿐일지도 모르지만, 어쨌든 평화의 상징이라고 하자면 확실히 이건 나름대로 평화의 상징다웠다.

하지만 너의 어디가 국제적 중요인물인데? 라고 질문하고 싶어질 만한 모습이었다.

고등학생 시절과 비교해서 성장하지 않기는커녕 더 어려진 듯한 느낌마저 있었지만, 뭐, 당연하지만 겉모습 자체에는 변화도 있었다—짧게 잘랐던 머리도 완전히 길어져 있다.

아마, 머리를 땋고 있던 시절보다도 길 것이다.

흑백이 섞여 있는 것은 보브 커트였던 시절과 똑같지만… 아니, 기분 탓인지 흑발의 분량이 늘지 않았나? 어느 시점이 지난 뒤로 'Tsubasa Hanekawa'의 영상은 미디어에 전혀 나오지 않게 되었으므로—과거까지 거슬러 올라가도 볼 수 없게 되었다, 확실하다고 할 수는 없지만.

다소 빗질을 하는 정도로는 감당이 안 되는, 부스스한 상태고 말이지.

"왜? 아라라기 군. 나를 그렇게 빤히 쳐다보고. 아하하, 나의 잠옷 차림이 그렇게나 매력적이야? 이건 카렌에게 빌린 거라서 헐렁헐렁하지만."

"아니, 그런 건…."

처음 보는 것도 아니고, 라고 말하려다 여동생들이 같은 테이블에 앉아 있다는 것을 떠올리고 자제했다.

그러고 보니 갓 알게 된 이성의 반라를 보는 일이 많았던 아라라기 코요미의 경향은, 하네카와 츠바사로부터 시작되었던 것이 아닐까… 다만, 역시 옛날과는 다르다고 생각하는데, 그때의 하네카와는 남자에게 잠옷 차림을 보이고도 태연히 있을 수 있는 타입이 결코 아니었다(태연했던 타입도 있다. 예를 들면 센조가하라 히타기, 칸바루 스루가).

겉옷을 걸치거나 했었다.

그것을 생각하면, 지금의 하네카와는 2층에서 내려와서(잠옷뿐만 아니라 침대도 카렌의 것을 빌린 모양이다) 일찌감치 일을 마친 내가 이미 돌아와 있는 것에는 놀란 듯했지만, 그러나 부끄럽다고 말하면서도 2층으로 돌아가 옷을 갈아입으려고 하지는 않았다.

하긴, 최근 몇 년간 어떤 생활을 하고 있었더라도, 그런 나이브하고 섬세한 정신 상태로는 살아갈 수 없었을 것이다—부끄러움 많은 처녀도, 유들유들해지겠지.

다만 아무리 해외에서는, 그리고 전쟁터에서는 유들유들함이 불가결하다고 해도, 오늘 카렌의 잠옷을 입고 카렌의 침대에서 자고 카렌이 만든 요리를 먹는다는 것은, 아무리 그래도 너무 뻔뻔스럽다—아니, 의식주에 대한 부분은 하네카와와 카렌의 관계성이므로 참견하지 않는다고 해도, 그것이 '오늘'이라는 점이 문제다.

하네카와 츠바사는 지금 경호 레벨 맥스의 호텔에서 거의 연금 상태일 텐데… 잔뜩 쌓인 서류를 처리하고, 자신의 경력을 말소하는 작업에 죽을 만큼 바빠야 하지 않나?

내 선배가, 그런 그녀를 지키기 위해서 오늘 밤은 철야로 일하고 있을 것이다. 어째서 그런 경호대상이, 전혀 특별할 것 없는 아라라기 가에서 저녁밥을 먹고 있는 거지?

번뜩, 하고 츠키히를 노려본다.

그것을 츠키히는 단순한 아이콘택트라고 받아들였는지,

"왜? 오빠, 말했잖아. 하네카와 씨랑 같이 돌아왔다고."

라며 멀뚱한 표정으로 고개를 갸웃거렸다.

말 안 했어.

그 땋은 머리가 예전의 하네카와를 연상시킨다는 이야기를 했을 뿐이다. 설마 그것으로 하네카와와 함께 귀향했다는 보고까지 마쳤다고 생각한 걸까.

그런 넌버벌 커뮤니케이션*이 어디 있냐고.

아무리 가족이라도 그건 무리다.

"어라? 센조가하라 씨한테서 하네카와 씨가 귀국한다는 걸 들은 이야기, 안 했던가?"

"그건 했지…."

"센조가하라 씨가 하네카와 씨로부터 메시지를 받아 두고 있었다는 이야기는?"

"안 했어."

경위는 잘 모르겠지만, 아무래도 미리 사전교섭은 있었던 모양이다. 자유분방한 츠키히를 상대하고 있어 봤자 끝이 나지 않

※넌버벌 커뮤니케이션(nonverbal communication) : 언어를 사용하지 않고 이루어지는 소통 형태.

으므로, 그나마 일하는 사회인 여동생 쪽으로 눈길을 돌리자,

"아니, 나는 오빠한테 얘기가 갔을 거라고 굳게 믿고 있었다고. 알고 있다면 반드시 보스에게 연락하는걸. 나도 츠바사 씨하고 면회 금지령이 떨어졌으니까."

라고 카렌은 변명처럼 말했다.

생활안전과의 과장은 보스라고 불리는 모양인데, 그 풍습은 뭐, 아무래도 상관없을 것이다. 지휘계통이 다르므로, 그것에 내가 딴죽을 거는 것도 이상한 이야기다.

게다가 하네카와 츠바사의 현재 위치를 상사에게 알리지 않은 것은, 그리고 함께 저녁밥을 먹고 있는 것은 나도 마찬가지니까.

지금이라도 보고해야 할지 모르지만, 글쎄 어떨까…. 경찰관으로서는 반사적으로 그렇게 해야 했는데, 잠옷 차림에 허를 찔리고, 그리고 배가 고팠던 것도 있어서 일단 테이블에 앉아 버렸던 것이 아무래도 좋지 않았던 것 같다.

생각할 시간이 생겨나고 말았다.

이런 세계적 유명인이 아무런 경호도 받지 않고 변변한 방범장치도 없는 민가에 있다는 것을 보고하지 않고 있는 것이 문제라면, 그녀가 완벽한 요인 경호태세에서 빠져나와 이곳에 있나는 것도 문제다.

큰 문제다—대실패다.

하네카와 츠바사를 위험에 노출시켰다는 것이 알려지면 일본의 국제적인 신뢰가 하락한다—일단 나오에츠 경찰서는 없어질

것이다. 풍설과의 진퇴로도 끝나지 않는다. 나와 카렌이 해고당하는 것만으로는 도저히 수습되지 않는다. 우리가 살고 있는 이 지방, 이 현의 실업률이 비약적으로 상승될 것이 틀림없다.

지금쯤, 얼마나 큰 난리가 나 있을까….

"음. 음음. 괜찮아, 아라라기 군. 여전히 걱정도 팔자네. 안심해, 들키지 않도록 몰래 빠져나왔으니까. 들키기 전에 돌아갈 거야, 제대로."

"그렇구나… 그렇다면…."

괜찮은 걸까?

거국적으로 텅 빈 호텔을 경호하고 있다면, 그건 그것대로 꼴이 말이 아닌데… 미토메 씨가 알게 된다면 어떻게 생각할까.

하네카와가 나를 만나러 올 가능성 따위 제로라고 단언해 버린 상황에서, 몹시 미안하다는 생각이 든다.

만약 내가 미토메 씨에게 속옷이나 땋은 머리 등 '추억의 하네카와 아이템'을 제공했다면 추적이 시작되어 버렸을지도 모르지만… 이렇게 되고 보면, 그건 다행일까 불행일까.

"스위트룸 같은 곳은 긴장 때문에 어깨 근육이 뭉쳐서… 야영 쪽이 훨씬 편해. 아, 물론 카렌의 침대는 기분 좋게 잘 수 있었지만 말이야~ 시차 적응을 마칠 수 있었어."

아직 제대로 적응하지 못한 게 아닐까 싶을 정도로 멍한 분위기였지만, 일단 하네카와에게는 전혀 위기감이 없는 모양이었다 —국제문제가 될지도 모르는데.

국제라는 발상이, 지금의 그녀에게는 없을지도 모른다.

“답답한 분위기의 회식도 사양이었고. 룸서비스 같은 게 아니라 이런 가정식을 먹고 싶었어~ 아라라기 군, 안 먹을 거라면 줄래?”

“으응… 많이 드세요.”

“오빠, 안 먹을 거면 나한테도 줄래?”

“넌 굶어.”

“아니, 와 버린 건 어쩔 수 없잖아, 오빠. 생각해 보면, 옛날에도 하네카와 씨가 머물렀던 적이 있었고—그때는, 오빠가 가출 중이었던가?”

카렌은 그런 식으로 마음의 부담을 털어 버린 모양이었다.

아직 주 3회 도장에 다니고 있는 만큼, 과연 대단한 담력이다.

아직 우물쭈물하는 내가 꼴사납게 보인다.

“이럴 때는 반대로 생각하는 거야. 만약 내가 경호에 차출되었다면, 이렇게 하네카와 씨하고 함께 식사하는 건 불가능했을 테니까. 러키! 였다고 생각해.”

이것이 러키라면, 상당히 인위적인 행운인데… 그렇게 생각해도 괜찮은 걸까.

그건 그렇고 우리 여동생들은—츠키히는 물론이고, 각오를 하자면 카렌도 역시—요인 상대로 태평스럽네.

아니면, 이건 내가 너무 깊이 생각하는 걸까? 나는 옛 지인과 예전처럼 지낼 수 있을 정도로 예전의 나에게 자신이 없는 것인지도 모른다…. 그렇다면, 이쪽이 멋대로 열등감을 품고 있을 뿐이다.

"면회 금지령은 둘째 치고… 네가 있는 곳에도, 출동요청 자체는 들어왔어? 우리 과에서는 한 명이 지원을 나갔는데."
"사이사키 미토메 씨지?"
"어라. 아는 사이야?"
그렇다면 좀 더 빨리 알려 달라고. 연수도 벌써 3개월째라고?
"아는 사이인 건 아니지만 그 사람은 유명하고, 대회에서 얼굴을 마주하는 일이 많으니까. 경찰관 무도대회武道大會."
"아하, 그런가."
"뭔가 불상사를 일으키고 나오에츠 경찰서로 좌천되었다는 소문이 자자하지만, 하네카와 씨의 경호를 담당할 정도라면 뭔가 실수한 건 아니겠지."
그런 소문이 돌고 있었나… 터무니없는 풍설이다.
본인은 신경 쓰지 않겠지만, 늑대로서는 불명예스러울 것이다.
일시적이라고는 해도, 후배로서는 부디 여기에서 명예회복을 해 주었으면 했지만, 그러나 가장 중요한 요인이 도망치게 놔두었다는 이야기가 되면 그 이상의 불상사는 있을 수 없다.
"가엔 씨의 계획은 잘 진행되고 있나 보네~"
하네카와는 문득 가만히 입을 열었다.
카렌이나 츠키히 앞이기 때문인지 그 이상은 말하지 않았지만, 아무래도 풍설과 설립의 경위에 대해서는 알고 있는 모양이다. 멍한 눈을 하고 있으면서도 눈치가 빠른 녀석이다.
참으로 눈치가 빠르다—머리회전이 빠르다.

지금도 가엔 씨와 접촉이 있다고는 생각되지 않지만… 어쨌든, 여기는 그 대사를 말할 타이밍인가.

"하네카와. 너는 뭐든지 알고 있구나."

"뭐든지 아는 건 아니야. 알고 있는 것만."

히죽 웃고는, 하네카와는 그렇게 대답했다.

옛날처럼—그러나, 지금의 하네카와는 이렇게 덧붙였다.

"알면 알수록, 모르는 것이 늘어나."

알고 있는 사람도, 언젠가 모르는 사람이 된다.

007

식사가 끝난 뒤, 함께 목욕탕에 들어갔다.

아니, 물론 나하고 하네카와가 아니라, 나하고 츠키히도 아니라, 카렌과 츠키히라는 사이좋은 자매가 그랬다는 이야기다—옛 동급생으로서 쌓인 이야기도 많을 거라며, 여동생들의 배려를 받은 형태다.

뭐, 저쪽은 저쪽 나름대로 옛 '츠가노키니 중학교의 파이어 시스터즈'로서 쌓인 이야기가 있을 것이다.

"얻어먹기만 하면 미안하니까."

라면서 하네카와는 설거지에 나섰다.

"그릇을 씻을까, 사람을 잡아먹을까~"

그건 원래 '팥을 씻을까~'로 시작하는 요괴 아즈키아라이*의 대사지만, 그거야 어쨌든 손님에게 혼자만 일을 시킬 수도 없으므로 나는 부엌 싱크대에 하네카와와 나란히 서서 설거지를 도우며 시시덕거리게 되었다.

"아하하. 이러고 있으니까 어쩐지 부부 같네~"

아슬아슬한 조크다.

하네카와가 헐렁한 잠옷 차림이라는 것도 포함하면, 더더욱.

다만, 그렇게 장난치는 모습을 보이면서도 설거지를 하는 손놀림은 나하고는 전혀 비교가 되지 않았다. 나도 혼자 살게 된 지 오래지만, 저렇게 시원시원하게 접시를 씻지는 못한다.

기본적으로 내가 씻은 식기를, 하네카와가 다시 한번 씻는 흐름이 되었다—이래서는 내가 있는 의미가 거의 없는데.

말도 안 되는 더블 체크 태세다.

"부부라는 말을 들으니 떠올랐는데, 히타기하고는 잘되어 가?"

"부부라는 말을 듣고 떠올리면 낯간지러운데, 하지만 하네카와, 그것도 다 알고 있지 않아?"

"응. 본인에게 들었어."

"그렇겠지."

"아라라기 군도 해외로 이주하는 게 어때? 히타기하고 함께 있는 시간, 좀 더 늘리는 편이 좋을 거라고 봐."

"이래 봬도 국가공무원이라서. 나라에 충성을 맹세했어."

※아즈키아라이(小豆洗い) : 냇가에 나타나서 팥을 씻는 듯한 사각거리는 소리를 낸다고 전해지는 일본의 요괴. 지방에 따라서는 '팥을 씻을까, 사람을 잡아먹을까'라는 불길한 말을 하는 경우도 있다고 한다.

“그렇구나.”

끝까지 얼버무릴 생각이었지만, 그러나 하네카와의 반응은 매몰찼다…. 확실히, 국가라는 개념과 싸우고 있는 지금의 그녀에게 국가공무원 따윈, 가장 큰 적일지도 모른다.

조금 거북한 분위기다. 같은 작업을 하고 있는 모양새인 만큼, 더욱 거북하다.

나는 자기도 모르게 하네카와의 옛날과 같은 부분, 옛날과 다른 부분, 바뀐 부분이나 바뀌지 않은 부분을 찾아 버렸지만—하네카와 츠바사와 ‘Tsubasa Hanekawa’를 비교하는 듯한 시선을 하고 말았지만, 하네카와가 보기에는 내 쪽이 변해 버렸을 것이다.

그야 그렇겠지.

고등학교 3학년 무렵에는, 내가 충성을 맹세했던 것은 하네카와뿐이었다.

흡혈귀를 제외한다면 그렇다는 뜻이지만.

“…몇 시까지 호텔에 돌아가야 해?”

침묵이 이어지는 것도 거북했기에, 나는 화제를 바꿨다.

몇 시까지냐는 말을 하자면 1초라도 빨리 돌아가야겠지만, 손님을 상대로 어서 돌아가는 편이 좋다는 말은 할 수 없다.

이러쿵저러쿵하고 있지만, 하네카와가 귀국한 김에 경호의 눈을 피해 만나러 와 준 것을, 나는 기쁘게 생각하고 있는 것이다.

기쁨보다 당혹스러움이 더 컸던 것은 단순히 내가 나이를 먹어서 분별력 같은 것이 생겼다는 이야기일 뿐이고, 만약 아라라기 코요미가 고등학생이었다면 펄쩍펄쩍 뛰면서 기뻐했을 것이다.

그것도 직업의식일까.

"몇 시까지 가야 한다는 건 없는데. 신데렐라도 아니고. 난, 잠자는 숲속의 공주니까."

"공주야? 혁명가라고 들었다고."

장난치듯이 말한 나를 무시하고 하네카와는 뽀득뽀득 소리가 나게 접시를 닦으며, "실은, 빠져나오는 것보다 돌아가는 쪽이 어려워. 내가 썼던 것은 밀실 트릭이 아니라, 탈출 트릭이니까."라고 말했다.

"오기에게 해결해 달라고 하는 게 좋지 않을까. 오기는, 잘 있어?"

"으음~… 잘 있다고 하자면 잘 있다고 할 수 있지. 쌩쌩해."

"칸바루 양하고는 만났어? 오이쿠라 양은, 그 뒤에 어떻게 지내? 센고쿠짱하고는? 마요이가 있는 곳에는 이미 다녀왔어?"

"야, 왜 그래? 그리운 이름을 줄줄이 꺼내고."

이쪽이 먼저 화제를 바꿨으니 또 화제를 바꿔도 불평은 할 수 없었지만, 묘하게 말이 빨랐다. 내 대답을 기다리지 않는다— 한꺼번에 대답하라는 뜻일까.

"칸바루하고는 만났어. 병원에서 우연히… 오이쿠라하고는 또 다시 절연 상태지… 그 왜, 그 사건 이후로. 센고쿠는 이제 이 마을에 살지 않아. 그 전부터 만나지 않았지만. 하치쿠지가 있는 곳에는… 뭐, 새해 참배 때 가 보자고 생각하고 있어."

어쩐지, 자신의 의리 없는 모습이 하나하나 부각되어 가는 느낌이네.
사람을 사귀는 것이 너무 서투르다.
정말 나는, 저 여동생들의 오빠인가?
센고쿠도 내가 대응을 그르치지 않았더라면 아직 이 마을에 있었을 테고… 아니, 그건 자의식 과잉인가.
하지만 자의식 과잉이라고 하자면 하네카와에 대해서야말로 그렇다고 생각한다.
만약 그 봄방학에 나와 알게 되지 않았더라면, 반라는 둘째 치고, 하네카와는 해외에서 일본제 잔 다르크라고 불리는 일은 없지 않았을까?
그야 '완전무결한 반장' 그대로였다면 스무 살 이전에 하네카와는 파탄 났겠지만, 블랙 하네카와나 카코에게 의지하지 않더라도 머지않아 그 말도 안 되는 재능도 컨트롤할 수 있게 되었을지도 모르지 않을까.
미토메 씨의 늑대성처럼.
그러는 편이 훨씬, 하네카와가 그렇게나 원했던 '평범한 여자아이'가 될 수 있는 것 아니었을까—다만, 의리가 없다는 것에 관련해서 언급하자면, 지금의 하네카와는 그 극치라고 말할 수 있을지도 모른다.
미래를 위해 과거를 말소하려고 하다니.
…뭐, 과거보다 미래를 살고 있다는 것은 나도 마찬가지고, 다들 마찬가지인가. '어째서 이렇게 되었을까'라고 아무리 생각해 봤자, 남 탓으로 돌리든가 자기 탓으로 할 수밖에 없다.

신을 탓하거나 괴이를 탓해서는 안 된다.

"상당히 옛날 친구들을 신경 쓰네. 막상 과거를 말소하려는 단계에 이르러 보니, 그 녀석들에게 미련이 생겼어? 너야말로…."

"으음~ 글쎄. 오해를 두려워하지 않고 말하자면, 신경 쓰여서 물어본 건 아니야. 모두의 '그 이후'도 신경 쓰이지만, 지금은 다른 일로 머릿속이 가득하니까."

그렇겠지.

나도, 인류애보다 향토애를 우선해야 한다고는 생각하지 않는다… 세계 평화, 만세다.

"뭐, 나와 카렌의 모가지도 걸려 있으니까. 어떻게든 해서 무사히 돌아가 줘. 그 정도는, 머리 한구석에서 생각해 줘."

화제 바꾸기, 하던 이야기로 돌아가기를 반복하는 것 같지만, 이것은 진지하게 말했다—나나 카렌은 둘째 치고, 적어도 선배인 미토메 씨에게는 피해를 주고 싶지 않다.

지금의 내 인간관계다.

"아무리 너라도 간단한 일은 아니겠지, 경력 말소라니. 말하자면 다른 인간이 되는 것 같은 느낌인가?"

"음. 음음. 아라라기 군은 혹시 착각하고 있을지도 모르겠는데, 나, 귀국한 김에 여기에 온 건 아닌데?"

"뭐?"

"경력 말소 따윈, 그냥 표면적인 이유야—그런 작업은 딱히 아무래도 상관없어. 내 출신 따위, 활동의 위크 포인트는 되겠지만, 그 정도의 약점은 있는 편이 좋으니까. 굳이 말하자면 그쪽이 덤이고."

하네카와는 말했다. 설거지를 계속하며.

"나는 아라라기 군을 만나기 위해, 귀국했어."

008

"다른 의로 머릿속이 가득하다는 거, 당연히 아라라기 군에 대한 걸로 머릿속이 가득하다는 의미야. 다른 모두에게는 미안하지만 말이야. 좋은 걸 알려 줄까? 나, 고등학교 시절에 아라라기 군을 좋아했었어. 눈치 못 챘지?"

아무렇지도 않게 콧노래를 부르며 그런 말을 들었지만, 아니 뭐, 확실히 눈치채지 못했었다—직접 고백을 받은, 그때까지는.

"아하하. 이런 거, 한 번 말해 보고 싶었어. 학창시절에 좋아했던 남자아이에게, 어른이 되어서 고백한다는 거."

"…오늘 처음 들은, 좋은 뉴스네."

"그거 다행이네."

"하지만… 추억 이야기잖아?"

"그렇지. 이제 와서는 옛날이야기. 하지만 아라라기 군이 꼭 좀 부탁한다고 말한다면 사귀어 줄 수도 있는데?"

"그것도 한 번 말해 보고 싶었던 대사야?"

"아니. 이건 말한 순간에 후회하는 대사였어. 실패네, 실패."

그렇게 말하며 하네카와는 눈을 감았다.

눈꺼풀 뒤편에서 과연 그녀가 어떤 영상을 보고 있을지, 뇌리에서 어떤 기억을 찾고 있을지는 확실치 않다.

이미 나는, 하네카와가 생각하는 것을 전혀 알 수 없는 것이다.

뭔가 하는 김에 만나러 와 줬다고 한다면, 그것은 기뻐할 수 있다—하네카와가 사라진 뒤에 히죽거릴 수 있을지도 모른다.

하지만, 오로지 나를 만나려는 이유로 일본에 돌아왔다니….

어쩌면 하네카와에게는 이미 '돌아왔다'라는 감각도 없을지 모른다. 이미 한참 전에 그녀는 '지구인'이 되어서, 일본이라는 나라로부터 날갯짓하고 있는지도 모른다.

하네카와 츠바사. 이형의 날개를 가진 소녀.

아니—지금은 소녀가 아니다.

"…무엇 때문에?"

무뚝뚝한 물음에는, 분노마저 담겨 있었는지도 모른다. 그러나 투박하기는 해도 불합리하다고는 생각하지 않는다—왜냐하면 그렇지 않나?

오로지 나를 만나겠다는 행동 때문에, 대체 얼마나 많은 인간이 동원되었다고 생각하는 걸까. 국제정세도, 치안 리스크도, 혹은 전쟁이나 내분의 상황조차도 바뀌어 버릴 법한 귀향의 결과, 하고 싶었던 일이 옛 친구와의 재회? 미토메 씨는 제쳐 두고서라도, 나나 카렌의 모가지도 제쳐 두고서라도… 너무나 무분별하며 어린애 같은 짓이다.

하네카와 정도 되는 인물이, 츠키히조차 하지 않을 자기중심적인 행동을 했다는 이야기가 아닌가.

“어째서, 그런 행동을?”

“음. 음음. 몰래 만나러 온 이유는 두 가지를 생각했어.”

“두 가지를 생각했다니….”

“슈뢰딩거의 고양이야. 상자 안의 고양이가 살아 있는가, 죽어 있는가—어느 쪽이 정답인지는, 그렇지. 내가 어떤 방법으로 엄중하게 경호되는 호텔이라는 상자에서 탈출할 수 있었는가, 그 트릭을 맞힌다면 알려 줄게.”

트릭의 해명인가. 옛날 생각이 나네. 다만 역시 그것은 오기의 역할이지만.

…아닌가, 이미 오기는 내 곁에서 떠났다. 밤의 어둠처럼 나에게 달라붙기를 그만두고, 훌륭하게 자신의 역할을 찾아냈다—게다가, 그렇지 않더라도 나는 경찰관이다.

밀실 트릭의 추리 정도, 스스로 하지 않으면 어쩔 것인가.

“응. 밀실 트릭이 아니라 탈출 트릭이지만 말이야.”

넓은 의미로는 같은 뜻이라는 느낌도 들지만, 뭐, 밀실 트릭인 경우에는 밀실 안에 시체가 필요한가—고양이의 시체가.

슈뢰딩거의 고양이.

“그래서, 두 가지 이유란 건 뭔데? 평화롭게 선도하고 있었을 세계에 혼란을 가져오면서까지.”

“그 ①. 세계를 평화롭게 이끄는 것에, 지쳐 버렸기 때문일까.”

“…….”

"역逆 신데렐라? 성녀 취급을 받는 것에 지쳐 버려서, 모든 것으로부터 도망치고 싶어진 것일지도. 옛날로 돌아가고 싶어. 옛날에 아라라기 군에게 가슴 때문에 놀림받던 시절로… 가혹한 식생활 때문에 내 가슴이 약간 줄어든 거, 눈치챘어?"

"눈치 못 챘어. 잠옷이, 헐렁헐렁해서."

"그래. 이런 대화를 하던 시절로 돌아가고 싶어서."

성녀 취급이라… 나는 성모 취급을 하고 있었지만.

"이렇게 될 리가 없었는데. 나는 손이 닿는 곳에 있는 사람들을 구할 수 있다면 그것으로 족했는데. 정말로, 어째서 이렇게 되어 버린 걸까—"

그야 너의 손이 지구 뒤편까지 닿아 버렸기 때문이겠지만, 그런 설명을 구하고 있는 것은 아닐 것이다—게다가 '그 ①'이 진짜라고만은 할 수 없다.

확실히 그럴싸하게 들리지만, 그러나 저 하네카와 츠바사가 '정신을 차리고 보니 평화의 상징으로 떠받들어져 있었다'라는 타입일까?

장식품에 머물 수 있는 재능이라면 이런 대소동은 벌어지지 않았을 것이다.

하물며 그것 때문에 마음이 약해져서 나 같은 것을 만나러 온다니.

"**나 같은 것**이라는 말, 아직도 하는 거야? 그렇게 생각하고 있었구나, 아라라기 군은. '저 하네카와 츠바사가 나 같은 것을 좋아하게 될 리가 없어'라고 단정했구나. 내가 얼마나 아라라기 군을 의지하고 있었는지도 모르고.”

“아니, 그건—”

“그 ②. 아라라기 군을 스카우트하러 왔다.”

나에게 변명을 허락하지 않고, 하네카와는 두 번째 선택지를 제출했다.

“내가 혼자 활동하고 있는 것은, 알고 있으려나? 아니면 아라라기 군은 내 활동에는 별로 흥미 없으려나? 어쨌든, 나에게는 소속된 조직도 없거니와 신념을 함께하는 동료도 없어—그때그때 협력할 수 있는 사람과 협력할 수 있는 한 협력할 뿐이야. 그 방법이 아니면 하고 있는 일이 모순되어 버리니까 계속 그렇게 해 왔는데, 이 방법에는 나름대로 한계를 느끼고 있어. 내 신념에 한계가 오고 있어. 고등학생 시절, 많이 반성했었지… 내 멘탈에도 케어가 필요해. 설령 뜻은 다르더라도, 신용할 수 있는 파트너가 있었으면 좋겠어.”

“…파트너?”

하네카와의 단독행동에 관해서는 확실히, 미토메 씨가 말했었다. 그것이 뒷받침이 되는 형태의 ‘그 ②’에도 다소의 진실감이 있었지만, 하지만 그렇다 해도, 파트너?

“그래, 파트너. 미쳐갈 때에 나를 지탱해 줄 사람이—미쳐갈 때, 나를 처리해 줄 사람이 필요해. 그건 아라라기 군 외에는 생각할 수 없어. 전 세계, 이미 모든 나라를 찾아보았지만 아라라기 군 같은 사람은 없었으니까—목숨을 걸고, 내 비보 같은 짓을 멈춰 줄 사람은 없었어. 나의 천재天才를 멈춰 줄 사람은 없었어."

"……."

"어느 쪽 이유가 진짜일까. 나도 모르겠어."

뚜껑을 열어 볼 때까지는.

계속 접시를 씻는 자신의 손만 바라보던 하네카와는, 이때 간신히 내 쪽을 향했다.

"뚜껑을 열어 볼 배짱은 있어? 나도 알지 못하는 마음을, 알아줄 거야?"

"…글쎄. 어느 쪽이라 해도, 얼떨떨한 기분이 들어."

그런 하네카와를 똑바로 보지 못하고, 내 시선은 이리저리 떠돈다—그렇지만 완전히 피하는 것도 불가능했다. 생각해 보면 내 쪽은, 제대로 손가를 보지도 않고 계속 옆에 있는 하네카와를 바라보며 설거지를 하고 있었다. 이래서야 설거지가 제대로 안 될 수밖에 없지.

흑과 백의 머리카락을 보고 있었다.

뒤섞인 그레이를 보고 있었다.

"그러니까, 탈출 트릭 추리는 제쳐 두고, 우선 투 패턴에 대답을 해 둘게. 만약 네가 여기에 온 이유가 '그 ①'이라면, '그렇다면 이제 관둬 버려'라고 말하겠어. 나는 세계 평화보다, 네 마음의 평화 쪽이 소중하다고 말하겠어—그러면 분명히 너는 화를 내고, 자신의 신념을 기억해 내고 호텔로 돌아갈 테니까."

"과연, 그렇구나. 내 마음이 '그 ②'였을 경우에는?"

"정중히 거절하겠어."

"국가공무원이니까?"

"풍설과의 일원이니까. 연수 중이지만. 지금은 네 마음의 평화보다도 이 마을의 평화 쪽이 중요해. 네가 십 대를 보낸, 이 마을의 평화 쪽이."

"…그 대답이야말로 얼떨떨한 기분이 드네. 나는 여기에 있는데, 아라라기 군은 계속 옛날의 나를 보고 있구나."

가슴 아픈 지적을 하면서도 하네카와는 이상하게도, 조금 기쁜 듯 보였다.

옛날의 하네카와.

하지만 여기서 말하는 '옛날의 하네카와'라는 것은 어느 시기의 그녀를 말하는 걸까?

완전무결한 반장 시절일까. 블랙 하네카와일까. 머리카락을 자른 그 뒤일까. 화이트 타이거를 흡수해서 약점을 획득한 얼룩머리일까—금발금안의 흡혈귀성을 띤 하네카와 츠바사도 있었던 모양이고.

하네카와 츠바사가 아니었던 시절의 하네카와 츠바사도 있다.

"그런 약아빠진 짓은 하지 말고, '네 마음은 잘 알겠어!'라고 말하며 허그해 준다면 그걸로 족한데. 내 마음이 '그 ①'이든 '그 ②'는, 그것으로 양쪽 다 해결될 텐데."

"너에 대해서뿐만 아니라, 그 누구에게도 그런 마스터키 같은 거짓말은 하지 않아. 네가 모르는 것을 내가 알 수 있겠어? 고등학교 3학년 때도, 스물세 살이 되어서도, 나는 모르는 것투성이라고. 모르는 것투성이에 알지 못하는 것투성이야."

뭐든지 아는 건 아니야. 아무것도 몰라.

딱 한 번, 하네카와는 그런 말을 했었다—어떤 마음으로 말했을지, 그 마음도 지금 와서는 알 수 없다.

"그렇구나. 그러면 탈출 트릭 쪽은 어떨까? 추리해 냈어?"

아쉽지만 그쪽도 아리송하다.

궁극적으로는, 하네카와라면 어떻게든 가능했으리라고 생각하게 된다…. 어떤 국경선도 넘을 수 있는 혁명가니까, 완벽한 경호태세의 빈틈을 빠져나오는 것 역시 불가능은 아닐 것이다.

단 한 가지 실마리가 있다면, '빠져나올 수는 있어도 돌아가는 것은 어렵다'라고 스스로 확실히 말했다는 것이다… 굳이 말하자면, 이것이 힌트다.

아마, 그렇게 특이한 방법이 아니라 심플한 왕도를 걷는 것으로 맹점을 찔렀다고 생각한다… 이상한 수를 쓰는 녀석이 아니니까.

내가 알고 있는 하네카와라면… **만약 그런 녀석이 있다면**.

아니, 다만 전 세계를 돌아다닌 하네카와는, 내가 있다고 가정한 '내가 알고 있던 시절의 하네카와'보다도 훨씬 식견이 넓어져 있을 테니, 내가 생각지도 못한 아이디어를 사용했을 가능성도 있다.

아무리 '아라라기 군 같은 사람은 없었어'라는 말로 치켜세워 주어도, 그런 말을 곧이곧대로 받아들일 수는 없다. 풍설과를 끌고 올 것도 없이, 지천에 널려 있는 나 같은 녀석하고 만나거나, 실망하거나, 기대하거나, 익숙해지거나 했을 것이다—하네카와에게 있어, 아라라기 코요미가 특별했던 시절은 아주 오래 전에 끝난 것이다.

그렇다. '그 ①'도 '그 ②'도, 양쪽 모두 정답이 아니라고 하는 제3의 패턴도 생각할 수 있다—아니, 그것이야말로 가장 가능성이 높다. 완전히 다른 목적이 있어서 하네카와는 아라라기 가를 방문한 것이 아닐까?

그렇다고 한다면—알 수 있다.

오늘 밤, 드디어 알 수 있는 것이 딱 하나 나타났다.

하지만 나는 그것을 지적하지 않았다.

실마리를 잡은 탈출 트릭에 대해서도, 말할 마음을 잃었다.

그래서 대신 이렇게 말했다.

"…저기, 하네카와. 좋은 것을 알려 준 답례로, 나쁜 것을 알려 줄까?"

"뭔데? 듣고 싶네, 듣고 싶어."

"나는—나는 고등학생 시절에, 하네카와를 좋아했었어. 눈치채지 못했지?"

"—아하하."

하네카와는 헛웃음을 지었다. 흐리멍덩한 것을 넘어서, 그 눈은 공허했다.

고집스럽게 지켜진, 공허함이었다.

"아라라기 군도 그게, 말해 보고 싶었던 대사야?"

"아니."

나는 고개를 저었다. 하네카와로부터 눈을 돌렸다.

계속 눈을 돌리고 있었던 것이나 마찬가지였다.
"이것이 나의, 말한 순간에 후회하는 대사야."
그리고 추억 이야기도 아니었다.
지금까지도, 현재진행형의 후회다.

009

후일담이라고 할까, 본 사안의 결말.
설거지를 마친 타이밍에 여동생들이 목욕탕에서 나와서, 우리들의 우물가 회의 아닌 설거지 문답은 중간에 막을 내리고, 그 뒤로 한 시간 정도 동심으로 돌아가서 파자마 파티를 즐긴 끝에(나도 옷을 갈아입었다) 하네카와는 아라라기 가를 뒤로했다—아니.
하네카와 츠바사는 아니다.
내가 아는 하네카와 츠바사도 아니거니와, 내가 모르는 하네카와 츠바사도 아니었다.
그 뒤, 경호 임무를 마친 미토메 씨와 만나서 확인했다. 그날 밤, 하네카와는 엄중한 연금 상태였던 호텔에서 **절대 빠져나오지 않았다고**.
스위트룸은 텅 비어 있지 않았다.
평화의 상징이자 국제적 요인 'Tsubasa Hanekawa'는 계속 자기 방에서 자신의 경력을 말소하기 위한 사무작업을 하고 있었다—사인을 하고, 도장을 찍고, 그 서류를 다시, 말소해 나갔다. 자신을 슈레더—문서세절기에 넣는 작업에 전념하고 있었다. 방에서는 한 발짝도 나오지 않았고, 자랑스럽게도 일본의 경호태세는 완벽했다—요인을 지켜 냈고, 요인으로부터도 지켜졌다.

그렇다면, 어떻게 된 일일까?

그래도 가령, 경호에 미토메 씨가 참가하지 않았다면 '어딘가에 고양이 한 마리 정도는 기어 나올 틈이 있지 않았을까'라는 가능성이 남지만, 이[illegible] 늑대다. 늑대의 포위망이다. '안고 있는 것만' 밖에 모르는 하네카와가, 아무리 그래도 인랑의 존재를 사전에 예측하고 대책을 세웠으리라고는 생각되지 않는다…. 만약 하네카와가 정말로 호텔을 빠져나와서 츠키히와 합류한 뒤 아라라기 가를 방문했다면 그 동선을 미토메 씨가 파악하지 못했을 리가 없는 것이다.

냄새 같은 건 모르더라도, 추적은 하고 있었을 것이다.

'하네카와'가 '빠져나왔다'라고 말하면 어떻게든 '빠져나왔다'라고 생각해 버리게 되는데, 하지만 미토메 씨가 '있었다'라고 말한다면 평화의 상징은 계속 호텔에 '있었다'는 이야기다—빠져나오려고 하지도 않았을 것이다.

그리고 엄중하게 보호받는 채로 체류기간을 마치고, 지극히 안전하게, 지극히 평화롭게, 일본을 뒤로했다.

비행기의 행선지는 완전히 감춰졌다.

흔적을 지웠다—그녀는 과거를 지우고, 현재도 지웠다.

그리고 이 세상에서 사라졌다.

"이해를 못 하겠네. 어떻게 된 거지? 나를 믿어 주는 건 기쁘지만, 그래도 너희 집에 하네카와 츠바사가 나타난 거잖아?"

"네. 슈뢰딩거의 고양이처럼요. 죽어 있는 것과 동시에 살아 있는 것처럼—저쪽에도 있고 이쪽에도 있는, 양자론量子論이에요. 하지만, 이 물리학적인 양론병기兩論併記는 미스터리 소설에서는 바보 같은 한마디로 정리가 돼요."

2인 1역의 대행자—카게무샤影武者예요.

그렇게, 나는 미토메 씨에게 설명했다. '가능성은 제로'라는 어리석은 단언을 해 버린 것에 대한 사죄로, 어쩔 수 없이 말할 수밖에 없는 어쩔 도리도 없는 진상이었다.

"저희 집에는 대역을 보내고, 본인은 호텔에서 악착같이 서류 작업을 하고 있었다는 이야기일 뿐이에요."

"대역이라니… 아니, 저기, 그런 건 미스터리 소설일 경우의 이야기잖아? 차라리 탈출 트릭 같은 것 쪽이 납득이 간다고."

"가장 단순한 탈출 트릭이에요. 본인은 상자 안에 있으면서, 다른 사람이 탈출한 것처럼 위장한다—생각해 보면 이것이 가장 합리적이죠. 실제로 빠져나가면, 그것이 노출되었을 때에 눈 뜨고 못 볼 정도의 대소동이 벌어지고 마니까요—치안을 최소한 유지하기 위해서도, 하네카와는 호텔에 있는 상태로 탈출을 가장하는 편이 훨씬 나아요."

빠져나오기만 하면 되는 게 아니다.

탈출 상태를 몇 시간이나 **유지**해야만 하는 것이다—호텔에 돌아가는 쪽이 어려운 것은 당연하다. 돌아갈 것도 없이, 본인이 그곳에 있으니까.

“대역—이건 이것대로 카피캣이라고 해야 할까요. 눈을 씻고 봐도 모를 정도라, 저도 완전히 속아 버렸어요. 고양이 세수여서 그랬을까요.”

“고양이 세수 얘기는 안 하는 게 나았다.”

미토메 씨는 그런 사소한 지적을 날린 뒤, “그 부분이 이상하단 말이지.”라며 본격적인 지적을 했다.

“눈을 씻고 보든, 세수를 하고 보든 간에, 코요미 군이 속아 넘어간 것이 이상해. 조금 전에 그런 소릴 했는데 말이야, 유명인이라고는 해도 지금은 미디어에 노출되는 것도 터부시하는 하네카와 츠바사는, 얼굴 사진조차 돌아다니지 않으니 우리가 속는다고 하면 이해가 돼—하지만 지금은 말소된 그 여자의 십 대 시절을 실제로 알고 있는 코요미 군이 대행자에게 속다니.”

“네. 저도 제가 하네카와를 잘못 보는 일이 있다고는 생각하지 않아요—설령 어떤 모습으로 변해 버린다고 해도, 헤어스타일이 달라져도, 다소 가슴이 줄어들어도, 5킬로미터 앞에서라도 절대 틀리지 않을 자신이 있어요.”

“응. 가슴 어쩌고 하는 부분은 필요 없어. 그렇다면.”

“하지만, 전제조건이 글로벌하죠. 기껏해야 저의 ‘절대’는 최대로 잡아도 일본 국내 정도밖에 포함하지 않아요—하네카와 츠바사는 전 세계를 놀아다니고 있어요. 가 보지 않은 나라가 없을 정도예요. 모수母數가 달라요. 그 녀석에게 동료가 없더라도—70억 명을 **알고 있어요**."

"……."

"세상에는, 자신과 **꼭 닮은 인간**이 세 사람 있다고 하죠."

이것이야말로 풍설의 종류로, 우리들의 전문 분야다.

그렇기에 웃어넘길 수 있는 속설이 아니다. 현실적으로는, 그런 대역과 조우할 수 있을 만큼 광대한 행동범위를 가진 인간이 세계에 세 사람도 없을 뿐이고.

하지만 하네카와 츠바사는 그런 세 사람 중 하나다.

아라라기 코요미 같은 녀석이 지천에 널려 있다면—하네카와 츠바사 같은 녀석 역시, 세 사람 정도는 있을 것이다.

"…코요미 군의 집을 방문한 것이 카피캣이었다고 하면, 목적은 뭐야. '그 ①'이든 '그 ②'든, 이유야 어찌 되었든 너를 만나고 싶었던 거 아냐? 그런데 '재회'한 것이 대행자라면 주객이 전도된 거잖아."

"전도轉倒되지는 않아요, 고양이니까요. 왜냐하면 하네카와의 목적은 저를 만나는 것이 아니라, **아라라기 가 안에 들어가는 것**이었으니까요—좀 더 자세히 말하면, 그건 자신의 과거를 말소하는 작업의 한 공정이었으니까요."

"과거를 말소… 무슨 소리야?"

"그걸 설명하기 전에 사과를 할게요. 죄송해요. 부끄러워서 말하지 못했지만, 미토메 씨, 저는 하네카와에게 받았던 선물을 소중하게 간직하고 있었어요."

실은 '부끄러워서'가 아니라 '변태로 여겨지기 싫어서'였지만,

자세한 부분은 넘어가자.

"그건, 냄새는 둘째 치고 DNA 감정이라면 가능할 선물이라서…."

"잠깐. 뭔데, 그 선물. 그게 신경 쓰여. 얘기해 봐."

"하네카와의 목적은, **그 물건들**을 처분하는 것이었다. 그리고 그것은 달성되었다."

그날, 내가 귀가했을 때 '하네카와 츠바사'는 2층에서 자고 있던 것이 아니다—내 방을 수색하고 있었던 것이다. 내가 처분하기 못하고 가지고 있었던 '선물'을, 인정사정없이 처분했다.

실제로는, 회수한 뒤에 처분했을까.

그 자리에서 태워 버려도 괜찮았겠지만, 어쨌든 물건이 언더웨어와 머리카락이니까 몸에 걸치고 돌아가는 것도 용이했을 것이다—브래지어와 팬티는 입어 버리면 되고, 땋은 머리는 붙임머리로 쓰면 된다.

머리카락의 얼룩무늬에서 검은 부분이 많았던 것은, 어쩌면 그런 이유가 있었을지도 모른다. 내 눈만 속일 수 있다면, 카렌이나 츠키히의 시야를 빠져나가는 것은 그리 어렵지 않을 테고.

어쨌든 내 방에서 추억의 물건들은 사라져 있었다.

추억은 사라져 있었나.

"저를 만나러 온 목적은 '그 ③'이었어요. 결국 경력의 말소라는, 공공연하게 공언했던 표면적 이유야말로 본 목적이었어요. 진짜 노림수였고, 저와 나눈 내화는 의리였죠. 재회한 옛 동급생 같은 이야기를 이것저것 하면서, 가장 그럴싸한 대화를 나누면서, 그 녀석은 착실히 '그 ③'을 달성하고 있었어요. 뭐, 정확히는 만나러 오지도 않고 목적을 달성한 것이지만요—"

"…일단 네 말대로, 그렇다고 치고 말이야, 코요미 군. 너를 만나러 온 쪽이 대행자라고만은 할 수 없지 않아?"

"네?"

"우리가 경호하고 있던 하네카와 츠바사가 대행자고, 네가 있는 곳으로 갔던 하네카와 츠바사가 진짜였을 가능성도 동일할 거야—좀 더 자세히 말하면, '그 ③'의 목적이야말로 위장이었고, 네가 페이크였다고 판단한 '그 ①'이나 '그 ②' 쪽이 진짜였을 가능성은, 없는 거냐? 아니아니, 사실 이유 같은 건 전혀 없고, 하네카와 츠바사는 단순히 아무런 이유 없이, 이유도 모른 채로 첫사랑인 너를 만나고 싶었을 뿐이라는."

"…의외로 로맨틱한 말씀을 하시네요, 미토메 씨."

"라스트 울프니까 말이지. 로맨틱한 것은 당연해."

"가능성은, 제로예요."

나는 질리지도 않고 단언했다.

흑백을 가릴 수 없는 잿빛 물음에, 재빨리 답을 냈다.

중요한 부분을 애매하게 남기고 말하지 않는 것이 멋스러운 수수께끼 풀이일지도 모르지만, 여기서는 떨어져 가는 꽃잎보다 날갯짓하는 날개를 답으로 삼자.

"그것 말고도 양쪽 다 대행자였을 가능성도 있겠죠. 세 사람이 있다면, 대역은 지구상에 또 한 사람 있을 테니까요. 하네카와 츠바사는 귀국조차 하지 않았을지도요."

뚜껑을 열었더니, 텅 비어 있었다.

상자 안의 고양이는 살아 있는가 죽어 있는가, 라는 질문에 대해, 처음부터 상자 안에 고양이가 없었다고 대답하는 상황인지도 모르지만—그것이 가장 바람직하다.

"그게 왜 바람직한데? 화도 안 나냐? 만약 이야기를 나눴던 상대가 대행자였다면, 너는 하네카와 츠바사에게 바보 취급을 당한 거잖아. 그래서 시험하는 듯한 말을 했던 거잖아?"

"그건 하네카와에게 전해 주었으면 해서 했던 말이에요. 설령 아무리 후회할 만한 행동이 되었다 해도."

"만난 것이 카피캣이어도 기쁘다니, 갸륵한 소리 하지 말라고, 코요미 군. 로맨틱한 사람은 너 아니냐?"

"부정은 하지 않겠지만요, 카피캣이라도 만난 것이 기뻤던 게 아니에요. 그 하네카와가, 저에게 카피캣을… 텅 빈 상자를 보내 주었다는 사실이 기뻤던 거예요."

정말의 정말의 정말로, 나는 진심으로 기뻤던 것이다—평화든 인명구조든 신념이든 세계든, 설령 무엇을 가장 소중히 하고, 지키려 하고 있더라도.

지금의 내가 지금의 하네카와에게 어떻게 되어도 상관없는 남자라서, 지금의 나는 최고로 행복하다.

제4화 츠즈라 휴먼

OSHINO SHINOBU

001

코가 츠즈라甲賀葛는 풍설과의 유일한 **인간**이다—백귀야행이라고 불러도 될 특이한 자들만 모인 멤버 가운데 그것을 통솔하는 톱은, 인어도 아니거니와 골렘도 아닌, 인랑도 아니거니와 흡혈귀도 아닌 순수한 인간이다. 거드름 피우지 않는 성격의 본인은 "불순한 인간이라고. 인간이니까."라며 어깨를 늘어뜨려 보이지만, 뭐, 이 경우에 인간의 인간성을 묻는 것에는 철학적인 의미밖에 없다. 가엔 씨가 어째서 이 사람을 리더로 선택했는가는 아직 물어보지 않았지만, 아마 괴이와 섞여 있는 경찰관들을, 그리고 괴이가 괴이로 바뀌기 전에 대처하는 공식적인 부서를 인간이 지휘하는 것에 의미가 있을 것이다.

순수한, 혹은 불순한 인간이.

결국 가엔 씨의 '개인에서 사회로', '단독에서 조직으로'라는 프로젝트는, 아직 과정 중에 있을 뿐이다.

나는 괴이와의 커뮤니케이션 능력을 높이 평가받아 나오에츠 경찰서에서 연수를 받고 있지만, 아마 코가 츠즈라는 **인간과의** 커뮤니케이션 능력을 높이 평가받아 풍설과의 중심인물로 선택되었을 것이다. 여차할 때, **인간**과 좋은 의미로든 나쁜 의미로든 대등하게 교섭할 수 있는 **인간**이 없다면, 풍설과의 존재 자체가 풍설이 되어 버릴지도 모르니까.

그럴 때를 위한 대책일 것이다.

대등이라는 대책.

그래서 코가 츠즈라는 전문가조차 아니다.

전문 기능은 한 가지도 없다.

오시노 메메처럼 괴이 전반과 교섭하는 기술도 없고, 카이키 데이슈처럼 괴이를 통한 속임수를 자유롭게 구사하는 것도 아니다. 카게누이 요즈루처럼 불사신의 괴이를 후려치는 음양사도 아니고, 오노노키 요츠기 같은 식신도 부리지 않는다. 테오리 타다츠루처럼 인형을 사용해서 이승과 저승을 왔다 갔다 할 수도 없다—물론, 가엔 이즈코처럼 뭐든지 알고 있는 것도 아니다.

괴이의 모습을 보는 것도, 괴이의 소리를 듣는 것도, 괴이를 만지는 것도 괴이에게 방해받는 것도, 괴이와 대화하는 것도 불가능하다.

그것이 불순한 인간의 순수한 부분이다—혹은 불순한 인간의 불순한 부분으로, 요컨대 조금도 괴이에 물들지 않았다.

아마, 그녀에게는 배후령도 없고, 수호령도 없다.

점이 맞은 적조차 없을 것이다.

그리고 벗어난 적도 없다. '맞지는 않았지만 틀리지도 않은 상태'다.

그런 그녀이기에, 인어나 골렘이나 인랑을 통솔할 수 있다.

영향을 받는 일 없이, 또는 악영향을 받는 일 없이—영감靈感 같은 것과는 무연하게 지금까지 살아온 그녀이기에, 풍설과의 지휘를 맡게 되었던 것이다.

애착이 없고 그렇기에 편견도 없이, 판타지와도 오컬트와도 플랫하게 접할 수 있는 공무원—복잡괴기한 이 세상에는, 의외로 그런 인간 쪽이 귀중할 것이다.

가엔 씨니까, 아마 그런 인재(그야말로 인재人材)를 발견했을 때에는 환희했을 것이 틀림없다. '뭐든지 알고 있는 누나'이기에, '아무것도 모르는 누나'의 희소가치를 잘 알고 있었던 것이다.

숙지熟知하고 있는 것이다.

무지는 확실히 죄이긴 하겠지만, 그러나 아는 것이 공포를 낳는 것도 사실이다.

풍설과는 공포를 배제하기 위한 과이며, 뭐가 잘못되더라도 공포를 낳아서는 안 되는 것이다.

풍설의 속도가, 강풍이어서는 안 된다.

부드럽게, 뺨을 쓰다듬는 정도의 바람이 좋다.

002

그건 그렇고, 이것이 형사 드라마였다면, 4개월에 이르는 연수기간이 막바지에 접어든 이 무렵 커다란 사건이 일어난다는 것이 풍설 아닌 정설이겠지만, 하지만 딱히 아무 일 없이 나는 나오에츠 경찰서에서의 업무를 마치려 하고 있었다. 당연하다,

기본적으로는 대부분의 사안을 '아무것도 아닌 일'로 만드는 것이 풍설과의 업무이니까.

그 대신, 프라이빗한 쪽으로 커다란 사건이 일어났다. 이것은 중대한 액시던트라고 해도 좋을 것이다. 위안이 있다고 하자면 이미 두 번은 경험했던 재해라는 점인데, 일본에는 '세 번째의 정직*'이라는 기분 나쁜 속담도 있다. '정직正直'이라는 윤리적인 말이 포함되어 있는데, 이 속담은 어째서 이렇게나 기분 나쁜 느낌일까.

센조가하라 히타기와 헤어졌다 세 번째

어째서냐. 결국 고향에서 머무르는 기간 중에 의리 없는 태도를 관철했다고 말해도 좋을, 어떤 의미에서 학생 시절보다 인간을 기피하는 듯한 생활을 보내면서도—결국 키타시라헤비 신사에는 새해 참배 때도 가지 않았다. 왜냐하면 내가 겁쟁이니까—그래도 히타기와의 커뮤니케이션만큼은 성실하게 게을리하지 않도록 했는데.

스오 씨의 어드바이스를 따랐는데.

메일도 보냈고 전화도 걸었다. 국제전화. 해외와의 통화가 저렴해지는 요금제에 가입해서, 하나하나 제대로 서로의 근황을 보고했다. 바다를 사이에 두고 있을 뿐이지, 지금까지 사귀어 온 기간 중 가장 커뮤니케이션이 밀접했던 4개월이었다고 말해도 좋다—밀월이었다고 말해도 좋다.

※세 번째의 정직(三度目の正直) : 대개의 일은 세 번째는 제대로 된다는 뜻.

그것이 오히려 안 좋았는지도 모른다.

우리는 무심코, 근황뿐만 아니라 장래에 대해서 이야기해 버렸다.

어리석기 짝이 없는 짓이다.

그러나 나는 연수기간의 끝이 다가오기 시작했고 코가 과장과의 최종면담도 끝났기에 나오에츠 경찰서를 떠난 이후의 일도 생각해야만 했고, 히타기도 히타기 나름대로 대기업 전속 금융 트레이더 견습에서 정식 매니저를 노릴지 말지를 결정해야만 하는 시기가 와 있었다—실력주의인 해외 기업인 만큼 승진이 빠르다고 할지, 부모의 등을 보며 성장한 그녀에게는 도저히 피할 수 없는 이야기이기는 했다.

글로벌하게 활동하는 하네카와와는 역시 문제의 규모가 다르지만, 그러나 만약 히타기가 앞으로 해외에 활동 거점을 둔다고 한다면, 국가공무원인 나와 같은 시간을 보내는 것은 몹시 어려워진다.

어떠한 선택이 필요해지기 시작하는 것이다.

엄격하며 여지없는 선택이.

솔직한 마음을 말하자면, 히타기가 척척 업무를 처리하는 모습은 보기만 해도 통쾌하다… 확실하게 그런 자랑을 들은 것은 아니지만, 그녀가 상사로부터 꽤 좋은 평가를 받고 있음을 생각하면 가벼운 마음으로 '돌아오는 게 어때?'라고는 말할 수 없다.

돌아와 준다면 당연히 기쁘겠지만, 히타기의 인생이다. 나의 것이 아니다. 자신의 인생조차 뜻대로 안 되는 나의 인생이 아니다.

히타기가 결정할 일이다.

그런 미적지근한 태도가 연인의 역린을 건드린 모양이라, 오래간만에 크게 싸웠다—너무 오래간만이라 어떻게 싸워야 할지 몰라서, 서로 멈추지를 못했다.

엉망진창이었다. 뒤죽박죽이었다.

옛날에는 이럴 때 내가 순순히 타협할 수 있었을 테지만, 이번에 그러지 못했던 것은 아마도 내 쪽에도 쌓인 것이 있었기 때문일 것이다.

울분이라고 말하지는 않더라도.

내가 경찰관으로서의 길을 포기한다는 것도, 말할 것도 없이 고려했다. '부모님이 경찰관이니까'라는 천진난만한 이유로 국가공무원 시험을 치른 나이기에, 충성을 맹세한 국가에 난폭하게 반기를 들고 히타기가 살고 있는 외국에 여행을 떠난다는 것도—아니, 그런 말을 하자면 히타기도 아버지의 영향으로 동종업계의 다른 회사에 취직한 것인데.

라이벌 회사에서 근무한다는, 나와는 정반대의 벡터라고는 해도, 그 뿌리는 비슷한 것이었다.

다만, 풍설과의 업무에 보람 같은 것을 발견해 버린 것도, 나에게는 거짓 없는 사실이었다. 그래, 그렇다, 자신의 몸에 깃든 괴이성과 평생 함께 살아가기를 선택한 동료들과 일하는 것은, 나에게는 너무나도 신선한, 지금까지 경험해 보지 못한 체험이었던 것이다.

개방적인 직장은 기분이 좋았다.

주로 어린아이들 사이에 범람하는 소문이 끔찍한 결말에 이르기 전에 결판을 낸다는 직무 내용도, 나의 어쩔 도리 없는 성격에 적합한 것이었다. 중고생 시절에 저질렀던 이런저런 일들을 만회하는 것 같은 기분도 들었다.

불가능하리라 생각했던 벌충을, 조금은 했다는 기분이 들었다.

"아라라기 경부보. 너의 장래를 결정하는 것은 너지, 나도 가엔 선배도 아니야. 가엔 선배에게 가능한 일은 너에게 풍설과를 **체험**시키는 것까지야—다음은 너의 판단에 달렸어."

네가 결정할 일이야.

최종면담을 했을 때, 코가 과장은 나에게 그렇게 말했다.

긴장하는 나를 달래는 듯한 침착한 말투였다.

"지능범을 상대로 하고 싶다는 너의 희망이 진짜라면, 나는 추천장을 써 줄 수도 있어. 확실하게 말하겠는데, 너는 유능해. 지옥을 본 경험 같은 것들이 포기하지 않는 근성을 습득하게 해줬지. 어디에 배속되어도 너는 나름대로 잘 해내리라 생각해. 나로서는 언젠가 내가 지금 앉아 있는 이 의자에 앉아 주었으면 하고, 농담이 아니라 이곳의 서장이라도 되어 준다면 이상적이겠지만, 나는 이상을 좇는 것이 인생이라고는 생각하지 않아. 가엔 선배의 사고방식과는 다르지만, 능력이 있다고, 특성이 있다고 해서—"

코가 과장은 나의 그림자를 가리키며 말했다—전설의 흡혈귀가 머무르는 그림자에 손가락질을 하다니, 정말 무서운 걸 모르는 행동이지만, 그러나 그녀는 정말로 **두려움을 모르는 것이다**—그렇기에 가능한 행위였다.

그리고, 그렇기에 할 수 있는 훈시였다.

"**그것**이 되지 않으면 안 된다고는 할 수 없어. 즐겁게 살아도 괜찮아."

…여기서 만약 풍설과 설립의 이념이나 숭고한 목적에 대한 이야기를 들었다면 반대로 마음이 식어 버렸을지도 모르지만, 그러나 조금만 더 이 일을 해 보자는 생각이 들어 버렸다—그것이 상사의 수완임을 잘 알면서도.

즐겁게 살아도 괜찮아.

내가 앞으로 열 살 더 나이를 먹으면 하네카와에게 할 수 있었을 대사일까.

그렇게 되어서 나는 지금 연수기간을 마친 뒤의 처신뿐만 아니라, 이 나라에서 탈출할지 어쩔지에 대한 질문을 받고 있었다. 보다 절실하게 고민하고 있는 것은 히타기 쪽일까. 어쩌면 그녀는 '돌아와'라고 말해 주길 바랐을지도 모른다.

다만, 말하면 말한 대로 다른 싸움이 벌어졌을 것이다.

그런 이유로 헤어지자는 이야기에 이르렀다. 세 번째의. 아니, 실제로 헤어진 것이 세 번째일 뿐이지, 파멸적인 싸움은 대학 시절에 셀 수 없을 정도로 했다—이런 이야기를 하고 있으면, 인생의 선배에게는 사귀고 헤어지기를 반복하는 커플의 자랑 이야기로 들릴지도 모르겠지만, 여러분에게도 그런 시기가 틀림없이 있었다는 것을 떠올려 주셨으면 한다.

반대로 젊은 사람들은 이런 이야기를 들으면 그렇게 질질 이어지는 관계는 끝내 버리라고 말하고 싶어질지도 모르겠지만, 후학을 위해 기억해 주었으면 한다, 여러분도 언젠가 이렇게 된다.

고등학생 시절부터 사귀어 온 여자친구와(도중에 냉각기간은 있으면서도) 대학을 졸업해서도 여전히 연인 사이라는 시점에서, 이미 기적인 것이다.

그렇기에 그 기적을 잃고 싶지 않다고 생각한다. 다만, 그런 '아깝다' 같은 마음으로 히타기의 장래를 좌우해서는 안 된다—나의 장래도 그럴 것이다.

후회할 만한 끝맺음은 하고 싶지 않다. 후회할 만한 지속도.

003

"아… 아라라기. 어째서 네가, 여기에…."

그건 이쪽이 할 말이었다.

아니, 그런, 분명히 죽었을 인간과 재회한 듯한 대사를 이쪽이 할 리는 없었다—그건 틀림없이, 오이쿠라 소다치의 대사였다.

최근 수년간 또다시 절연했던 소꿉친구와, 생각지도 못한 형태로 해후하고 말았다. 또다시.

나는 살면서 이 녀석과 대체 몇 번을 절연하고, 몇 번을 재회하는 걸까.

장소는 관청이었다.

풍설과를 떠나게 되면서 맡고 있던 업무의 인수인계 단계에 들어갔는데, 그 일환으로 나는 다양한 서류를 제출하기 위해 단신으로 관청 섹션을 순서대로 방문하고 있었다. 하네카와가 자신의 경력을 말소했던 것과 공정은 비슷하지만, 그중 한 부서에서 설마 하던 오이쿠라가 일하고 있었다.

머리를 단단히 묶고 안경을 번뜩이며, 마치 번듯한 회계사 같은 얼굴을 하고 일하고 있었다—아니 뭐, 대학에서 그런 쪽 공부를 하는 건 알고 있었고, 제대로 된 회계사라는 것은 확실하지만, 그렇다고는 해도 마치 그림으로 그린 듯한 회계사다운 모습이다.

서류를 처리해 주기를 바라며 창구에 선 내가 아연실색할 정도로… 어? 왜 네가 멀쩡히 일하고 있는 거야? 게다가 고향의, 어떤 의미에서는 경찰보다 딱딱한, 관청 중의 관청에서—

"거… 걱정했어. 오이쿠라는 지금쯤, 길거리를 헤매고 있는 게 아닐까 하고…."

"나를 멋대로 길바닥으로 내몰지 마. 죽여 버린다."

겉모습은 회계사여도, 성격은 그리 변하지 않은 모양이었나—아니, 이것은 나를 대할 때뿐인가. 그렇구나, 대학을 졸업한 뒤에 이 녀석은 고향으로 돌아온 건가—으음.

그렇다고는 해도 그 뒤로 공무원 시험까지 봤을 줄이야… 몇 살이 되어도 공부를 좋아하는구나.

"뭐야. 아라라기 너, 경찰관이 됐어…? 경부보? 중앙공무원? 그러면 나는 지방공무원인데, 너는 국가공무원이라고? 어, 어째서 너는 항상, 나보다 한 발짝 앞서가는 거야…."

"아니, 딱히 너를 앞서가려고 하는 건 아닌데… 회계사 자격시험 쪽은 좌절했고."

사실 이것에 대해서 말하면, 오이쿠라와 함께 시험 공부를 했었다. 사정이 있어서 나는 좌절했는데, 이야기하자면 길다. 뭐, 단적으로 말하자면 내 수학적 자질은 20세를 앞두고 끝나 버렸다는 이야기다—수학자라고는 말하지 않더라도, 회계사 자격을 취득한 오이쿠라는 수학 레이스의 승자라고 솔직히 생각한다.

"훗. 지금이라면 너를 오일러라고 불러 줄 수도 있다고."

"웃기지 마. 2년 전 10월 13일에 네 번째 절교를 했었지. 어물쩍 화해하려고 하지 마. 나는 네가 싫어."

"워~ 워~ 나는 너의 직장을 어지럽히려 온 게 아니야. …점심밥, 같이 먹지 않을래? 상담하고 싶은 게 있어."

"상대해 주지. 런치타임까지 거기서 기다리도록 해."

결투를 승낙하는 듯한 어조의 대답이 돌아왔다.

어떤 의미에서 절교한 보람이 없는 녀석이다… 그렇구나, 나는 연인인 센조가하라 히타기보다도 오이쿠라와 많이 헤어졌었나.

이런 우연이 있을 수 있나 하고 놀라움을 금할 수 없었지만, 생각해 보면 여기는 우리가 자란 마을이고, 오이쿠라는 아마 대학 졸업 후에 계속 관청에서 일하고 있었을 테니, 연수기간 중

어딘가에서 서로가 공무원으로서 맞닥뜨릴 찬스는 얼마든지 있었을 것이다.

관청 역시, 나는 이 넉 달간, 이런저런 일들로 몇 십 번이나 걸음을 했었다. 복도에서 스쳐 지나가면서도 눈치채지 못한 적이 있을지도 모른다. 확률이 아무리 낮다 해도, 기회가 많다면 언젠가는 만난다—그것 역시, 수학의 기본이다.

칸바루와 병원에서 만나는 것보다도 오이쿠라와 만날 가능성 쪽이 종합적으로는 높았을 정도고, 그렇다면 몇 번째가 되는지 모를 오이쿠라와의 재회가, 마을을 떠나기 직전이 된 것은 오히려 늦었다고 봐야 할 정도다.

인연이 있는 건지 없는 건지.

다행히도 오이쿠라의 휴식시간까지, 다른 섹션에 제출해야만 하는 서류가 산더미만큼 있었다. 나는 정확한 날짜까지는 기억하지 못하지만, 오이쿠라와의 점심 식사는 2년 만이다.

이야기하자면 길어지는, '예의 그 사건' 이래로 처음이다.

마음껏 간단히 말하자면, 나와 히타기가 처음으로 헤어졌을 때 이래로 처음이다—엄밀히 말하면, 두 번째가 되나?

오이쿠라와 세 번째로 재회했던 것은 대학의 교실이었다. 뭐지, 이 운명은? 이라고 생각했는데, 그것은 아무래도 하네카와의 계략이었던 모양이다. 하네카와는 오이쿠라가 나오에츠 고등학교에서 전학 간 뒤에도, 여러모로 신경을 쓰고 있었던 듯하다. 이 방법 저 방법으로, 하네카와는 오이쿠라에게 대학 진학을 권했다고 한다. 오이쿠라의 학력은 종합적으로는 나보다 훨씬 위였지만, 수학과가 있는 대학은 한정되어 있다. 그래서 노골적으로 말하면, 세 번째의 재회도 어떤 의미에서는 필연적이었다.

나는 당시 본가에서 대학을 다니고 있었는데, 오이쿠라는 하숙집을 찾고 있었다. 집세나 보증인을 마련하지 못해서 곤란한 상태라고 한다—라는 사정을 내가 부모님에게 이야기했더니, '그렇다면 또 우리 집으로 부르렴'이라는 지령을 받았다.

아직 반항기를 벗어나지 못했던 나다, 그 지령을 따랐을 뿐이다, 라고 말하지는 않겠다.

초등학교 시절과는 상황이 다르다는 것을 어느 정도 알고 있으면서도, 여러 가지로 빚이 있는 오이쿠라가 곤경에 처한 것을 내버려 둘 수는 없었다. 내가 말해 봤자 저항, 아니, 사양할 테니까 여동생들을 시켜 권유하는 수를 썼다. 이리하여 약 7년 만에, 오이쿠라는 아라라기 가에 머물게 되었다.

부기簿記 공부를 함께 했던 것은 그 무렵이다.

오랜만의 공부 모임이었다. 그리고 그것을 히타기 씨에게 들켰다.

이성으로는 전혀 느껴지지 않는 소꿉친구에게 지붕을 빌려 주는 것은 내 기준으로는 아슬아슬하게 세이프였지만, 히타기의 기준으로는 완벽하게 아웃이었던 모양이다.

아니, 이 문제에 대해서는 내가 잘못했다. 이렇게 구제가 안 되는 이야기도 없다. 십 대 최후이자 최대의 실수였다.

그야 첫 이별 이야기가 될 만도 하다.

어떻게든 수복할 수 있었던 것은 오이쿠라 덕분이다. 나와 히타기의 재결합을 위해 오이쿠라가 진력盡力해 주었던 것이다. 그 진력이라는 것을 구체적으로 말하면, '화해하지 않으면 여기에서 뛰어내려 자살할 거야'라며 나와 히타기를 협박했다는 것이지만, 뭐, 그 외에도 당시에는 아직 '평범한 유명인'이었던 하네카와(자원봉사 활동을 하는 여자아이였지, 활동가는 아니었다)와 연대해서 우리 사이를 중재해 주었다.

아라라기 가에서도 곧바로 나갔다.

자살 협박에는 동요하지 않았던 히타기도, 고학생인 오이쿠라에게서 거처를 빼앗은 모양새가 되어 버린 것은 역시 꺼림칙했던 모양이라, 그것을 계기로 관계가 수복된 것은 아니지만 우리가 대화를 나누는 계기는 되었다.

결과적으로 나와 히타기는 원래 관계로 돌아왔고, 얼마 동안은 오이쿠라도 섞여서 셋이 재잘거리며 즐거운 캠퍼스 라이프를 보내게 되었다. 나와 히타기가 두 번째 이별을 맞이하기 전까지는, 정말로 즐거웠다.

두 번째 이별.

그것은 엄청나게 시시한 이유에서 비롯된 이별이었다.

지금까지 거의 하지 않았던 자신의 필사적인 노력이, 드물게 보여 주었던 타인을 위한 진력이 헛수고가 되어 버렸다는 기분이었는지, 그 이별에 누구보다도 화를 냈던 것은 오이쿠라였다.

화낸 것이 아니라 실망했을지도 모른다.

히타기와는 어떻게든 화해할 수 있었지만, 그 뒤로 졸업할 때까지 학교 안에서 오이쿠라와 우리가 대화를 나누는 일은 없었다.

네 번째의 절교였다.

응어리를 남긴 채로 우리는 대학을 떠났고, 그래서 그 뒤로 오이쿠라가 어떻게 되었는지 그 진로는 알 수 없었다—오늘까지는.

평범하게 일하고 있잖아.

뭐, 길거리를 헤매고 있을 거라고는 생각하지 않았지만… 안도했다.

이건 만사를 제쳐 두더라도 히타기에게 알려 줘야겠다—라고 생각했지만, 그 히타기하고 지금 나는 크게 다투는 중이었다.

세 번째 이별 중이었던 것이다.

오이쿠라에게 알리지 않을 수는… 응… 없겠지….

젠장, 하필이면 어째서 히타기와 헤어진 이 타이밍이냐. 이 좋지 못한 타이밍, 그야말로 오이쿠라 소다치라는 느낌이라고—아니, 오이쿠라 탓인 것처럼 말하는 건 이상하다.

"오래 기다렸지. 갈까. 아라라기, 너를 위해 30분만 시간을 만들었어."

"그거 정말 고마워. 어디 잘 가는 가게 같은 곳은 있어? 나는 이 주변은 잘 몰라서."

"견식이 없구나. 자기 고향인데."

"예전하고 풍경이 완전히 바뀌었다고. 쇼핑몰도 생겼고. 내가 살 테니까."

"너한테 얻어먹느니 죽고 말지."

스물세 살이 되어서도 아직 그런 소릴 하는 거냐…. 안도하기는 아직 이를지도 모르겠지만, 그러나 서로 이미 일하는 몸이니 더치페이도 괜찮을 것이다.

오이쿠라의 안내에 따라 관청 가까이에 있는 찻집에 들어갔다. 리즈너블한 가격이어서 평소에도 다니는 가게일 것이라 생각했는데, 물어보니 처음 오는 가게라고 한다.

"평소에 먹는 가게에 너를 데리고 가고 싶지 않아."

라는 말을 들었다

진짜 미움받고 있구나.

이곳이 오이쿠라가 전부터 와 보고 싶었던, 하지만 혼자서는 들어오기 힘든 가게였기를 빌겠다―그 가능성에 걸고, 주문은 오이쿠라에게 맡겼다.

"그래서. 뭐야? 무슨 용무야. 나에게. 나 따위에게."

"아니아니, 2년 전의 일을 사과하려고 생각했―던 건 아니야."

"그랬던 건 아니구나."

"솔직히 그게 절교를 당할 정도의 일이었다고는… 같이 식사를 하자고 청한 건, 역시 놀랐기 때문이야. 네가 살아 있… 어이구, 네가 관청에서 일하고 있었던 것이."

"살아 있는 것에 놀라지 말라고. 누가 죽겠대?"

"누가 죽겠대, 라고. 네가 그렇게 말해 주니 정말 기쁘네."

"흥. 뭐, 딱히 향토애에 눈을 떠서 유턴한 건 아니지만 말이야. 말은 그렇게 했지만, 나는 여기가 고향이라는 의식 같은 건 없고… 몇 번이나 이곳저곳을 전전했는걸. 좋은 추억도 전혀 없고 말이지."

다만, 이라고 말을 잇는 오이쿠라.

"이제부터 어른이 된다, 사회에 나가게 된다고 생각했을 때, 롤 모델이 한 사람밖에 떠오르지 않았으니까."

롤 모델.

내 경우에는 그것이 부모님이었다. 하지만 오이쿠라의 부모님은 그런 부모님이 아니었다—오히려 그런 어른은 되고 싶지 않다고 강하게 마음먹었을 것이다.

그렇다고 해서 다른 어른… 예를 들어 학교의 선생님을 동경할 성격도 아니다. 등교거부아가 된 경위도 포함해서 생각하면, 학교는 그녀에게 전혀 즐거운 장소가 아니었던 것이다.

거기까지 생각하다가, 나는 짐작이 갔다.

"아아, 그렇구나. 너, 그 단지에서 살았을 때 관청 직원의 신세를 졌었지. 나오에츠 고등학교에서 전학 간 뒤에도… 그래서."

"그렇게 단순하게 단정 지으면 울화가 치밀어."

무슨 말을 해도 화를 내네, 이 녀석.

지금도 전혀 어른이 되지 않았다고.

사회에 내보내서는 안 되었던 거 아냐?

"미리 말해 두겠는데, 나처럼 불쌍한 아이가 생겨나지 않도록 이번에는 내가 케어하는 쪽에 서겠다는 기특한 마음은 요만큼도 없어. 셀프 헬프의 일환이야."

"어째서 그렇게 호감도가 하락할 만한 소리를 자기 입으로…."

알기 쉬운 츤데레다.

아니, 스무 살이 넘은 츤데레 같은 건 그냥 성가신 녀석일 뿐이지만, 그러나 히타기도 이 정도로 알기 쉬웠으면 좋았을 텐데, 라는 생각을 하지 않을 수 없다.

"하~아. 나, 너를 좋아할 걸 그랬어."

"뭐야, 그 기분 나쁜 대사는. 내 기분을 망쳐 놓은 걸 죽음으로 사죄해. 나는 너를 싫어하길 잘 했다고 항상 진심으로 생각한다고."

가끔은 솔직해질 수 있는 모양이다. 나를 싫어할 때만은.

하지만 뭐, 견실한 취업의 이유가, 대체로 견실해서 다행이다.

오이쿠라 가를 담당했던 관청 직원과, 그렇다면 직장에서 재회하거나 했을까—그런 사제관계가 생겨났다면 멋지겠지만, 뭐, 거기까지 묻는 것은 너무 깊이 파고드는 걸까.

다음 기회로 하자.

"지금은 어디에 살고 있어?"

"왜 내 주소를 들으려고 해? 나에게 무슨 짓을 할 생각이야?"

"경계심을 드러내지 마. 지금도 그렇지만, 아라라기 가에서 나간 뒤에도 너, 이쪽저쪽으로 이사를 다녔잖아. 너는 계속 움직이지 않으면 죽는 거냐."

"그게 뭐 잘못이야? 너나 센조가하라나 하네카와 씨의 추적을 피하기 위해 필사적이었다고."

"잘못이냐니, 그게 이유였다면 우리가 잘못했어. … 하네카와만큼은 씨를 붙이는구나, 너 정도 되는 인물이."

"'Tsubasa Hanekawa'를 함부로 부를 수는 없잖아. …지난 달에는 관청도 큰 소동이었다고."

"그렇구나. 그건 그랬겠네."

오히려 경찰보다 관청 쪽이 야단법석이었을 것이다.

수속 당사자다.

"하네카와 녀석, 너를 만나러 오거나 했어?"

"올 리가 없잖아. 너희들과 절교했을 때, 하네카와 씨하고도 연락을 끊었으니."

"괜히 말려들어서 연락이 끊겼네."

"저쪽은 나 같은 건 기억하지 못하겠지. 왜 물어?"

"아무것도 아냐. 그런 식으로 딱 잘라 낼 수 있는 네가 부러울 뿐이야."

잊지는 않은 모양이지만 말이야. 관청에서 일하고 있는 것도 모른 척했을 뿐이고, 사실은 알고 있었던 것이 아닐까.

"그래서, 오이쿠라. 어디에 살고 있는 거야. 어디를 빌린 거야."

"집요하게 내 주소를 신경 쓰지 마. 불을 지르려고 계획하는 거야? 신고할 거야."

"내가 경찰인데 말이지. 뭣하면 거기에 폴리스 박스를 설치할 테니까."

"쓸데없는 짓 하지 마."

"파출소의 순경에게 중점적으로 순찰해 달라고 하는 정도라면, 정말로 부탁할 수 있어. 그 정도의 인맥은 있어."

"나를 지키기 위해? 아니면 나를 감시하기 위해?"

"진짜로 걱정되어서 하는 소리야."

"시끄러워. 심폐기능을 정지시킬 줄 알아."

독설을 내뱉으면서도, 아무래도 내 걱정이 진심이라는 것은 전해진 모양인지 "빌린 건 아니야."라고 알려 주었다.

"샀어. 공무원 대출로. 장기적으로 보면, 집은 구입하는 쪽이 이득이래."

"……."

괜찮을까… 아니, 잠깐, 단정하는 건 성급한 짓이….

세 들어 사는 것이 이득인가, 구입하는 것이 이득인가 하는 논의는 양쪽 모두 나름의 논리가 있으므로 뭐라고 할 수 없지만, 오이쿠라가 집을 샀다는 말을 들으니(특히 대출이란 말을 들으니) 견실한 분위기가 완전히 사라져 버렸지만, 어쨌든 끝까지 들어 보자.

소꿉친구로서가 아니라, 정말로 경찰관으로서 협력하는 상황이 되어 버릴지도 모르지만, 나는 오이쿠라를 위해서라면 뭐든지 한다… 이 바보가 행복해지기 위해서라면….

"어… 어떤 건물을 구입한 거야."

"거의 폐허인 유령의 집 같은 곳이라 상당히 쌌는데… 괜찮아, 일어서지 마. 제대로 리노베이션을 했으니까."

"너는 모르는 모양인데, 세상에는 리노베이션 사기라는 것이 있는데 말이지…."

"나를 세계 최고봉의 바보로 취급하지 마. 너도 아는 곳이야. 내가 중학생 시절에 살던 집이니까."

"……."

그건—알고 있다. 몇 번이나 방문했었다.

오이쿠라와 내가 가장 평온한 시절을 보냈던 곳이다. 오이쿠라에게는 분명 가장 격동의 시대였겠지만, 그러나, 그렇구나, 그 집을 구입했구나.

과연, 그 상태라면 이십 대 초반이어도 여유롭게 살 수 있을 것이다. 그렇다기보다, 딱 부러지게 말하자면 공무원으로서, 빈집 문제를 해결한 것이나 다름없다—보너스를 지급받아도 될 정도일 것이다.

리노베이션은 간단하지 않겠지만….

"그렇다 치더라도, 여전히 너는 스스로를 상처 입히는 짓을… 셀프 헬프가 안 되고 있잖아. 왜 스타트 지점으로 돌아가려고 하는 거야. 그렇게나 출발점으로 돌아가는 것이 좋냐?"

"'Tsubasa Hanekawa'의 반대야. 나는 과거를 삼키면서 사는 거야."

오이쿠라 소다치는, 맹세하듯이 말했다.

"추억을 내 색깔로 다시 칠하는 거야. 그 집에서 행복한 가정을 만드는 거야. 아쉽게도 아직 상대는 없지만—그러고 보니, 아라라기. 센조가하라하고는 요즘에 어때?"

"뭐, 개축비용을 줄이고 싶다면 불러 줘. DIY로, 할 수 있는 부분은 값싸게 처리하자고. 이런 말을 하면 뻔뻔스럽게 들릴지도 모르겠지만, 나에게도 그곳은 추억의 장소야. 내 색도 남겨 주면 좋겠어."

"뻔뻔스러운 소리를 정면에서 하지 마. 같이 돌아온 거 아니었어?"

"착각하고 있는지도 모르겠는데, 애초에 나도 아직 고향에 돌아온 게 아니라 연수기간 중이라서 말이야…."

"내가 벌써, 포크의 사용법을 잊었다고 생각해?"

그렇게 말하며 오이쿠라는, 가까이에 있던 커틀러리를 꾹 하고 쥐었다—포크의 사용법은, 슬슬 익혔을 거라고 생각하고 있었어.

어쩔 수 없지 드디어 이 이야기를 할 때가 왔다.

생각지도 못한 재회에 옛날이야기도 섞어 가며 조금 좋은 느낌으로 이야기를 나눌 수 있게 되자마자 다시 절교를 당할지도 모르지만, 원래부터 제대로 이야기해야만 한다고 생각하고 있었다…. 나는 자신의 현재 상황과 센조가하라 히타기의 현재 상황, 그리고 두 사람의 현재 상황을 전체적으로 오이쿠라에게 전했다.

한 시기, 트리오를 이루었던 우리는 이 문제로 뿔뿔이 흩어져 버렸지만—그리고 이야기를 다 들은 오이쿠라는 포크를 다트처럼 내 몸의 중심을 노리고 던지지는 않았다.

그 대신 어이없다는 듯이,

"바보구나."

라면서 웃었다—오히려 즐겁다는 듯이.

다행이다, 오이쿠라의 나쁜 성격이 드러났을 뿐이지, 설교당하지는 않았다.

원인이 오이쿠라였던 첫 번째와는 전혀 다른 케이스라고 강조하기를 잘 했는지도 모른다. 어쨌든 자신의 책임이 되는 것을 싫어하는 녀석이니까.

소꿉친구의 성격은 잘 알고 있다고.

"하지만 뭐, 그런 법일까. 평범한 이야기일까. 의외로 커플이 헤어지는 건, 진학 타이밍보다 취직 타이밍일지도 모르겠네. 우푸풋."

"인간이라고는 생각되지 않는 웃음소리가 새어 나오고 있다고."

"서로 의논하지 않았어? 취업활동을 할 때에. 한쪽이 해외 기업을 노리고, 한쪽이 국가공무원을 노린다면, 서로 갈라지게 될 것은 눈에 보였을 텐데."

"이상하게도 그때는 서로를 응원했어. 그 녀석도 금융 계열 자격증을 많이 땄으니까. 그걸 가장 잘 살릴 수 있는 직업을 얻기를 바랐고."

"진보적이라서 좋네. 일하는 여자는 나도 응원해. 설령 해외로 날아간 그 여자가 고향에 돌아온 나를 아무리 깔본다 해도."

"깔보지는 않으리라고 생각하는데… 그 녀석도 계속 신경 쓰고 있었다니까? 졸업 후에 네가 대체 어떻게 되었는지."

"어디의 길거리에 나앉아 있는지 신경 쓴 거겠지."

"부정은 하지 못하겠지만."

"하라고. 부정을."

그렇게 말한 뒤에도 오이쿠라는 한참을 웃었고(뭐 이런 녀석이 다 있지), 그런 뒤에야 간신히, "…하지만, 어쩔 생각이야?" 라고 이쪽을 조금 배려하듯이 말했다.

늦다고, 그 리액션.

조금뿐이고. 얼굴이 아직 반쯤 웃고 있고.

"꽤나 치명적으로 싸운 거 아니야? 상황이 너 아니면 센조가하라, 둘 중 하나가 지금 하는 일을 그만두고 거점을 옮길 수밖에 없게 되지 않았어? 응? 어떻게 된 거야, 어떻게 된 거야?"

"추궁하듯이 말하지 마. 그런 느낌으로 네가 국민들의 상담을 받고 있다고 생각하면, 인건 개수 없는 공무원이라고."

"국민이라니. 괜찮아. 이래 봬도 공사의 구별은 할 수 있어. 오래 기다리셨습니다, 안녕하세요. 무슨 용건인가요?"

"낙차가 장난 아니네."

영업용 스마일이 가능하다면 됐다고 치자.

"네가 지금 일을 그만두고 해외로 이주한 뒤에 파국을 맞이하면 좋을 텐데…."

"은밀한 소망이 줄줄 새어 나오고 있다고."

"소원을 남에게 말하는 것으로, 이루어지지 않게 하고 있는 거야."

"소원을 본인에게 말하는 것으로, 네가 견딜 수 없는 녀석이 되었다고."

뭐, 새삼스럽게 강조할 필요도 없다. 어설픈 수복은 어려운 상황이다―어느 쪽이더라도 커다란 결단을 내릴 수밖에 없을 것이다.

"결별하면 좋을 텐데."

"너는 나에 대해서 아무것도 빌지 마. 내가 이렇게 싹싹 빌게."

"굳이 말하면, 아라라기. 센조가하라의 진로는 꽤나 확실한데, 너의 진로는 아직 애매하지. 네가 어떻게 하고 싶은 건지… 고향에 돌아올 것인가, 아니면 중앙으로 치고 나갈 것인가. 국가공무원이기에 일본 국내로 생각하면, 아직 지반이 단단히 잡히지 않았잖아? 난 지방공무원이니까 여기에 뿌리를 내리고 살기로 결심했지만. 집도 샀고."

고정자산을 구입해서, 건물의 소유자가 되는 것으로 나보다 위에 선 듯한 기분이 됐구나… 뭐, 솔직히 오이쿠라의 현재 상태가 생각보다 탄탄하다는 점에는 놀랐지만.

칸바루와 달리, 추월당했다는 기분은 들지 않지만….

"그렇다면, 너는 내가 이주하는 편이 낫다고 생각하는 거구나."

"아니. 네가 죽었으면 좋겠다고 생각하고 있어."

"나는 너와 이야기하는 게 즐거워서 견딜 수가 없어. 앞으로 매일 사무실로 찾아가도 돼?"

"그런 짓을 하면, 직권을 남용해서 너의 경력을 말소하겠어."

"진짜로 직권남용 하지 마. 남용이 아니라 너는 폭주를 남발하고 있다고. 평소부터."

"진지한 이야기를 해도 될까? 내 소원은, 네가 이주한 뒤에 파국을 맞이하고, 네가 해외에서 길거리를 헤매게 되는 건데."

"진지한 이야기라기보다는, 시리어스한 이야기가 됐다고. 너의 성격이."

"이를 갈면서 너희들의 장래를 생각해 주자면, 일시적인 감정에 휘말리지 않도록 조심하라고 말할 수밖에 없겠네. 나를 동정한 끝에, 내가 머물러 살게 했을 때처럼."

"…그렇지."

내가 사표를 쓰면, 그것을 이유로 히타기는 나와 헤어지는 선택을 할지도 모른다.

이제는 십 대 중반 시절처럼 뾰족하게 날이 서지는 않았지만, 역시 하네카와의 친우답게 신념이 강한 녀석이다.

"그 여자라면, 아라라기가 조리 있게 말하면, 귀국해서, 고향에서 다른 직장을 찾는 것도 싫어하지는 않을 거라 생각하는데. 애정에 굶주린 여자니까."

"표현이 너무 심한걸. 나를 이유로 일을 관두게 만들고 싶지는 않아. 그런 사례가 생기는 건, 세상을 위해서도 좋지 않다는 느낌이 들어."

"공무원스러운 생각이네. 세상의 모범이 되고 싶구나. 그러면 아라라기, 센조가하라를 위해 네가 길거리를 헤매는 것도, 마찬가지로 나쁜 예가 되지 않을까?"

"무슨 이야기에서나 내가 길거리를 헤매게 만들지 마. 정말 별의별 수단을 다 쓰네. 나도 해외에서 일하게 하라고. 우선은 여동생이 있는 곳에서 살게 해 달라고 할 거야."

"상당히 촌스러운 소리를 하네… 하지만 뭐, 세상도 좋지만 센조가하라도 생각해 주라고. 'Tsubasa Hanekawa'가 아니니까—응? 생각해 보니 과거를 말소한 이상, 이 이름도 이제는 무효일까… 앞으로 그 우등생, 뭐라고 이름을 대려나?"

"고양이니까 말이야. '이름은 아직 없다※'로 통하겠지—'이름은 이제 없다'일까? 센조가하라를 생각하면, 더욱, 일본에 돌아왔으면 좋겠다는 말을 할 수 없잖아."

"그러면 이대로 헤어져."

딱 잘라 말했다.

이것에 대해서 오이쿠라는, 나를 상처 입히려 한다거나 아프게 만들려는 의도로 말한 것이 아니라, 당연한 것을 당연하게 말하고 있을 뿐인 듯했다.

관청 직원으로서의 말일지도 모른다.

"취직이나 커리어는, 뭐, 네가 됐든 센조가하라가 됐든, 어느 쪽이 어떻다는 건 아니라고 해도, 이제 서로 어린애가 아니니까."

"어린애가 아니란 말이지. 그건 그래."

상대에 대해 생각할 수 없는 23세라면, 그야말로 얼른 헤어지는 편이 낫다. 상대를 위해서 헤어지다니, 십 대 시절이라면 위선적이라고 생각했겠지만, 하지만 이것저것 생각하기 시작하면 일률적으로 말할 수는 없다.

"너에게 청춘 시절을 소비해 버린 센조가하라를, 이십 대 이후까지 희생하게 만드는 건 죄가 너무 무거워. 말해 두겠는데."

※이름은 아직 없다 : 나츠메 소세키의 소설 『나는 고양이로소이다』의 유명한 구절.

그렇게 말하며 오이쿠라는 휴대전화를 꺼내 들었다. 그리고 화면을 조작하고서, 내 쪽으로 내밀어 왔다.

주소록 화면이다.

개인정보를 등록하라는 제안인 것 같다… 네 번째의 절교는, 정식으로 해제되어도 괜찮은 모양이다.

“이 자리에서 결론을 내지는 마. 나에게 책임이 생기니까. 사후보고만 해. 또 웃고 싶어. 웃는 얼굴을 부탁할게, 나의 광대 씨.”

“…….”

“왜 그래. 나는 직권을 남용해서 너의 개인정보를 수집할 수도 있다고. 나를 범죄자로 만들고 싶은 거야?”

“만들고 싶지 않아. 너에게 수갑을 채우는 미래가 바로 떠올라서 견딜 수가 없어. 그걸 피하기 위해 사표를 내고 싶다고.”

“사실, 내 의견 같은 건 그리 참고하지 않는 게 좋을 거야. 조금 전에도 말했지만, 나도 아직 상대가 있는 게 아니니까.”

그렇게 말하다가 오이쿠라는 문득 생각난 듯이 말했다.

불의의 기습을 하듯이 말했다.

“만약, 서른이 넘어서도 서로 독신이라면….”

“그렇다면?”

“서로를 목 졸라 죽이자.”

멋진 제안이었다. 서른까지 이 녀석과 서로 으르렁거릴 수 있다면.

004

그런 이유로 나는, 키타시라헤비 신사를 향했다.

뭐가 '그런 이유로'인지는 나 자신도 전혀 모르겠지만, 간신히 결심을 한 것이다. 오이쿠라와 이야기한 것으로 뭔가가 떨어져 나가 개운해졌다고 말하고 싶지만, 뭐, 그 녀석은 그것을 싫어할 테니, 시간에 쫓긴 끝에 어쩔 수 없이 등산을 했다고 말해 두자.

오후 업무를 마치고 곧바로, 키타시라헤비 신사를 모시고 있는 산으로 향했다. 이 산에 오르는 것도 대체 얼마 만일까. 내가 뻔질나게 다녔던 시절은 1월이라 눈이 쌓여 떠올리는 것만으로도 진저리가 날 정도로 상당히 험난한 행군이었지만, 그 뒤에 시간이 흘러 기후 변화가 있었는지, 일단 그럭저럭 눈이 쌓여 있기는 했지만 미끄러져 넘어질 정도는 아니었다.

그것 참.

지금의 나에게는 과연 하치쿠지 마요이가 보일까.

딱히 그 녀석은 어른이 되면 보이지 않는 요정 같은 것은 아니었으므로(적어도 가엔 씨에게는 보였다. 반대로 코가 과장이라면 아무리 유소년기였다 해도 보지 못했을 것이다), 생각해 보면 나는 엉뚱한 고민을 하고 있었는지도 모른다—그런 것으로 이래저래 고민하고 있는 시점에서, 이미 결론이 보인다고 말하지 못할 것도 없다.

어쩐지, 미움받으면 어쩌나 하며 좋아하는 남자에게 어프로치 못 하고 있는 소녀 같아서, 내가 보기에도 전혀 성인 남자답지 않지만….

다만, 희망이 전혀 없는 것은 아니었다.

지금이야말로 키타시라헤비 신사에 모셔진 신이지만, 원래 하치쿠지 마요이는 미아 달팽이다—집에 돌아가고 싶지 않은 인간만이 눈으로 볼 수 있는, 그런 유령이었다.

집에 돌아가는 길을 헤매게 만드는 유령이었다.

이것이 가는 길인지 집에 돌아가는 길인지는 둘째 치고, 길에서 헤맨다는 것에 있어서는 지금 나보다 우수한 사람이 이 마을에 있을 리 없다. 많든 적든 빠짐없이, 모든 의미에서 스스로의 진로를, 장래를 결정하지 못하고 있다.

귀착점이 흐릿하게도 보이지 않는다.

길거리를 헤매고 있지는 않지만, 길을 잃고 있다.

그런 의미에서는, 적어도 새해의 참배보다도 베스트 타이밍에, 나는 키타시라헤비 신사에 참배를 하러 온 것일지도 모른다—그리고.

"…그야, 그렇겠지."

토리이를 지나, 경내에 들어가 참배로를 걸어 본전에 이르러도—밤의 신사에는 아무도 없었다. 사람 한 명 없었고, 고양이 한 마리도, 뱀 한 마리도, 하물며 달팽이 한 마리도 없었다.

얇게 쌓인 눈에 발사국소차 남아 있지 않다. 그 눈이 소리를 흡수하는지, 어쩐지 실제 이상으로 조용한 것처럼 느껴지기도 한다.

내가 처음에 이 신사를 방문했을 무렵에 이곳은 폐신사를 방불케 해서, 겉모습은 지금보다도 훨씬 담력시험 스폿 같았다. 오이쿠라의 집도 그렇지만, 생각해 보면 그 시절의 나는 폐허에서 노는 것을 좋아하는 녀석이었다.

실제로 담력시험—심장시험 스폿이 된 것은, 리폼된 이후의 일이었다. 여기에서 나는 몇 번을 너덜너덜한 넝마 꼴이 되었는지 모른다.

결국에는 지옥에 떨어졌다.

지금은 꽤나 꼼꼼히 관리되고 있는 모양이지만, 그래도 역시 5년이라는 세월이 느껴진다…. 어두워서 그렇게 생각되는 것뿐일지도 모른다. 별이 빛나는 하늘과 대비되는 것도 있을 것이다—여기서 천체관측을 했던 적도 있었나?

뭐, 그렇게는 말해도, 애초에 밤에 찾아올 만한 장소는 아니다… 담력시험이든 천체관측이든, 이런 시간에 이런 인기척 없는 장소를 찾아오다니, 제정신으로 할 짓이 아니었다.

이거야 원.

헤맨 끝에 막다른 길인가.

그렇게 생각하며 나는 지갑에서 동전을 꺼내어 새전함에 넣었다. 5엔 동전이다. 기본적으로 이럴 때는, 두 번 절하고 두 번 손뼉 치고 한 번 절하면 되는 거였지?

"죽고 싶어졌느냐?"

그렇게.

내가 어떤 소원을 빌까 생각하고 있을 때, 눈에 드리워진 그림자에서 목소리가 들려왔다. 목소리가 들린 것뿐만 아니라, 천천히 그림자에서 금발 유녀가 나타났다. 별빛과 하얀 눈이 밤에도 그림자를 만들어 냈기 때문에, 시노부와 나의 핫라인이 연결되었던 것이다.

산 위인 만큼, 마치 휴대전화의 전파라도 찾는 것처럼 간신히 접속된 것이지만… 시노부는 복슬복슬한 니트 모자에 눈사람처럼 두툼한 코트, 거기에 모피 부츠라는 차림이었다.

이 녀석도 세속에 물들어 버렸다.

옛날에는 아무리 빙점 이하의 세계여도 멋들어진 얇은 옷차림으로 다니고 있었는데—그건 둘째 치고.

"응? 뭐? 지금 뭐라고?"

"죽고 싶어졌느냐, 라고 물었다. 너무 오래 살아서, 죽고 싶어진 게냐?"

나처럼.

그렇게 말하고 유녀는 처참하게 웃었다—그 웃음은 왠지 오랜만이네.

"아… 사는 것에 질려서 자살인가. 흡혈귀의 사인 중 9할이라고 했던가? 응, 있었지, 그런 이야기."

"있있을 뿐만이 아니니라. 다름 아닌 내가, 죽기 위해서 이 나라에 왔으니 말이다. 이 마을에 내려왔으니까. 그러니까 내 주인님이 지금 죽고 싶다 생각하고 있어도, 전혀 이상하게 생각하지 않는다."

"생각하라고. 이제 겨우 스물세 살이라니까?"

"하지만, 옛날을 몹시 그리워하고 있는 것 같은데 말이다. 5년 전에 죽었으면 좋았겠다고 생각하지 않느냐? 예를 들면 이 신사에서. 예를 들면 그 운동장에서. 예를 들면 그 폐빌딩 속에서. 죽었더라면 행복했을 거라고 생각하지 않느냐? 카캇."

즐거워 보인다.

오이쿠라 정도는 아니지만, 성격이 고약하다.

뭐, 하고 있는 말을 이해하지 못하는 것도 아니다. 600년을 살아온 끝에, 첫 번째 권속 시시루이 세이시로와 만났던 이 나라에서 죽으려 했던 전설의 흡혈귀, 철혈이자 열혈이자 냉혈의 흡혈귀와 비교할 바는 아니라고 해도, 단순히 장수하는 것이 행복한 건 아니라는 것은 불사신 괴이의 상식이다.

인어인 스오 씨도 골렘인 키자시마 선배도, 원래대로라면 죽었을 테지만 괴이가 되는 것으로 목숨을 부지하게 된 형태다. 풍설과에는 그 밖에 쿠와가타 히타타桑方縿 씨처럼 아주 특수한 타입도 있다. 나도 그렇지만… 내 경우에는 오히려, 죽어 가던 흡혈귀를 인간으로서 살린 것이다.

"고등학교 시절이 즐겁고 행복해서, 그것이 인생의 피크였으니까, 차라리 그 시절에 죽었더라면 좋았을 거라고, 내가 생각하고 있다는 거야? …그런 소리 마. 즐거운 일도 잔뜩 있었고 행복한 일도 많이 있었지만, 기본적으로는 낙오자의 음침한 고등학교 생활이었어."

언젠가 '카마이타치' 사건 때에 키자시마 선배와 그런 이야기를 했었다—나 개인에 한한 이야기를 하자면, 내 수준에 맞지 않는 고학력의 사립 고등학교에 입학한 탓에 상당히 피폐해져 있었다.

그 시절이 좋았다고 심플하게는 말할 수 없다. 말한다고 하면 비터bitter하게, 다.

가족과의 관계도 최악이었다.

그 시절을 생각하면, 여동생들과 비교적 사이좋게 지내고 있는 지금이 믿기지 않을 정도다—과거를 과도하게 미화하고 싶지 않은 것과 마찬가지로, 과거를 과도하게 비하하고 싶지는 않지만, 종합적으로 봐서 고등학교 시절의 내가 지금의 나보다 행복했다고는 도저히 생각되지 않는다.

"카캇. 그런 게냐. 지금의 너는 아주 복이 넘치는 상황이니 말이다. 직장에서 치켜세워 줘서 의기양양하겠지. 불사신이라며 눈이 죽어 있던 옛날의 네가 지금의 너를 본다면, 필시 자랑스럽게 생각할 게다."

"글쎄다, 그건 역시 한 방 갈겨 주고 싶다고 생각하지 않을까…. 지금의 나는 옛날의 내가 싫어서 견딜 수 없었던 엘리트 느낌을 풍기고 있으니까. 중앙공무원에, 괜찮은 급료를 받고. 이런저런 일들이 있기는 했지만 대학 시절은 그 나름대로 즐거웠고 말이야. 행동 범위도 넓어졌지. 자전거를 타던 내가 자동차를 운전하고, 비행기도 타고, 여행도 가 보고 말이야. 고등학교 시절에는 이해할 수 없었던 책을 읽고 이해하거나, 전혀 이해할 수 없었던 영화를 지금 와서는 재미있게 즐기거나. 낙오해서 길을 벗어나려 하고 있던 그 시절의 내가 보면, 지금의 나는 분명 역겨워 견딜 수 없는 녀석이야."

"옛날의 자신을 배신하는 것 같아서 완전히 행복해질 수는 없는 게냐? 성공한 것에 뒤가 켕기느냐?"

"그런 건 아니지만."

그런 건가?

나는 변화를 두려워하고 있을 뿐일까.

아니, 그것뿐이라고도 말할 수 없다.

고등학교 시절에 읽었지만 이해할 수 없었던 책을, 지금 읽으니 이해할 수 있었던 경우는 확실히 있다. 성장해서 취향이 바뀌는 경우도 있다. 하지만 한편으로, 그렇게나 재미있었을 책을, 이해할 수 없게 되어 버린 경우도 있었다.

그렇게나 즐거웠을 텐데, 즐겁지 않게 되어 버렸다.

분명히 감동했었을 텐데, 예전에 인생을 바꿔 놓았던 것 같은 애독서를 다시 읽어 보니, 거짓말처럼 얄팍하다는 느낌을 받아서—평범한 것에도 정도가 있지—그 실망에, 나는 사라져 버리고 싶을 정도의 죄책감을 느꼈다.

호들갑을 떨자면, 사람을 한 명 죽인 정도의 죄책감이었다.

"카캇. 예전의 자신을 죽여 버린 것 같아서 우울해진 게냐? 그렇다고 언제까지나 한 권만 계속 읽을 수도 없겠지. 그건 어쩌면 그 봄방학에 흡혈귀가 되었을 때, 곧바로 인간으로 돌아가고 싶다고 생각했던 마음과 같은 것일지도 모른다—내가 신이 되라는 권유를 받았을 때, 흡혈귀로 있고 싶다고 생각했던 것처럼.”

“…….”

“혹은—철혈이자 열혈이자 냉혈의 흡혈귀로 돌아갈 수 있는 기회를 버리고, 너의 그림자 속에서 계속 살아가기를 선택한 것처럼 말이지.”

시노부는 거기서 뒤를 돌아, 토리이 쪽을 향했다.

“그래도, 만일 네가 원한다면 나는 내 주인님이 충실한 종복이니 말이야. 너를 옛날로 돌려보내 줄 수도 있다.”

“어? 옛날로 돌려보낸다니….”

“그 시절에는 이렇게 청결하게 정리되어 있지는 않았지만, 예전에 이 신사에서 비슷한 일을 하지 않았더냐—저 토리이를 게이트로 삼아서 시간을 되돌렸을 테지.”

아아—했지, 했어.

그야말로 고등학생의 고약한 장난이다. 여름방학 숙제를 끝마치지 못했다, 그러니까 어제로 돌아갈까, 그런 흐름이었다.

그때 시노부는 가벼운 마음으로 나를 타임 슬립으로 이끌었지만… 그리고 그 결과, 터무니없는 결과를 불렀지만, 그때와 조금도 달라지지 않은 모습으로 시노부는 “저질러 버리자.” 하고 말했다.

“예전에는 실패였지만, 괜찮다, 다음번에는 잘 할 거다. 네가 없는 종류의 과거로 돌아가면 되는 게지? 그러면 너도 두 번째 고등학교 생활을 무사히 보낼 수 있을 테지. 실패한 것을 후회하고 있다면, 처음부터 다시 하면 되겠지. 지금의 네가 실패했다고 느끼고 있다면, 진학도 취직도 하지 않는 두 번째를 선택하면 되겠지. 그래도 너는 살아갈 수 있다—흡혈귀니까 말이다."

길거리를 헤매지 말고, 어둠 속을 헤매라.

시노부는 그렇게 말했다—농담하듯 말하고 있지만, 아마 절반 이상은 진심일 것이다. 그런 경솔한 제안을 간단히 해 오는 녀석이다—그야말로, 어둠으로부터의 유혹이다.

고등학교 시절, 나는 몇 번이나 그것에 응해 버렸다.

생각 없이 간단히 응해 버렸다, 경솔하게.

그렇다고는 해도 시노부와 나는 일련탁생—蓮托生—시노부의 그런 점이 변하지 않는다고 느낀다면, 그것은 내가 변하지 않는다는 것이기도 하고, 그렇다면 그 큰 문제는 지금에 한해서는 축복해야 할 것인지도 모른다.

내 안에 있는 옛날의 나는, 아직 죽지 않았다.

"옛날로 돌아갈 생각은 없어, 시노부. 지금의 나도, 옛날의 나도, 양쪽 다 나야. 영원한 고등학생 같은 건 오기에게 맡겨 둬."

그렇군.

확실히, 4년 만의 귀향에 노스탤지어에 젖어 있는 것이다. 칸바루나 오이쿠라와 만나고, 여동생들과 이야기를 나누고, 하네카와를 느끼고 예민해지기도 하고 센티멘털해지기도 했을 것이다—히타기와 싸운 것도, 그런 미묘한 시기였기 때문인지도 모른다. 하지만 이런 것은 '옛날이 좋았지' 놀이를 하며 기분 좋게 놀고 있는 것뿐이다. 자학적인 체하는 만큼 질이 나쁘다.

자기 혼자 '버림받았다'는 기분을 느끼고 있어도, 딱히 다른 이들도, 옛날을 소홀히 하며 지금에 이른 것은 아니다. 칸바루는 라이벌과의 대전을 거쳐 지금에 이르렀고, 오이쿠라는 과거를 삼키고 지금에 이르렀다. 옛날이 있기에 지금이 있다. 과거를 말소한 하네카와도, 의외로 가장 강하게, 옛날을 그리워하고 있지 않을까?

예전이 자신에게 미안한 듯한 기색을 보이면서, 지금의 자신의 포지션을 확인하고 있는 듯한 상황이다. 하지만 18세와 23세의 차이는 30세가 되어 돌아보면, 별 차이 없는 거기서 거기일 것이다.

"어른이 되는 것이 시시하다든가 하는 소릴 할 수 없잖아. 가엔 씨도 오시노도, 시원시원하게 살고 있잖아—뭐, 그건 예외라고 해도, 어른이 되는 것은 기본적으로는 즐거운 일이야. 풍설과 사람들을 봐도, 나오에츠 경찰서 전체를 봐도, 그건 그렇다고 생각해. 고등학교 시절은 즐거웠어. 지금도 즐거워. 기분 나쁜 일은 예전과 마찬가지로 지금도 있어. 하지만 해결할 수 있어. 그러면 되잖아."

나는 게이트를… 아니, 토리이에서 시선을 거두고, 본전 쪽으로 돌아섰다.

신은 보이지 않는다. 그걸로 된 것이다.

보이지 않는 것이 당연하다… 이래야만 한다, 코가 과장님이 그렇듯이… 괴이는 원래, 보이지 않는 것이다.

그리고 괴이는, 보이지 않는다고 해서 없는 것이 아니다.

보이지 않아도 그곳에 있다고 믿는 것이다.

"아니면, 이렇게 생각하겠어. 나는 지금, 헤매고 있지 않아. 우물쭈물하며 길을 잃은 척을 하면서 기분이 좋아져 있지만, 어떻게 할지는 이미 확실히 정하고 있어—기로에 서 있을 뿐이지, 길을 헤매고 있지는 않아. 그러니까 하치쿠지가 보이지 않는 거야. 내가 정말로 곤란할 때에 그 녀석이 모습을 보이지 않는다니, 그런 일이 있을 리 없지."

"카캇. 네가 그렇게 생각하겠다면 그것도 좋겠지. …참고로, 말할지 말지 정하지 못하고 있었다만, 그 미아 아가씨의 모습이라면 나에게도 전혀 보이지 않는다."

"어? 그래?"

그건 말하라고.

그렇다기보다… 그건—이상하지 않나? 나에게 보이지 않는 건 둘째 치고… 그런 나와 연결되어 있다고는 해도, 시노부는 괴이를 먹는 괴이니까. 그런데도 보이지 않는다는 것은….

"음. 단순히 지금은 외출 중인 것이 아닐까? 옛날부터 빈집 지키기를 싫어하는 신이었지 않느냐, 그 녀석."

"……."

신이 없는 달이라는 음력 10월—칸나즈키神無月도 아닌데 빈집이라니… 아니, 아닌 게 아니려나.

그러면 조금 전에 넣었던 새전, 돌려줘.

5엔 돌려줘.

"…그러면, 순순히 다시 오기로 할까. 나중에 또 오자. 다음번에는 이렇게 비어 있지 않을 때."

"고민이 있을 때, 또 오겠다는 게냐?"

"아니. 좀 더 좋을 때에 오자. 지금 정했어. 히타기와의 결혼식은, 여기에서 열 거야. 신 앞에서."

있는지 없는지 알 수 없는 본전에, 그래도 일단 나는 두 번 절하고 두 번 손뼉 치고 한 번 절했다.

생각해 보면, 나와 히타기의 시작에는 하치쿠지가 입회해 주었다. 그렇다면 그 녀석이 모셔진 지금 이곳은, 인연을 이어 주는 신사 같은 곳이 아닐까.

"나의 화려한 무대에, 그 녀석이 모습을 보이지 않을 일은, 없겠지."

그때는 산책을 좋아하는 신을 진심으로 허그하자.

어른도 논다는 것을 보여 주겠다.

"…조마조마할 정도로 순수한 질문을 하겠는데, 내가 그림자 속에서 보고 있기로는, 너는 그 아가씨와 헤어진 것 아니었냐?"

"말했잖아? 가야 할 길은 이미 정해졌어—정했어. 그러니까 나의 종복, 그 문제에 있어, 어떻게든 도와줬으면 하는 게 있다."

"앙? 일이냐?"

"아니, 100퍼센트 취미다."

"일이라면 그냥 적당히 도와줄 생각밖에 없다만."

시노부는 웃었다.

처참하게—가 아니라, 사랑스럽게.
"취미라면 사력을 다해 도와주도록 할까."

005

연수 최종일, 코가 과장에게 부탁해 특별히 둘이서 이야기할 수 있는 시간을 만들었다. 내가 철야작업으로 정리한 서류뭉치를, 코가 과장은 대강 훑어보고 "사표는 아닌 모양인데, 이건 뭐야? 어떻게 된 일이지?"라며 미심쩍은 듯 질문했다.

"이 마을의 주택 지도입니다. 괴이의—그렇다기보다, 그 이전의 '좋지 못한 것'을 리스트업해서 적어 왔습니다."

사실을 말하자면 그것들을 전부 해결하고, 바람에 흘려보내고서 보고서 뭉치를 제출하고 싶었지만, 어쨌든 내가 하는 일이므로, 아쉽지만 스케줄은 절반밖에 달성하지 못했다—풍설과에 두고 가는 선물은 되겠지만, 만족스러운 일처리라고 하기는 어렵다.

독창성이 높지도 않다.

키타시라헤비 신사를 내려와서 내가 한 일은, 기본적으로는 전문가 오시노 메메가 이 마을에 머무른 동안에 하던 괴이담의 수집 활동과 비슷한 필드 워크였다.

차이가 있다고 한다면, 나는 괴이의 왕의 식욕을 사용한다는, 상당히 교활한 짓을 했다는 것뿐이다.

그래도 제시간까지 완성하지는 못했다.

능력이 부족해서, 어떤 것이 유해하고 어떤 것이 무해한지 판단할 수 없었기에, 명확히 위험한 것만을 시노부에게 먹어 달라고 하긴 했지만, 나머지는 풍설과의 믿음직한 선배들에게 맡길 수밖에 없다.

그래도 이 리스트는 내 마음가짐을 나타내는 데는 도움이 되어 줄 것이다—코가 과장이 마음만이라도 받아 주었으면 했다.

"그야 마음은 기쁘지만, 이유도 모른 채로 이걸 받을 수는 없겠어. 업무로서 한 일이 아니잖아? 이제 풍설과에는 돌아오지 않겠다는 뜻의 전별인가?"

"4개월간 신세를 졌다는 감사의 의미도 있습니다만, 전별이 아니라, 굳이 말하자면 뇌물입니다."

"뇌물? 어이, 이봐, 이 과장이 부정을 저지를 것으로 보이나?"

"단어 선택을 잘못했습니다. 주의하고 다시 말씀드리겠습니다. 실은, 추천장을 써 주셨으면 해서요."

"그건 써 주겠다고 했잖아. 일부러 이런 멋진 자유연구를 하지 않아도 말이야. 희망은 나오에츠 경찰서도, 하물며 풍설과도 아니지? 오케이, 오케이. 괜찮아, 경찰관을 관두는 게 아니라면 힘이 될 수 있어. 소속되는 곳이 중앙이든 지방이든, 최고의 평가를 써 줄 거라고."

"그런데, 중앙도 지방도 아닙니다."

그렇기에 정성을 다해서 부탁하는 것이다.

체면을 불고하고, 최고의 평가 **이상**의 추천장을 원했다.

“이대로 연수를 계속하고 싶습니다—다만, 해외에서.”

“…경찰청 청년 경찰관 해외연수?”

과연 눈치가 빠른 코가 과장은 눈을 껌뻑였다.

그렇다. 해외연수.

어째서인지 나는, 히타기가 있는 곳으로 달려가려면 직장을 그만둬야만 한다고 생각하고 있었다—국가공무원인 이상, 나라 밖으로 나가는 것은 불가능하다고 단정하고 있었다.

하지만 오이쿠라와 이야기하는 도중에 깨달았다.

‘Tsubasa Hanekawa’ 이야기를 하는 건 아니지만, 이 글로벌리즘 시대다, 경찰청 역시 쇄국된 나라 안에서만 활동하고 있는 것이 아니고, 찾아보면 제도는 있다—국제 형사 경찰기구와 연대를 취해, 해외로 파견되는 경찰관 역시 많이 있는 것이다. 물론, 당연하지만 간단한 일은 아니다. 대사관을 경비하는 일을 맡게 되는 경우도 있다. 어떤 의미에서 나라를 대표해 해외에서 활동하게 되는 것이므로 그 나름대로의 자격이 필요하게 된다.

예를 들면… 뭐, 젊다든가, 경부보 계급이라든가.

이러고 보니, 어쩐지 바보 같은 이야기다. 다른 일을 했더라면 히타기를 따라 해외로 나갔을지도 모른다며 불평을 하고 있었는데, 사실 나는 대학생 시절부터, 아니, 고등학생 시절부터 이런 사태를 내다봤던 것처럼, 그녀를 쫓아가기 위한 최단거리를 나아가고 있었다.

왜 경찰관이 되었어?

스오 씨가 그렇게 물었을 때 ‘부모님이 경찰관이었으니까’라고 대답했던 나였지만, 지금이라면 이렇게 대답하겠다. '고등학교 시절부터 사귄 여자친구와, 앞으로도 사귀어 가기 위해서'라고.

공사혼동, 좋구나, 좋아.

나라의 종이기 이전에, 나인 것이다.

나의 종복이, 그렇게 알려 주었다.

…했던 말을 또 하게 되지만, 분명 난관이다. 중앙공무원이라면 무제한으로 갈 수 있는 것은 아니다. 꽃 중의 꽃 같은 것이므로 희망자는 넘쳐난다. 그것도 골라 뽑은 희망자가. 엘리트 중의 엘리트들이. 그렇기에 코가 과장의 지원은 불가결했고, 아마도 그것만으로는 부족하다—그래서 나는 이야기를 계속했다.

"언젠가는 돌아오겠습니다. 그때는 풍설과의 과장이든, 나오에츠 경찰서의 서장이든 뭐든지 되겠습니다. 그리고 물론 해외에서도, 여기에서 배운 것을 활용하고 싶습니다."

"…즉, 가엔 선배에게도 주선해 주기를 바란다는 건가?"

"지금은 일본의 공공기관에 뿌리를 내리고 있는 그 사람도, 해외에 거점을 원하지 않을 리가 없잖아요? FBI나 MI5 같은 건 호들갑이겠지만, 드라마트루기나 에피소드 같은 외부 협력자에게 항구적으로 의지할 생각도 아닐 테고요."

"그야 그렇겠지만… 으~음."

팔락팔락, 코가 과장은 내가 건네준 지도를 다시 읽었다. 조금 전에는 속독이었지만 이번엔 정독이었다. 풍설과의 창립 멤버 중 한 사람으로서 내 역량을 측정하고 있는지도 모른다.

그렇다면 마무리가 좀 허술했을까… 서류 작업에 자신이 있다고는 말할 수 없다.

"어학실력은? 시험 점수가 아니라, 현지에서 커뮤니케이션을 할 자신은 있어? 현지의 일은 현지의 언어로—라고."

상사의 말투에서 면접관의 말투가 되었다.

적어도 고려는 해 주는 모양이다—이렇게 되면 될 대로 되라다.

시노부를 상대로는 고등학생으로 돌아갈 생각이 없다고 호언했지만, 허세로만 헤쳐 나왔던 그 시절로 잠시만 돌아가자.

"우리말도 서투른데, 외국어가 특기라고는 말할 수 없습니다. 커뮤니케이션 능력은 낮습니다. 사람과 사귀는 것도 서투릅니다. 사람을 못 챙기는, 상당히 의리 없는 성격입니다. 하지만 통역을 데리고 가니까, **그쪽의 괴이**와는 교류할 수 있습니다."

"통역—이라. 시노부인가."

코가 과장은 서류에서 눈을 떼지 않은 채로 말했다.

"**괴이어**怪異語의 통역. 우리가 너에게서 가장 높이 평가한 부분이었지—사이사키 순경에게는 어려운, 섬세한 작업이야."

"그러면…."

"잠깐, 잠깐. 서두르지 마. 아직 일단 검토 중—아라라기 경부보의 제안은 나나 가엔 씨에게는 좋은 일이야. 실로 이상적이야. 하지만 그건 잘되었을 때의 이야기이고, 잘 안 되었을 때의 이야기도 있어. 이건 능력의 문제가 아니라, 조직구조의 문제—어른의 판단을 한다면, 해외에서 너는 엄격한 직업 환경에 짓눌리고 좌절하여 경찰관을 관두게 될 공산이 커. 네가 어째서 해외근무를 희망하는지는 짐작도 가지 않지만, 여자친구와도 헤어지게 될 거다.”

짐작하고 있잖아.

그리고 그렇다고 해도 너무 강한 단언이라고 생각한다.

“하고 후회하는 것보다, 하지 않고 후회하는 쪽을 골라도 된다니까?”

“후회하지 않기 위해 하는 겁니다. 제가 지금 축복받은 환경에 있는데도 뭔가 부족한 듯한, 개운치 않은 기분의 이유는, 성공했기 때문인 것도 승리자가 되었기 때문도 아닙니다. 전력을 다해서 살고 있지 못하기 때문입니다. 최선을 다하고는 있지만, 전력을 다하고 있지 못하기 때문입니다. 성장했지만, 성장하려고 하지 않으니까.”

“말했잖아? 딱히 이상을 좇지 않아도 괜찮아. 능력을 풀로 발휘할 의무 같은 건 없어—누구나 준비된 장소에서, 즐겁게 살면 되는 거야.”

“하지만, 즐겁게 살지 않아도 괜찮잖아요? 필사적으로 살아도. 능력을 뛰어넘은 장소에서, 한계까지 일해도.”

“물론이지.”

노동기준법에 위반되지 않는 범위에서라면—이라고, 코가 과장은 리스트의 재독을 마쳤다.

“오케이, 오케이. 그러면, 그런 것으로.”

“네? 그런 것으로, 라니, 무슨….”

"추천장은 쓰겠어. 평가란에는 '참 잘 했어요' 도장을 찍어 두고, 가엔 씨에게도 그렇게 전해 둘게—그다음은 몰라. 어떤 결과가 나오더라도, 언젠가 풍설과에는 돌아와 줘야겠어. 그때는 그만두고 싶다고 해도 관두지 못하게 할 거야. 그런 거다."

'그런 거'에 포함된 의미가 너무 많아서, 곧바로 처리할 수 없다—네? 오케이, 오케이라니, 오케이, 오케이라는 거? 확답? 아직 이론무장理論武裝은 남아 있는데… 폭론무장暴論武裝이지만… 요구가 그대로 수용된 건가?

"괜찮은 솜씨였어. 세세한 불만은 있지만, 그 정도는 내 쪽에서 어떻게든 할 수 있고. 세코瀨古짱은 감동해서 울어 버리지 않을까…. 시노부에게 협력을 받았다는 것만으로는 설명할 수 없는 근성을 느꼈어. 역시, 오시노 군의 일을 거들었을 만하네."

그렇게 직설적인 평가를 받게 되면 그야 기쁘기는 하지만, 그렇다고 여기서 들떠서 기뻐할 수도 없고… 사기꾼을 상대했던 적도 있는 나다, 어쩔 수 없이 속임수나 페인트를 의심하게 된다. 혹은, 그 대신에 어떤 조건을 제시해 올까 하는 마음의 준비를 하게 된다—가혹한 시험이나 과도한 수업은 없는 건가?

"그런 흥정은 가엔 선배와 해 주시지. 나는 지시를 기다리는 인간이자 중간관리직이니까. 전문적인 괴이에 대한 것은 전혀 몰라. 시련도 수업도, 그런 것은 체크할 수 없어. 너와 보냈던 4개월과, 지금의 프레젠테이션을 평가할 뿐이야. 몇 번이나 말했지? 나에게는 괴이가 보이지 않아."

그렇게 말하는 코가 과장님.

"하지만, 사람 보는 눈은 있다고 생각해."

006

후일담이라고 할까, 본 사안의 결말.

양쪽 다 스스로를 굽히지 않고 전진할 수 있는 방법을 생각하고, 우선 그 천 리 길의 첫걸음을 내딛게 된 나는, 기쁨에 떨기보다는 전신이 녹초가 되어, 어쨌든 연일 이어진 수면부족으로 인한 수면시간을 만회하고자 일직선으로 귀가했지만, 현관에서 사상 최대 클래스로 진저리를 내게 된다. 아무래도 츠키히가 도쿄에서 돌아왔는지, 신발장에 내 것도 카렌 것도 아닌 스니커가 있었던 것이다.

전에 츠키히나 하네카와의 귀향을 겪은 뒤로 신발장을 꼼꼼히 체크하게 된 뒤에 깨달았지만… 깨닫고 싶지 않았네.

그렇구나, 그러고 보니 해외 생활에서 돌아왔을 때, 다시 한 번 이쪽에 들르겠다고 했었지… 하지만 어째서, 하필이면 오늘 밤이냐. 카렌이 오늘은 야근 시프트라서 느긋하게 쉬려고 생각했는데. 오이쿠라와 츠키히는 정말로, 일일이 노린 것처럼 타이밍이 나쁘다… 뭐, 괜찮을까, 모처럼의 기회니 해외 생활에 대해서 그 여동생에게 시시콜콜 캐묻도록 하자. 그 녀석의 엉망진창인 사생활 따위, 전혀 참고가 되지 않을 거라 생각하지만, 반면교사는 될 것이다. 지금쯤 시차가 있는 이국의 땅에서 열심히 일하고 있을 센조가하라 히타기를 생각하며, 여기서는 쪼그만 여동생에게 참고인 조사를 하자—라며.

다시 한번 힘을 내자며 거실로 들어갔을 때 소파에 다리를 꼬고 앉아 있던 사람은, 지금쯤 시차가 있는 이국의 땅에서 열심히 일하고 있을 센조가하라 히타기였다.

"안녕하심까."

"안녕하고 자시고 있겠냐."

무릎부터 주저앉으면서, 나는 아슬아슬하게 쓰러지지 않고 바닥을 기듯이 소파로 향했다.

"어떻게 들어왔어?"

"예비열쇠를 숨겨 둔 장소, 바꾸는 게 좋을 거야."

"경찰관 가족의 집이라는 건 알고 있어?"

"죄송합니다사과하겠습니다제가바보였습니다."

눈을 똑바로 쳐다보며 사과해 왔다.

그렇다고는 해도, 햇살이 강한 지역에서 갓 귀국했음을 엿볼 수 있는 색이 진한 선글라스를 쓴 채인 데다 사죄하는 어투는 마치 교과서를 읽는 듯한 투였지만, 애초에 히타기는 대담하고 뻔뻔스러운 불법침입을 사과한 것은 아닌 모양이었다.

설마, 사과하기 위해 귀국한 건가…?

튼튼해 보이는 슈트케이스가 옆에 놓여 있는 것을 보면, 본가에도 가지 않고 곧바로 우리 집에 온 모양이고—아니, 이 고집쟁이는 입이 찢어져도 그런 소리는 하지 않겠지만.

"아니… 이쪽이야말로 잘못했어. 여러 가지로 스트레스가 쌓여 있었어. 미안해.”

선수를 빼앗긴 듯한, 상대가 한 수 위라고 인정할 수밖에 없는 기분을 맛보면서도, 나는 진심으로 안도하면서 히타기와 마주하듯 소파에 앉았다.

없는 머리를 굴려 가면서 다양한 책략을 사용했는데, 히타기에게는 전혀 상담하지 않은 플랜이었으니까.

전망이 설 때까지는 내 판단으로 움직이고 싶었다. 성의를 표하고 싶었던 것이지만, 글쎄, 최소한의 의지 같은 것도 어쩌면 있었을지도 모른다.

다만 내일에라도 내 쪽에서 전화를 할 생각이었는데, 이렇게 얼굴을 마주한 이상 1초도 입을 다물고 있을 수 없다. 내가 생각한 진로상담을 히타기와 공유하고 싶다.

“히타기. 우선 들어 줬으면 하는 이야기가 있는데, 괜찮겠어?”

“뭐든지. 네 번째 이별 이야기가 아니라면. 그리고 코요미가 먼저 이쪽의 이야기를 들어 준다면.”

“응….”

정말이지 기선제압에 능한 녀석이다. 뭐, 괜찮겠지. 열기에 휩쓸려 생각 없이 지껄여 봤자, 제멋대로 이야기를 진행시켰다며 화낼지도 모른다. 전할 방법을 생각하는 편이 낫나.

“정식 팀 매니저로 승격하는 조건으로 CEO에게 일본 지부 설립안을 메일로 신나게 보냈더니, 어떻게든 형태가 갖춰졌어. 아직 정식으로 결정된 건 아니지만, 남아 있는 예산 문제만 클리어하면 상사나 팀원 전체와 함께, 나는 올 봄부터 이 마을에 돌아오게 돼. 이것으로 코요미와 다시 함께 살게 되는 거야."

"……."

제멋대로 이야기를 진행시키고 있었다.

에? 에에? 에에에?

너, 승진에 조건을 붙였어? 그뿐만 아니라 상사나 팀원까지 끌어들였어? 그저 일본에 돌아오기 위해서? 이 이상, 나와 헤어져 있지 않으려고?

"일본 지부에 대한 이야기는 예전부터 있었어. 나는 그것을 추진했을 뿐이고… 이것으로 아버지와는 정말로 불꽃 튀기는 라이벌 관계가 되어 버리겠지만, 뭐, 딸은 언젠가 아버지를 넘어야만 하니까."

그건 아들이 아니냐고 생각하지만, 그러나 딸이 뛰어넘으면 안 된다는 법도 없고… 그렇다고는 해도, 뭐야, 이거. 생각하는 게 똑같았냐. 아니, 뭐, 어디까지나 조직의 제도 안에서 움직이며 조건이 달린 진보를 노렸던 나와, 조직의 제도를 바꿔 가며 조건을 붙여서 진보한 히타기를 보면, 또다시 한 수 위라는 것을 인정할 수밖에 없지만….

하지만 말이지… 어떻게 되는 거야, 이거?

이렇게 국가를 넘나드는 '크리스마스 선물'이 있었나?

오기 식으로 말하자면, 이것이야말로 어리석은 자의 선물이다.

"왜 그래? 기뻐해 주지 않으면, 울어 버릴 거야."

"기뻐하고 있어. 이렇게 기쁜 일은 없지… 춤추고 싶은 마음을 참고 있을 정도야. 다만 히타기 씨. 마음의 준비를 하고 내 이야기를 들어 줄 수 있을까?"

이렇게 되면 이제, 옛날에 하네카와 츠바사라 불렸던 평화의 상징이 전 세계의 국경을 없애 주는 것을 기대하고 싶은 참이지만, 그날을 막연히 기다리고 있을 수도 없다. 애초에 그런 사태가 현실감을 띤다면, 히타기는 국제 금융의 정세를 그냥 지켜보기만 해야 하고, 나에 이르면 최악의 경우 그것을 단속하는 입장이 될 수밖에 없고 말이지.

그러니까 일단 이야기를 하자.

"뭐야. 마음의 준비라니… 긴박하게 만들지 마. 설마 정말로 네 번째 이별 이야기야? 그렇다면 울어 버릴 거야."

"아니라니까. 왜 그렇게 계속 울고 싶어 하는 거야, 그럴 리가 없잖아. 애초에…."

애초에 이별 이야기든 뭐든, 아직 제대로 화해를 하지 않았잖아. 그렇다, 일단 무엇보다 그 이야기를 해야만 했다—그것이 아무리 흔한 이야기라지만, 붙었다 떨어졌다를 반복한다는 소리를 듣고 싶지는 않다. 질질 끌리듯이 사이를 회복하는 건 사양하고 싶다.

나는 손을 뻗어서 히타기의 선글라스를 벗겼다. 실내에서도 쓰고 있다는 것은 이렇게 내가 벗겨 주길 바란 것이 아닐까 하고 생각해서 한 행위였지만, 이건 완전히 오답이었다. 히타기는 몇 날 며칠을 울어서 부은 듯한, 새빨간 눈을 숨기고 있었을 뿐이었다.

이미 훨씬 전부터 울고 있었던 건가. 사실 꽤나 잘 우는 녀석이다.

그러면, 이런 말을 하면 또 울리게 되려나… 하지만 나는 지금부터라도 어학 공부를 시작해야만 하는 신분이다. 나중 일은 나중에 생각하기로 하고, 오랫동안 현지에서 지내 온 그녀가 부디 나의 어설픈 발음을 체크해 주었으면 한다.

"I love you."

히타기는 새빨간 눈을 휘둥그렇게 뜨더니, "코요미, 토레蕩れ." 라며. 우는 듯 웃는 얼굴로 수줍어했다.

매듭짓는 말은 전혀 유행하지 않았던, 우리들만의 추억이었다.

매듭 이야기 끝

작가 후기

시리즈 소설을 쓸 때에 질문을 받았지만 대답하지 못한 질문의 대표 사례라고 하면, '어디까지를 처음부터 생각하고 계셨나요?'라는 질문입니다만, '특별히 아무것도 생각하지 않았습니다'라고 대답하면 마치 정색을 하는 것 같아서 실망하게 만들지도 모르고 '전부 계산된, 예정대로 진행되는 기정 노선입니다'라고 대답하는 것도 어쩐지 별로인 느낌입니다. 실제로는 '어느 정도는 생각하고 있었고, 다소는 상황이나 시세에 맞춰서 무리가 없도록 대응하고, 임기응변으로 새로운 요소를 추가하거나 원상복구하거나 하면서 겨우겨우 정리하고 있습니다'라는 것이 정확한 답이라는 기분도 듭니다만, 이런 애매모호한 대답의 어디가 정확한 거냐는 말을 듣는다면 거기서 끝이겠지요. 요컨대 이건 '재료'라는 어휘를 쓸지 '소재'라는 어휘를 쓸지의 문제 같은 것이라, 1인가 0인가로 묻는다면 아무리 계획성 있는 소설가라도 시리즈 전체를 완벽히 플랜대로 집필할 수는 없을 거라고 생각합니다. 실제로 손을 움직여 보면 머리로 생각하던 것과 전혀 다르기도 하고, 해 보지 않으면 알 수 없는 것도 있고, 거기서 어디까지나 원래 플랜을 고집하려고 하는 것도 그리 올바른 방법이라고는 생각하지 않습니다. 초지일관도 물론 소중합니다만, '해 봐서 안 되면 다시 한다'라는 것도 아마 한 가지 방법이겠죠. 중요한 것은 '처음부터 생각한다'가 아니라, '마지막까지 생각한다'는 것이 아닐까 하고, 그런 식으로 생각하거나 생각하지 않거나의 반복입니다.

그러면 한편, 그러면 이야기 시리즈는 어땠는가 하는 이야기를 하자면, 2006년에 『괴물 이야기』 상하권이 발매되었을 때, 본서의 내용 같은 것을 아주 조금이라고 상정하고 있었느냐고 하면, 기억이 확실하지는 않습니다만, 아마도 한 글자도 없었다고 말하는 것이 솔직한 대답이겠지요. 한 글자도 말이죠. 『괴물 이야기』뿐만 아니라, 전작인 『분신 이야기』를 썼던 시점에서도 아직 한 글자도 없지 않았을까 합니다. 한 글자 정도는 있겠지. 하지만, 그렇다면 아무것도 생각하지 않았느냐면 그것도 역시 아니라는 기분이 듭니다. 분명 이것저것 생각하고, 생각하고, 생각하고, 생각한 것이 10년 이상의 시간을 거쳐서 어떤 형태로 살고 있는 것이 아닐까 하고 추측합니다. 생각했던 것이 헛수고가 되지는 않는다고 생각합니다. 설령 아이디어가 사용되는 일이 없었다고 해도, 그런 사고회로가 형성된 것이니까, 그것은 그것대로 길이 되어 있었던 것처럼 생각됩니다. 그런 이유로 이 책은 100퍼센트 취미로 쓰인 장래입니다, 또다시 완결 이야기 시리즈, 제22탄이자 아라라기 코요미의 23세 시절, 오프시즌의 최종작 『매듭 이야기』였습니다.

표지에는 시로무쿠 차림의 센조가하라 히타기 씨를 VOFAN 씨가 그려 주셨습니다. 감사합니다. 센조가하라 씨도 23세네요. 『괴물 이야기』의 표지와 오버랩하는 의미에서 스테이플러를 들어 달라고 했습니다. 10년 전에는 이런 센조가하라 씨가 표지를 장식하리라고는 전혀 예상하지 못했네요. 그러면, 다음에는 뭘 생각할까요?

니시오 이신

FAUST BOX

매듭 이야기

2019년 11월 10일 초판 발행

저자　니시오 이신
일러스트　VOFAN
옮긴이　현정수

발행인　정동훈
편집인　여영아
편집 팀장　황정아
편집　노혜림

발행처　(주)학산문화사
등록　1995년 7월 1일
등록번호　제3-632호
주소　서울특별시 동작구 상도로 282 학산빌딩
편집부　02-828-8838
영업부　02-828-8986

ISBN 979-11-348-2622-2 03830

값 12,000원

※이 책에는 수량 한정 특별 부록이 들어 있지 않습니다.